SIN LUGAR PARA EL ARREPENTIMIENTO

DINASTÍA BARTLETT 1

JANEEN ANN O'CONNELL

Traducido por
JC VILLARREAL

Este libro está dedicado a la memoria de mi abuelo materno,
Hector Ralph Werrett
1905-1986

NOTA DEL AUTOR

Esta es una obra de ficción; sin embargo, los personajes principales son reales, existieron: sus nacimientos, matrimonios, condenas penales, viajes y muertes, son reales.

Gracias a las asignaturas de la Diplomatura de Historia Familiar de la Universidad de Tasmania, pude localizar a los antepasados convictos que habían sido enterrados, literal y figuradamente, por la familia de mi abuelo. Años de investigación genealógica rindieron fruto cuando el muro de silencio que rodeaba a Elizabeth Blay, fue derribado.

Los registros se obtuvieron de:

- Oficina de Archivos y Patrimonio de Tasmania (Bibliotecas de Tasmania)
- Archivos del Estado de Nueva Gales del Sur (Documentos del Secretario Colonial)
- Biblioteca de la Universidad de Tasmania (www.utas.edu.au/library)
- Trove - Biblioteca Nacional de Australia

- Oficina del Registro Público de Victoria
- Old Bailey en línea
- Registros y libros de cartas del convicto Hulk del Reino Unido 1802-1849
- Archivos de periódicos británicos
- Y muchas horas en Ancestry.com.au

Por favor, visita mi sitio web en https://janeenannoconnell.com/ Dale "Like" a mi página de Facebook: https://business. facebook.com/JaneenAnnOConnell/_

Esta novela no habría sido terminada y publicada sin la ayuda de mis lectores alfa: Ashleigh Hutton y Denise Wood. Y mis lectores de prueba: Heather Hubber, Luc Mackey y Julie-Anne Jordan.

Se recibió un increíble estímulo y apoyo de: Wordsmiths of Melton, la autora Isobel Blackthorn, y Liz Virtue, propietaria de Glen Derwent, Hamilton Road, New Norfolk, Tasmania, en el marco del lanzamiento del libro el 28 de abril de 2018.

EXILIADO: A NINGUNA PARTE, SIN NADIE, SIN NADA

Carta de Descendientes - James Bryan Cullen - Primera Flota - *Scarborough*, 1788 y Elizabeth Bartlett - *Marquésa de Cornwallis*, 1796

Autora e historiadora familiar
Janeen Ann McCulley

1

"*En esta mazmorra flotante fueron confinados cerca de 600 hombres, la mayoría de ellos encadenados; y el lector puede imaginar los horribles efectos que surgen del continuo traqueteo de las cadenas, la suciedad y las alimañas producidas naturalmente por tal multitud de miserables habitantes, los juramentos y las blasfemias que se oyen constantemente entre ellos...*"

[Las memorias de James Hardy Vaux] Él describió las condiciones del buque prisionero Retribución. Escrito por él mismo en 1819 sobre su época a bordo en 1810.
Las condiciones a bordo de las cárceles flotantes eran espantosas. Los estándares de higiene eran tan pobres que las enfermedades se propagaban rápidamente.

Los enfermos recibían poca atención médica y no se les separaba de los sanos.

Los cuartos de alojamiento estaban en muy mal estado. Los

cascos estaban apretados y los prisioneros dormían con grilletes.

Los prisioneros tenían que vivir en una cubierta que apenas era lo suficientemente alta para permitir a un hombre estar de pie. Los oficiales vivían en camarotes en la popa.

[www.portcities.org.uk]

Febrero de 1811

Él quería dos cosas: que les quitaran los grilletes de los tobillos y las muñecas, y matar al viejo tramposo, mentiroso y malvado que lo había hecho terminar aquí. James Tedder temblaba; las cadenas alrededor de sus muñecas traqueteaban.

Hacía un frío mortal- lo normal para un invierno en Londres - pero ni siquiera el aire frío y húmedo podía diluir el hedor. Hacía que sus ojos lagrimearan; podía saborearlo. ¿Era el propio casco de la prisión, el agua sobre la que flotaba, los hombres amontonados en cada espacio disponible, o una combinación de todo? Vomitó en sus pantalones y zapatos.

"*No importa* que le hagas a tus pantalones, convicto," se rió un guardia, "los perderás pronto de todos modos."

James Tedder cojeó a lo largo de la cubierta del buque prisionero *Retribución* con los otros 50 o más hombres con los que había viajado desde la cárcel de Newgate. El peso de los grilletes hacía que le dolieran los brazos y sus piernas anhelaban la capacidad de dar poderosas zancadas, en lugar de arrastrarse como un indefenso e impotente. Los guardias manipularon y empujaron a los hombres hasta que se convencieron de que la línea de almas destartaladas cumplía con los requisitos. Una por una sus cadenas fueron abiertas . Tedder frotó sus muñecas, tomándola una a la vez para masajearlas.

"¡Desnúdense!" Aulló un guardia.

Confundidos, los convictos se miraron unos a otros. Estaba helada la cubierta de este viejo barco; el viento soplaba mientras los azotaba. El guardia chasqueó un látigo mientras volvió a gritar la orden, al mismo tiempo que les arrojaba unos ropajes grises y ásperos a Tedder.

"¡Dije que se desnuden!"

Tedder se quitó su otrora hermosa chaqueta, limpia camisa y sus pantalones y zapatos cubiertos de vómito. Se paró con los otros convictos, temblando, desnudo, esperando que le tallaran la piel con un cepillo de cerdas duras y le cortaran el pelo casi hasta el cuero cabelludo. Mirando con nostalgia hacia la orilla del Támesis y hacia Woolwich, Tedder sintió que la bilis volvía a revolverse en su estómago; esta vez llevaba consigo la comprensión de lo que iba a ser de él. Le faltaba un año más de su entrenamiento, con planes para ser un maestro hojalatero , pero la "justicia" intervino. Pensó que esa vida le pertenecía a otro.

Una bota en su trasero desnudo y la risa estridente de los guardias trajo a Tedder de vuelta a la realidad. Un guardia calvo y desdentado lo empujó hacia el barril de agua. Tropezó en la cubierta resbaladiza y fría, teniendo dificultad que sus pies congelados obedecieran las instrucciones de su cerebro; yendo pesadamente hacia el barril de agua, se las arregló para levantarse . Un convicto tomó el jabón cáustico y el cepillo, luego restregó a Tedder hasta que pensó que debía parecer una langosta hervida, mientras que otro tomó su cabello, alguna vez bellamente peinado y arreglado. El viento helado volvió a jugar con él, picándole las orejas y el cuello y así sin tener un espejo, Tedder supo que le habían cortado el cabello lo más corto que las tijeras permitían.

"Sal de ahí, convicto", gritó el guardia mientras le arrojaba una ropa gruesa y gris. "Tienes 10 segundos para ponértelas o serán mías."

Vestidos con pantalones y una camisa que les arañaba y

3

rozaba la piel, los condenados se acurrucaron juntos, con los dientes castañeteando, los brazos apretando sus torsos tratando de encontrar calor. Los guardias con palos volvieron a empujar al desdichado grupo en una fila. Tedder los vio venir, la bilis se deslizó desde sus entrañas hasta su garganta y le dolían los tobillos por anticipado; le volvieron a colocar las cadenas, pero esta vez sus muñecas se salvaron de ello.

De pie, mirando tranquilamente las gastadas tablas de la cubierta bajo sus pies, reflexionando sobre la pérdida de identidad y dignidad, Tedder sintió el salvaje golpe de un garrote en la espalda. Sacó el aire de sus pulmones y sus piernas se desmoronaron y cayó de rodillas. Los convictos de ambos lados lo levantaron y lo pusieron de nuevo en la fila. Luchando por mantenerse erguido y respirar al mismo tiempo, se arrastró con los otros hombres hacia un profundo agujero negro en medio del viejo barco.

Por favor Dios, que no sea allí a donde vamos. En esta ocasión, como en tantas otras recientemente, Dios no parecía escucharlo.

Bajando la escalera, los prisioneros trataron de evitar los golpes arbitrarios de los guardias. Llegando a la bodega de abajo, la mayoría se acobardaron , ninguno con la fuerza necesaria para el desafío.

Le tomó tiempo a James Tedder adaptarse a la oscuridad; pensó que nunca se acostumbraría al hedor. Él requería de cada pizca de fuerza de voluntad para mantener las lágrimas en sus ojos , pero logró detenerlas, y giró cuando James Blay le dio una palmada en el hombro.

"¿Cómo lo llevas, Tedder, mi muchacho?" sondeó a Blay, un compañero de celda de la cárcel de Newgate. "Aquí abajo está oscuro y apestoso. Supongo que nos acostumbraremos a ello. Tiene que ser mejor que estar colgado de una cuerda".

"¿Estás seguro? Tedder preguntó. "Así como lo veo ahora, colgar de una cuerda podría ser un mejor final."

"Es fácil de verlo así ya que no tienes una esposa e hijos en los que pensar, Tedder. Te sentirías diferente sobre ser colgado del cuello cuando tienes una familia que cuenta contigo".

Tedder entendió el alivio de Blay al no enfrentarse al verdugo y en cambio ser deportado a otra parte, pero no compartió su optimismo.

"Nos mantendremos juntos Tedder; trataremos de entrar en el mismo grupo de trabajo y dormir cerca de cada uno. Tenemos que protegernos el uno al otro de los guardias y de los otros convictos; te robarán todo lo que tengas. Si uno de nosotros se enferma, ayudaremos al otro."

A Tedder le pareció que Blay lo tenía todo planeado; era veinte años mayor y estaba listo para hacerse cargo de protegerlos a ambos. No estaba seguro de necesitar un protector; sin embargo, necesitaba un amigo, y ésta era una oferta de amistad.

Cuatro guardias se movieron por la cubierta de la prisión agitando garrotes, golpeando a los hombres indiscriminadamente. "Se deben alinear a los lados, convictos. Háganlo rápido", gritó el guardia con menos dientes. Tedder sabía que los dientes podridos eran una señal de tomar demasiado ron. También sabía que debía hacer lo que le decían, y mantener la cabeza agachada si no quería una paliza o peor, un azote con el látigo de nueve colas.

"*Métance* a las celdas", amenazó el guardia, "apúrense." Tedder, en su mente, lo llamó 'Chimuelo'.

Veinte a la vez, los hombres fueron agrupados en celdas lo suficientemente grandes para albergar solo de ocho a diez. Dos hombres compartían un espacio para dormir, con una manta desgastada entre ellos. La que Tedder compartía con Blay tenía olor a vómito rancio. Los guardias aseguraron las puertas, las escotillas se cerraron y una desesperada oscuridad envolvió a los hombres.

La única luz visible los espiaba a través de las pequeñas grietas del viejo casco del barco. Sin nada que comer, una delgada manta para compartir con Blay, y una constante batalla para evitar que las ratas se arrastraran por su cara; James Tedder no durmió.

El primer día completo en la prisión *Retribución* comenzó con un desayuno de la cebada hervida más densa que Tedder había visto. De nuevo, la bilis se deslizó por su garganta mientras trataba de forzarse a comer. No pudo.

Después del desayuno, a las siete de la mañana, con cadenas que se movían alrededor de sus tobillos, cada convicto que fuera capaz subió la escalera a la cubierta y se trepó a las barcazas, para ir a tierra firme a trabajar en el Arsenal Real en el lado sur del río Támesis. A cada grupo de veinte convictos se le asignaba un guardia con un arma.

Los prisioneros cojeaban uno detrás de otro hacía el cobertizo de trabajo que apestaba casi tanto como el casco. Tedder pudo identificar el sudor, la orina, la suciedad, el polvo y la fuerte peste del metal oxidado. Esperaba que el trabajo aliviara el terror y le diera algo más en qué pensar, pero el supervisor que le ponía el látigo en la espalda le otorgaba un nuevo enfoque a su miseria. Se dobló mientras el dolor reverberaba desde su espalda hasta su pecho, y bajaba por sus brazos. Tropezar con el hombre de delante le salvó de caer boca abajo en las pilas de metal en el suelo.

Luchando por respirar, con el dolor en su espalda pulsando y aumentando con cada paso, Tedder finalmente tomó su lugar en el banco, de pie, encadenado por los tobillos, listo para quitar el óxido de viejas balas de cañón.

En la llamada del mediodía para volver al *Retribución* para el almuerzo , Tedder se tomó un momento para examinar sus manos. La piel partida tenía gotas de sangre mezcladas con óxido negro y rojo para dar un color no muy diferente al del piso del cobertizo en el que trabajaban: era el color del Infierno.

Bajo los siempre atentos ojos de los brutales guardias, los desdichados convictos se arrastraron a las barcazas para el regreso al casco. La comida del mediodía era un caldo que Tedder no reconocía, un pequeño trozo de carne dura y demasiado cocida, una galleta dura mohosa y media pinta de cerveza. El hambre voraz superó sus papilas gustativas, sin importar la calidad de la comida, le dolía el estómago por ahora tener algo en él. Tedder se atragantó con el primer bocado, tosió y escupió con el segundo, pero se las arregló para tragarse el resto; su estómago gruñón se asentó un poco. Pasaron un minuto o dos en que los convictos se obligaron a comer el estiércol disfrazado de comida , y sonó la campana para volver a las barcazas, y al Arsenal.

Al final del primer día de trabajo, Tedder había establecido un ritmo constante para limpiar las balas de cañón, pero sus manos sufrieron: se quemaron, se acalambraron y tenían pequeños trozos de óxido y metal incrustados en los arañazos que las balas de cañón habían dejado en su piel. Sus pies, ya incómodos con los zapatos mal ajustados que le habían asignado, le dolían y palpitaban; no estaba acostumbrado a estar todo el día de pie con grilletes en los tobillos. Al sonar la campana para terminar el día, los convictos fueron maltratados, golpeados y puestos en fila. Con las cadenas traqueteando, se movieron a lo largo del muelle, sus cabezas inclinadas en derrota. Tedder podía sentir el aire de angustia y desesperanza mientras subían, uno a uno, a las balsas para volver al casco.

"Fue un trabajo duro, Tedder. Nunca había usado mis manos para trabajar con el metal. El cuero es más suave en la piel," se quejó Blay en la oreja de Tedder.

Tedder gruñó, estaba demasiado cansado para hablar.

. . .

7

La cena en la *Retribución* era un caldo hecho de hervir la carne sobrante que tuvieron para la comida, un pequeño trozo de queso, un trozo de pan tan duro que Tedder pensó que un clavo no lo penetraría al golpearlo con un martillo, y otra media pinta de cerveza. Él y Blay comieron con avidez, sin saborear la mugre que se abrió paso hasta sus estómagos aún vacíos.

Anhelando la barra de pan fresco, queso, patatas y cerdo salado que la esposa del maestro hojalatero solía traerle para la comida al mediodía, Tedder observó el plato frente a él, tratando de imaginar la buena comida que una vez había probado . Mirando fijamente, se vio a sí mismo en la fundidora del hojalatero; haciendo platos y tazas como estos. Con las manos temblorosas, dio vuelta el plato para ver la marca del fabricante debajo. A través de las lágrimas que brotaban de sus ojos rojos y tensos, Tedder vio la marca de su maestro hojalatero. Cerca del borde de la placa, donde había que mirar con atención para notarla, su propia marca como fabricante de la placa. La ironía era insoportable. Recordó haber hecho unas cincuenta de estos platos en dos o tres días sin siquiera pensar quienes podrían ser sus usuarios finales.

La cena terminó, y las escotillas se cerraron para la multitud de hombres bajo la cubierta. El día había terminado. La oscuridad descendió sobre Tedder mientras se preguntaba cuánto tiempo estaría en este infierno flotante antes de ser transportado al otro lado del mundo. Estaba tumbado en el catre junto a Blay, ardiendo con tal odio hacia Bagram Simeon, el anciano que había arruinado su vida, que podía oír su corazón latiendo en sus oídos y sentir los pulsos de rabia dentro de sus párpados.

Esta pesadilla comenzó el día en que Tedder le dijo a su hermano mayor Henry, lo que el mercader de diamantes judío, Bagram Simeon, le había hecho.

"¡No! ¡James!" Henry se había lamentado. "Es un pecado.

8

Debes conseguir el dinero y no decirle nada más. ¿Por qué le seguirías la corriente?"

El respetado comerciante de diamantes de 70 años había venido a Islington para hacer negocios con el empleador de Tedder. Cuando le presentaron al aprendiz, Simeon sonrió y le dio una palmadita en la mano. Al final del día, el viejo se sentó fuera de la fundidora de hojalata en su carruaje, esperando.

Hizo un gesto. "Vamos, joven James, ven y te llevaré a casa".

A los 17 años, la atención halagó a Tedder, y aceptó la oferta del empresario. Pero Simeón no lo llevó a casa, lo llevó a un lugar tranquilo junto al Támesis e instruyó al conductor del carruaje que fuera a dar un paseo. Deslizándose en el asiento junto a Tedder, Simeon tomó su mano y la apretó. Tedder se alejó. "¿Qué está haciendo?" fue la obvia pregunta, pero estaba demasiado aturdido para hablar. Se sentó, con la boca abierta, mirando a Simeon. El viejo sonrió. Conflictuado, Tedder instintivamente se sintió incómodo, pero las normas sociales indicaban que debía mostrar respeto al hombre mayor.

"¿Cuánto tiempo has trabajado para el hojalatero, James?" Simeón preguntó.

"¿Por qué lo pregunta, señor?

"Estoy tratando de conversar, James, para que podamos ser amigos", Simeon le sonrió.

Tedder se retorció en el asiento.

"Podría ayudarte una vez que termines tu aprendizaje, James. Ayudarte a montar tu propio negocio. ¿Te gustaría tener tu propio negocio?" Simeon continuó.

La confusión se arremolinó en la mente de Tedder, el caos de pensamientos como hojas siendo lanzadas por el viento. No sabía cómo responder a este extraño, el viejo tratando de hacerse amigo de él.

Simeón siguió hablando. "¿Cuánto tiempo dijiste que faltaba para que terminaras tu aprendizaje, James?" volvió a preguntar.

"Un año para terminar, entonces seré un artesano, un hojalatero."

"Estoy seguro de que ya eres un artesano increíble, James. Pero ¿cuánto tiempo crees que te llevará ganar suficiente dinero para montar tu propio negocio?"

"No he pensado en ello, pero muchos años, diría."

Simeon se movió en su asiento, miró cariñosamente a Tedder y le preguntó: "¿Tienes una compañera en tu vida, James?"

"No, todavía no, he estado muy ocupado trabajando. Tal vez algún día pronto conozca a alguien."

Tedder a menudo pensaba en conocer a una chica a la que pudiera amar y casarse. Quería construir una vida; una vida como la que sus padres habían construido para él y sus hermanos.

"El problema con las chicas, James, es que un joven como tú tiene deseos que deben ser satisfechos, pero satisfacerlos con una chica resulta en que ella terminé en espera de una criatura. Puedo satisfacer tus deseos, James, sin ninguna preocupación por un niño no deseado. Te pagaré 500 libras por tu tiempo. Yo te cuidaré." Simeon se movió de nuevo en el asiento estudiando a Tedder para ver su reacción.

A Tedder no le gustaba lo que el viejo le estaba diciendo , pero era fácil convencerlo de cooperar. 500 libras era mucho dinero. Después de varios paseos en el carruaje, preguntó cuándo recibiría el pago prometido.

"Pronto, James", murmuró el hombre de 70 años. "Sólo unos pocos viajes más y conseguiré el dinero para ti."

Frustrado por los rodeos de Simeón, Tedder le dijo a su hermano, Henry, sobre su acuerdo con el comerciante de diamantes. Con el apoyo de Henry, Tedder escribió a Bagram Simeon:

"Señor - Habiendo informado inocentemente a mi hermano de que usted me había prometido ser un amigo, si le dejaba hacerme algo, lo que ha hecho conmigo varias veces, sin saber qué horrible crimen estábamos cometiendo; pero habiendo descubierto su maldad, he rehusado permitirle repetirlo más, usted parece enfadado, y quiere cancelar sus promesas hacía mí. Mi hermano está decidido a verme corregido ".[1]

El hermano menor de Tedder, William, entregó la carta a Simeon el 22 de agosto de 1810.

El astuto hombre de negocios llevó la carta al alguacil[2] y ellos planearon una trampa. Simeon le escribió a Tedder, pidiéndole que fuera a su casa para discutir el asunto.

En la madrugada del lunes 27 de agosto, sintiéndose animado por la respuesta alentadora del viejo, Tedder se vistió con sus mejores ropas. Se puso una camisa blanca limpia, pantalones que su madre le había hecho a la medida y su mejor chaqueta. Pulió sus zapatos de cuero hasta que el hermoso sol de verano se reflejó en la superficie. Con el corazón ligero, la cabeza dando vueltas, y una enorme sonrisa en su rostro pensando en sus 500 libras, Tedder caminó la corta distancia hasta la casa y oficina de Simeón en la calle Sydney. Golpeó la puerta de Bagram Simeon, y el viejo lo invitó a entrar.

"Buenos días, James," comenzó Simeon. "Te ruego que me expliques el significado de la carta que me entregaste la semana pasada."

Tedder, sin saber que el agente se escondía en una habitación adyacente escuchando su conversación, habló con franqueza.

"Me prometió 500 libras si le dejaba hacerme esas cosas, como lo hizo en muchas ocasiones. Cada vez que sacaba el tema me decía que me daría el dinero pronto. Si no me da el dinero prometido, no me deja otra opción que ir al alguacil y hacer que lo procesen por los abominables actos que me hizo usted." Inhaló profundamente.

Tedder aún respiraba con ansias, esperando una respuesta del viejo, cuando el alguacil, teniendo toda la evidencia que necesitaba para procesarlo por extorsión, salió del cuarto adyacente y lo arrestó. Sus esfuerzos por conseguir las 500 libras y que el viejo lo dejara en paz, resultaron en un juicio en octubre de 1810.

"James Tedder, el jurado lo ha encontrado culpable de la extorsión al Sr. Bagram Simeon por la cantidad de 500 libras," anunció el juez. "Se le ordena ser deportado más allá de los mares, por el término de siete años."[3]

La verdad no importaba, Simeón tenía una posición de influencia y poder; había ganado .

Tedder levantó sus rodillas, cruzó sus brazos alrededor de ellas y se dio vuelta para que su amigo, James Blay, no escuchara sus sollozos.

Hampshire Chronicle (INGLATERRA)
5 de noviembre de 1810
(Archivos de periódicos británicos)

Sesiones de Middlesex - James Tedder, un joven de unos dieciocho años, fue acusado de escribir cartas al Sr. Simmons, un comerciante de diamantes, el 22 de agosto pasado, amenazando con procesarlo por un cargo de un delito abominable, con el propósito de extorsionarle la suma de £500.

El Sr. Simmons es un armenio de origen judío y comerciante de diamantes, que vive en Sydney Street, Goswell Street; el prisionero es aprendiz de un hojalatero de Islington con el que el Fiscal había tratado para conseguir algunos pequeños artículos de su negocio. El día mencionado, el Fiscal recibió una carta firmada a nombre del Prisionero, en la que le exigía la suma de 500 libras, que supuestamente le había prometido, y amenazaba con la supuesta promesa de enjuiciarlo por el presunto delito, si incumplía. El Fiscal, asombrado por dicha carta, se dirigió inmediatamente a la oficina pública, en Hatton-garden, expuso la circunstancia y pidió consejo sobre cómo debía proceder. Se le aconsejó que respondiera a la carta del Prisionero y que concertara una entrevista, lo que hizo, y el Prisionero, en consecuencia, prometió mediante otra nota que se presentaría en su casa la mañana del 27, momento en el que Hancock, el agente de policía, asistió y se escondió durante la audiencia en una habitación adyacente, mientras que el Fiscal entablaba una conversación con el Prisionero y le pedía una explicación clara de su objeto y su intención. Inmediatamente después de lo cual el Prisionero fue puesto bajo custodia, y la carta del Sr. Simmons fue encontrada en su posesión. Sus dos cartas al Sr. Simmons también fueron presentadas como prueba, y un niño pequeño, su compañero aprendiz, demostró que era su letra, y que este testigo las había dejado en casa del Sr. Simmons por su deseo.

Varios testigos declararon en nombre del prisionero y le dieron un carácter excelente; pero el jurado lo encontró culpable y fue condenado por el Tribunal a siete años de deportación.

2

EL ZAPATERO

El Código Sangriento tuvo un gran efecto en las colonias americanas y más tarde en Australia. Los jueces frecuentemente ofrecían deportación, es decir, ser enviados a una de las colonias de ultramar y contratados como sirvientes por un término de años, como una alternativa a la ejecución. Uno de cada diez convictos tomaba la oferta.

De: http://theglitteringeye.com/the-bloody-code

James Blay podía oír los sollozos de Tedder. Podía sentir el cuerpo del joven temblando de dolor y rabia. Los lloriqueos no se calmaron ni disminuyeron. Tumbado en el catre junto a Tedder, escuchando su angustia, hizo que Blay se preocupara por su propia situación. Le dolía dejar a sus hijos y su esposa, Sarah. *Una vez que dejemos Inglaterra, nunca los volveré a ver,* pensó. Su mente vagó hacía la serie de sucesos que lo había llevado a estar tirado en esta miseria, en un barco prisión, en el río Támesis.

Enero de 1811

"¿Qué ha pasado con la marca del fabricante en las botas? Alexander Wilson, un comerciante de calzado, le preguntó a Blay. "Está entintada y no se puede leer. ¿De dónde las has sacado?" "No conozco al hombre de quién las conseguí, ni cómo llegó a tenerlas. Podrían ser robadas", declaró Blay en defensa. En un abrir y cerrar de ojos, Wilson agarró a Blay por el cuello y arrastró al zapatero al almacén, encerrándolo. Wilson entonces mandó llamar al agente que había arrestado a Blay, y lo acusó de..:

"irrumpir y hurgar en la casa de George Hobey a las doce de la noche del 3 de enero, y robado de ella un par de botas valoradas en dos libras, de su propiedad".[1]

Pasmado por la velocidad a la que había perdido su libertad, Blay encontró un espacio despejado en el suelo de la celda de la cárcel de Newgate entre dos prisioneros de aspecto lamentable. Repasando una y otra vez los eventos en su cabeza, se convenció de que el jurado vería su inocencia; pronto estaría en casa con su esposa y sus tres hijos. Una de las lastimosas almas sentadas en el suelo a su lado estaba mirándolo.

"¿Qué estás mirando, llorón de mierda?" gritó Blay.

El chico cambió de posición pero no respondió.

La lentitud en su respuesta enfureció a Blay; empujó al muchacho que luego cayó sobre el prisionero que estaba a su lado. Blay notó que no hubo una reacción indignada de ninguno de los prisioneros que habían sido golpeados por el efecto de la caída sobre el otro. Las palmas de sus manos se pusieron húmedas, le aparecieron gotas de sudor en la frente y reconoció, en los ojos de cada hombre y mujer de la celda, la marca de la desesperanza. Ardía como las brasas de una hoguera.

El joven rubio que había empujado hacía los demás volvió a acercarse. Parecía irradiar una actitud desafiante, y se sentó en el suelo lo más cerca posible de Blay, sin tocarlo.

Despertándole curiosidad, Blay comenzó una conversación.

"¿Por qué estás aquí, muchacho? ¿Y cuál es tu nombre?"

"Mi nombre es Tedde, y es una larga historia."

"No tengo nada más que hacer", dijo Blay.

Tedder contó su sombría historia y James Blay escuchó sin interrupción.

"No importa si no es justo, ¿verdad?" Blay comentó cuando Tedder terminó de hablar. "Los ricos y poderosos siempre ganan".

"¿Por qué estás en Newgate?" Tedder preguntó.

"Hice algo muy tonto. Me arriesgué. Tenía un buen negocio, soy un artesano respetado, pertenezco al gremio de Cordwainer,[2] tengo un aprendiz y alimento a mi familia y pago la escuela de mis hijos. Pero pensé que podría ganar dinero rápido y fácil. Así como tú cuando aceptaste la oferta del comerciante de diamantes. Ahora me enfrento a un juicio, y como lo que te pasó a ti, no creo tener la posibilidad de que alguien me crea.

Blay se retorció las manos con tanta fuerza que sus nudillos se tornaron blancos como el hueso y su piel roja como una quemadura. Tedder no lo presionó por más información, y Blay no ofreció ninguna.

10 de enero de 1811.

El alba se asomó a través de las rejas que se disfrazaban de ventanas en la celda. Los rayos acuosos de luz solar prometían calor pero daban la fría y dura luz del día. El día que llevaría a Blay a su juicio.

De pie en el muelle con los otros acusados de la lista del día, el terror se introdujo en el alma de Blay cuando los tres prisioneros que estaban ante él fueron encontrados culpables y sentenciados a varios años de deportación. Si no fuera porque su vida estaba en juego, Blay se habría impresionado por la forma en que el fiscal, el Sr. Ally, había obtenido información de los diversos testigos llamados al Tribunal de la Corona. Alexander Wilson describió la escena en la que Blay se había ofrecido a venderle las botas; incluso recordando el alias que Blay había dado, junto con la dirección falsa.

Cuando los testigos de la defensa subieron al estrado, Blay esperaba que la justicia prevaleciera y que redujeran el cargo a la devolución de las botas robadas. Pensó que tenía un caso sólido. Vivía a una hora y media a pie de la tienda de George Hobey en Piccadilly, donde fueron robadas las botas. Ser acusado de caminar esta distancia, en una fría noche de invierno londinense, romper una ventana, robar tres pares de botas y volver a casa con ellas, no tenía mucho sentido. Su inquilina, Mary Wood, testificó que tuvo que pasar por delante de ella para salir de la casa y ella no lo vio salir. Un cliente de Blay, Thomas Fuller, testificó que llevó un par de zapatos a Blay para repararlos y mientras esperaba vio a otro hombre, desconocido para él, venderle las botas a Blay. Vio a Blay pagar veinte chelines por las botas.[3]

James Blay se concentró mientras la defensa y la fiscalía acosaban a los testigos. A medida que escuchaba, se sentía más seguro de ser acusado de un crimen menor. Incluso consiguió mandar una pequeña sonrisa en dirección de su esposa mientras estaba sentada en el tribunal esperando, como él, para averiguar su destino.

No recordaba los comentarios finales de la defensa o de la fiscalía. Recordó el mazo del juez que retumbó en el banquillo y lo declaró culpable, con una sentencia de muerte. Su esposa se puso las manos en la cara y sollozó. Las rodillas de Blay se debilitaron y se desplomó sobre las cadenas atadas a sus tobillos. Golpeando a Blay con su garrote, un guardia le ordenó que se levantara. Se arrastró hasta una posición erguida mientras intentaba contener el terrible grito que quería lanzar desde su garganta. El juez volvió a hablar y Blay aclaró su cabeza lo suficiente para entender lo que le decía.

"James Blay, el jurado lo ha encontrado culpable, por lo tanto está sentenciado a muerte. La sentencia puede ser conmutada a deportación de por vida si así lo acuerda. Se requiere una decisión inmediata."

Inmediatamente, Blay respondió que sería deportado. Los angustiosos gritos de Sarah penetraron en su alma.

3

LA ESPOSA DEL ZAPATERO

"En el siglo XVIII, la mayoría de las corporaciones no incluían a las mujeres, aunque a veces las viudas que se hacían cargo de los negocios de sus maridos se convertían en miembros por defecto y se encargaban de la formación de los aprendices de sus maridos".

[https://www.londonlives.org/static/Guilds.jsp]

8 Calle Crispin, Spitalfields, Londres.

Enero de 1811

"No podía ni mirarlo; fue un infeliz y estoy furiosa. Llegábamos a fin de mes. No quedaba mucho dinero al final del día, pero había suficiente para alimentar y educar a los chicos y pagar el alquiler. Ahora lo envían a Nueva Gales del Sur y tengo que criarlos por mi cuenta".

Sarah Blay estaba sentada en la pequeña cocina de su casa en Spitalfields con su madre y su hijo menor. Usando sus manos, se secó sus ojos rojos y doloridos. Ojos que habían estado derramando lágrimas desde la sentencia de su marido esa mañana.

Su madre cargó al pequeño John de tres años que apartaba las manos de Sarah de su cara, tratando en vano de llamar su atención. John era el más joven; a Sarah no le preocupaba el efecto que la sentencia de su marido tendría en él, pero los dos mayores, James Jr, de ocho años, y William, de seis, sabrían sobre la situación de su padre.

"Tendrás que encontrar la manera de mantener al aprendiz", razonó la madre de Sarah. "Puede seguir trabajando para ti hasta que puedas vender el negocio. Entonces al menos tendrás dinero. La inquilina también se quedará. No tiene adónde ir".

Sarah sabía que su madre tenía razón; se podía encontrar una solución inmediata. El largo plazo era lo que la preocupaba.

"Será trasladado a uno de esos buques de prisión en el Támesis antes de ser deportado . Será más difícil que en Newgate verlo, llevarle comida y ropa," Sarah dijo.

Su madre exclamó: "¡No sé por qué te preocupas de que se vaya al barco! No volverás a verlo después de que lo envíen a Nueva Gales del Sur. ¿Cuántos de ellos han regresado? ¿Lo sabes? Así tantos."

Las lágrimas volvieron a brotar, corrieron por las mejillas ya manchadas de dolor de Sarah. John, llorando por la angustia de su madre, se subió a su rodilla y le rodeó el cuello con sus brazos. Sarah abrazó a su hijo menor y lloró en su pequeño hombro; abrumada por la ira y el miedo.

Ignorando la angustia de su hija, la madre de Sarah continuó: "La inquilina, ¿cómo se llama?"

"Mary Wood".

"Bueno, Mary Wood va a tener que ayudar con los chicos para que puedas ocuparte del negocio. Tendrás que concentrarte en el aquí y ahora para mantener a los chicos alimentados y un techo sobre sus cabezas."

El pragmatismo de su madre obligó a Sarah a centrarse en lo que había que hacer. Planeando la supervivencia de ella y de los niños, su mente se volvió hacia los pasos necesarios. El aprendiz aún tenía un año de contrato para servir, y la corporación de Cordwainer a veces permitía a las viudas hacerse cargo de la formación de los aprendices. Ella tenía que convencer al maestro de la corporación de que el hecho de que James fuera deportado de por vida prácticamente la convertía en viuda.

Con el sombrero y el vestido que había usado en el juicio de su marido y con un elegante par de botas que él le había hecho dos años antes, Sarah caminó la milla desde su casa en Spitalfields hasta el Guildhall en la calle Gresham de Londres, donde iba a encontrarse con el Maestro Cordwainer. Esperó en el gran salón, jugueteando con los botones de su corpiño y enderezando su sombrero. El muy ensayado discurso dio vueltas y vueltas en su cabeza. Sabía que haría falta un esfuerzo para contener las lágrimas cuando recalcara que James no iba a volver.

Su madre exigió saber el resultado antes de que Sarah tuviera tiempo de quitarse el sombrero y cerrar la puerta.

"Sí, madre. El maestro Cordwainer estuvo de acuerdo en que como James fue sentenciado a muerte, y ahora está siendo deportado de por vida, eso me hace ser como una viuda. Supervisaré al aprendiz y mantendré el negocio en marcha".

Tumbándose en la silla de James junto al fuego, la madre de Sarah lanzó un gran suspiro: "No será fácil, sabes".

"Lo sé, pero como dices, la inquilina ayudará con los chicos mientras yo superviso al aprendiz y la tienda."

En la cama esa noche, sosteniendo a John cerca, Sarah rezó en agradecimiento.

Mayo de 1811

"No puedo traer a los chicos para que te vean más, James." Sarah luchó por mantener la voz firme que había estado practicando. "Te verán por última vez antes de que te deporten para siempre, pero no aquí, ya no, no en este horrible barco. "

Antes de que pudiera controlarla, la voz de James Blay gritó decepción y rabia. "¿Qué quieres decir con que no puedes traerlos más? Son mis hijos, tengo derecho".

Las emociones que Sarah había mantenido reprimidas como un volcán latente durante meses, hicieron erupción frente al rostro de su marido. "No tienes derecho. Eres un convicto en una sucia prisión flotante. Nos dejas para siempre. Así que son mis hijos, y haré lo que me parezca oportuno".

Dando unos pasos hacia atrás ante la furia de su esposa, Blay respiró hondo, miró su expresión, exhaló y tragó saliva. "Tus palabras dan punzadas a mi corazón Sarah, pero debo considerarlas", le dijo. "He estado en este barco durante tres meses. Las ratas se arrastran sobre mí mientras duermo, muchos compañeros de prisión tienen la maldita enfermedad .[1] La fiebre de la cárcel se extiende, luego desaparece y luego se extiende de nuevo. Llevo la misma ropa que me dieron el primer día en este apestoso agujero del infierno. Tienes razón, Sarah, este no es un lugar que los chicos deban soportar. Pero temo que la tristeza de no verlos me invada ."

Sarah observó los ojos marrones del hombre con el que se había casado once años antes - la chispa se había marchado - reemplazada por la miseria y el miedo. Ella puso sus manos alrededor de su cara, notando la tez apagada de su piel y la desdicha de su expresión. Quería abrazarlo como uno de sus chicos y decirle que todo estaría bien, pero eso sería inútil. En cambio, le besó los labios y le dijo que lo vería el próximo domingo.

Junto con otros visitantes, Sarah bajó la escalera hasta la pequeña balsa y se dirigió a la orilla, lejos de la desolación de la prisión náutica y la desesperanza de su marido.

4

EL ADIÓS

Incansable,

"Antes de embarcarse en el buque Incansable, muchos prisioneros habían sido retenidos en los cascos anclados en Woolwich y fueron transferidos al Incansable entre el 21 y el 25 de abril de 1812.

La guardia estaba formada por los tenientes Pook y Lascelles del 73º Regimiento con un destacamento para Hobart."

El Incansable zarpó de Inglaterra el 4 de junio de 1812 en compañía del Juglar.

Llegaron a Río de Janeiro el día 29. El Juglar y el Incansable navegaron juntos hasta el 17 de agosto cuando se separaron por un vendaval.

El Incansable navegó directamente a Hobart llegando allí el 19 de octubre de 1812.

El Incansable fue el primer barco de convictos que fue enviado directamente a Hobart.

Un prisionero murió durante el viaje, por la detonación accidental de un mosquete."

De https://en.wikipedia.org/wiki/Indefatigable_(1799)

2 de junio de 1812

Encadenados por los tobillos, los prisioneros tenían 20 minutos para despedirse de las familias que se habían reunido en el muelle de Woolwich.

James Tedder lloró, jadeando, mientras su madre lo abrazaba y acariciaba su ahora recrecido, pero sucio, cabello. Su hermano menor William se mantuvo al margen tratando de parecer fuerte, pero los ojos rojos e hinchados y las lágrimas transparentes que goteaban por su rostro blanco como la nieve, expusieron sus sentimientos .

El hermano mayor, Henry, parecía solemne y tranquilo, pero los ojos llenos de lágrimas resaltaban el intento de ocultar su angustia.

Henry Tedder sénior estaba de pie detrás de su esposa. Le dolía el corazón y le latía la cabeza. No trató de ocultar las lágrimas, ya corrían por su cara como la lluvia que goteaba por la ventana. Dio un paso adelante, y por primera vez desde el encarcelamiento de Tedder, Henry tocó a su hijo mediano. Puso su mano en su rostro y el chico se desplomó en los brazos de su padre. Los gritos y sollozos desconsolados de Tedder atrajeron al guardia Chimuelo, que se acercó al pequeño grupo.

"¡Deja de lloriquear tan fuerte, nena!" le gritó a Tedder.

Henry sénior se interpuso entre su hijo y el guardia. No habló, pero se mantuvo firme con el aire de alguien que ocupaba un puesto más alto en la vida. El guardia retrocedió, murmurando que le haría la vida difícil al llorón y al zapatero arrogante en la Tierra de Van Diemen.

Esther Tedder, la más joven de los hermanos, había estado con Henry junior, y ya no podía contener su dolor. Ella arrojó sus brazos alrededor del cuello de Tedder y sollozó en su hombro. Se abrazaron durante unos minutos antes de que Tedder diera un paso atrás para ver su rostro.

"Nunca se sabe, Esther", dijo. "Puede que no esté tan mal la Tierra de Van Diemen. Podría encontrar el camino de regreso a casa cuando mi sentencia esté cumplida."

Al final de los veinte minutos más rápidos de su vida, ordenaron a James Tedder que subiera a una lancha y lo enviaron de vuelta al *Incansable,* donde había estado confinado durante las últimas cinco semanas, esperando para navegar. No miró hacia su familia en el muelle. Se encorvó y se dobló en una posición casi fetal, llorando, sabiendo que nunca más vería a sus padres o hermanos.

Las emociones de James Blay causaron estragos en su mente. Aunque estaba ansioso por ver a su esposa e hijos, sabía que la separación sería más dolorosa que cualquier suceso del año pasado. Manteniendo la compostura por sus hijos, abrazó a su esposa, absorbiendo el olor a rosa de su cabello y sintiendo sus pechos contra el suyo .

Lo abrazó, pero no lloró, ni cedió ante el maremoto emocional que emanaba de su marido.

Moviendo las cadenas alrededor de sus tobillos para que estuvieran detrás de él, se arrodilló para hablar con los chicos con calma y con comodidad. "Pronto estaremos juntos de nuevo, chicos. No se preocupen, esto no es para siempre", les aseguró. "Estaremos todos juntos de nuevo antes de que se den cuenta. Tú James, eres el mayor; tienes que ser un hombre y cuidar de tu Mamá, y de William y John."

James júnior frunció el ceño, cruzó los brazos frente a su pecho en desafío, y se negó a mirar a su padre. Blay lo dejó y abrazó a los otros dos el doble de fuerte. Sabía que Sarah era una mujer fuerte, y que cuidaría de los niños. Mientras besaba a su esposa por última vez, apartó de su mente caótica la idea de que se volviera a casar y rezó para que su promesa de reencuentro se cumpliera.

Empujado a la lancha para el regreso al *Incansable,* Blay ya no pudo ocultar su sufrimiento. Dejó que las lágrimas corrieran por sus mejillas sin control. Diciendo "Lo siento", le dio un último adiós a Sarah, James júnior, John y William. Abrumado por la desolación, se agachó en el pequeño bote, para que los niños no vieran su cuerpo sacudiéndose por los sollozos.

5

EL OTRO LADO DEL MUNDO

"El General de División Lachlan Macquarie: (31 de enero de 1762 - 1 de julio de 1824) fue un oficial del Ejército Británico y administrador colonial de Escocia.

Macquarie fue el quinto y último gobernador autocrático de Nueva Gales del Sur desde 1810 a 1821, y tuvo un papel destacado en el desarrollo social, económico y arquitectónico de la colonia.

Los historiadores consideran que tuvo una influencia crucial en la transición de Nueva Gales del Sur de una colonia penal a un establecimiento libre y que, por lo tanto, desempeñó un papel importante en la configuración de la sociedad australiana a principios del siglo XIX.

Una inscripción en su tumba en Escocia lo describe como "El Padre de Australia".

En una visita de inspección al poblado de Hobart Town en el río Derwent en la Tierra de Van Diemen (actual Tasmania) en noviembre de 1811, Macquarie se horrorizó ante la precaria organización de la ciudad y ordenó al agrimensor del gobierno James Meehan que planeará un trazado regular de las calles.

Este estudio determinó la forma del actual centro de la ciudad de Hobart". [1]

19 de octubre de 1812

Los pájaros fueron la primera señal de que la tierra estaba cerca. Después de cuatro meses y medio en el mar, James Tedder y James Blay empujaron a otros convictos para posicionarse en la barandilla de la cubierta del barco, escudriñando el horizonte para ver por primera vez la Tierra de Van Diemen. "¡Tierra a la vista!" rugió el marinero en lo alto de la cofa.

Un breve vistazo a las montañas cubiertas de verde fue todo lo que el cargamento humano pudo ver.

"¡Bájense, convictos!" gritó el marino a cargo. "Les pondrán las cadenas antes de que desembarquemos, así que vayan a las literas y no se muevan. Si se levantan de las literas, serán azotados".

Apiñados bajo la cubierta en sus catres, los convictos escucharon a las esposas e hijos de los marinos salir del barco, mientras esperaban abajo, apretados. Voces emocionadas se maravillaban ante el cielo azul, comentarios sobre el brillante sol y el agua color índigo del estuario, y exclamaciones sobre lo cálida que era la brisa para ser octubre, filtrada a través de las tablas de la cubierta a los prisioneros de abajo. Esperaron mientras alguien guiaba al ganado fuera del barco. Esperaron de nuevo mientras los marinos recogían sus pertenencias y dejaban el barco para alcanzar a sus familias. Escucharon mientras los marineros preparaban al *Incansable* para el anclaje.

"Manténganse alertas" fue la orden de un guardia. "Los grilletes estarán puestos, y todos ustedes estarán encadenados. No puedo vigilarlos uno por uno, más fácil de ver en una larga fila. No queremos perder a ninguno de ustedes por causa de los nativos, ¿verdad?"

Tedder no sabía qué esperar. No sabía cómo sería Hobart Town. Su imaginación le mostraba una ciudad como Londres, aunque sabía que no sería tan grande y esperaba que no tan sucia. Se imaginaba calles pavimentadas, edificios de diferentes alturas, tiendas y gente serpenteando, hablando, comprando y haciendo sus diferentes asuntos.

Sin tiempo para acostumbrar sus piernas de nuevo al suelo firme, los convictos se esforzaron por caminar con los grilletes. Los guardias los hicieron marchar por caminos de tierra, entre tiendas de acampar y edificios de madera y piedra en varias etapas de construcción. La realidad de la ciudad de Hobart sorprendió a Tedder, la precaria e improvisada organización de las viviendas y locales comerciales y las vías disfrazadas de caminos, llamaron su atención ante la re-adaptación de sus piernas. Le dolía el corazón al ver a los convictos de viajes anteriores trabajando, encadenados, excavando rocas para hacer que el indomable paisaje diera lugar a caminos transitables .

Cuatro meses y medio en el *Incansable* y antes de eso, el buque prisionero, *Retribución*, habían dejado a Tedder, Blay y sus compañeros convictos, cubiertos de piojos, y costras y llagas por las picaduras. Estaban delgados, sucios y exhaustos.

Además de su fatiga y una sensación general de desdicha, una vez que pudo caminar, aunque todavía encadenado, sobre una superficie que no se movía, Tedder notó el aire: tenía un olor que incluía el mar, los árboles, la tierra y el sol. Sabía que era primavera en este lado del mundo - los soldados y marineros que habían estado aquí en viajes anteriores contaban cómo las estaciones estaban al revés - así que Tedder se permitió respirar profundamente, respirar el aire fresco y limpio que se sentía como nubes entrando en sus pulmones. No comprendía los arbustos y estaba reflexionando sobre por qué, en primavera, no brotaban flores, cuando alguien lo empujó por la espalda con el extremo de un mosquete. Cayendo de bruces en la tierra, hizo caer a los convictos a ambos lados de él también.

"Levántense, gusanos", rugió el marino que había infligido el daño del mosquete.

Tedder y los dos hombres a su lado lucharon por ponerse de pie, recibiendo patadas y puñetazos durante el intento. Sus piernas cansadas finalmente encontraron la fuerza necesaria para mantenerse en pie con los demás. No habló, no se movió. Hasta ahora, había sido casi tan invisible como lo había planeado. Blay había llamado la atención de los marinos en el *Incansable*. Lo habían golpeado por insolencia, por hablar cuando las escotillas estaban cerradas y por quejarse de las cadenas que rozaban su piel. Por la última queja, le colocaron cadenas nuevas y más apretadas. Blay dejó de quejarse, pero Tedder sabía que su espíritu no se había roto.

Los convictos se dirigieron a un improvisado dormitorio al pie de una pequeña colina, con vistas a la bahía donde el *Incansable* se mecía suavemente con el oleaje. Fueron los primeros convictos enviados directamente a la ciudad de Hobart y se alojaron en tiendas de campaña que no ofrecían ninguna protección contra los fuertes vientos o lluvia. Tedder miró al cielo, rezando para no ver nubes oscuras formándose. Sabía que esta vez Dios lo había escuchado porque el cielo era del color azul que se veía sobre los cielos de Río de Janeiro, con unas pocas nubes blancas y esponjosas que corrían con la brisa. El golpe de un garrote en la parte posterior de sus piernas tomó a Tedder por sorpresa, pero esta vez los convictos estaban listos y se prepararon para su inevitable caída.

"Vamos a ver si podemos averiguar lo que hay en tu cabeza, convicto. Parece que te la pasas viendo por doquier como bobo. Si no *puedes* usar tus orejas p*ara* escuchar, podrás perderlas", dijo con desprecio el guardia a través de sus dientes podridos y el aliento de un cadáver.

Tedder conocía la respuesta esperada "Sí, señor".

"Mejor que no te pongas a soñar aquí, convicto. Serás colgado por perezoso. *Te estaré* vigilando de cerca ," el guardia gruñó. "Tampoco quiero n*ingún* lloriqueo como en Woolwich".

Había dos redes de cadenas con unos treinta hombres en cada una, que fueron arrojados a la gran carpa. Se los dejó solos en el silencio. Por primera vez desde que bajó del barco justo antes de que se descargaran los suministros, Tedder se preguntó por Blay.

Una voz rugiente del otro extremo de la otra cadena hizo que todas las cabezas miraran en una dirección.

"Imagino que nos alimentarán en algún momento. Imagino que estaremos durmiendo aquí en la tierra al menos por esta noche. Todos tendremos que sentarnos juntos y mearnos en los pantalones porque no podemos levantarnos sin arrastrar a los compañeros a ambos lados también."

Tedder estaba feliz de escuchar la voz de Blay.

"Cuando diga tres, nos sentamos todos", ordenó Blay. "Y espero que tengamos algo de comida y agua antes de que pase mucho tiempo."

Los convictos se desplomaron al suelo como una sola unidad. Agotados, hambrientos, sedientos, y algunos como Tedder, con dolor. Ninguna comida llegó a la carpa. Tedder calculó que habían pasado unas treinta y seis horas desde que habían comido, pero quedaron agradecidos de ver a un convicto trayendo un cucharón que había sido llenado de una cubeta de agua. Cada uno, a su vez, bebió con sed. Tedder pensó que el agua sabía a nieve fresca; estaba crujiente y limpia, pero un cucharón no era suficiente. Quería tomarse toda la cubeta.

6

EL HOJALATERO EN LA TIERRA DE VAN DIEMEN.

Era extraño dormir en una superficie que no se movía con la subida y bajada del mar. Tedder había estado en el mar durante dos años y a menudo dejaba que el balanceo del barco le facilitara el sueño. Por extraño que fuera el sentimiento estacionario, se durmió tan pronto como oscureció, asombrado de despertarse con el sol brillante y el sargento de marina gritándoles que se levantaran.

"¡En filas, desgraciados!" gritó un guardia del barco, agitando un garrote.

Los convictos se colocaron en una especie de línea y, como parecía adecuado a su posición y situación, se pusieron de pie con las cabezas inclinadas y las manos entrelazadas al frente. Como los otros prisioneros, Tedder estaba hambriento y exhausto. No tenía la energía para ser azotado o pateado o empujado; era demasiado miserable. Así que se quedó quieto y escuchó las instrucciones.

"Salgan al sol, inútiles, y empiecen a caminar", fue la orden de Chimuelo.

Un cabo de la marina con un uniforme limpio y planchado tomó la delantera y las treinta almas que formaban la fila de convictos de la que Tedder formaba parte, marcharon a lo largo de la parte de atrás, todavía con las cabezas inclinadas. Tedder no podía saber hasta dónde habían llegado, pero sabía que sus tobillos estaban raspados, sangrando y magullados por el implacable peso de los aros de metal. Sin comida y sin más agua, y con el calor del sol intensificándose, los hombres se desplomaban y arrastraban a otros con ellos hasta que la mayoría terminaba en el suelo, demasiado agotados para continuar. El marino que lideraba el camino se dirigió hacia Chimuelo justo cuando estaba a punto de hundir su bota en Tedder que se había derrumbado con todos los demás.

"Mantenga sus pies quietos, guardia", rugió el cabo. "¿Les han dado agua y alimentos a estos convictos desde que desembarcaron?"

"No lo sé, señor", respondió Chimuelo. "Acabamos de recogerlos de la carpa y están alineados".

Tedder quiso hacer saber al más agradable cabo que este mismo guardia los había llevado a la carpa la noche anterior, y solo les habían dado un vaso de agua y nada de comida. Pero, decidió no hablar.

El cabo marchó a la mitad de la línea, se puso firme y se dirigió a los prisioneros.

"Tendrán que encontrar la fuerza para levantarse y caminar hacia los edificios del gobierno. Son unos quince minutos más. Se les dará algo de comer y beber, una oportunidad para bañarse y lavarse la ropa. Si creen que no pueden hacerlo, háganmelo saber ahora mismo, los desencadenaré de los demás y podrán quedarse aquí, al sol, en la tierra. Las hormigas no tardarán mucho en subir a sus oídos, ojos y nariz, pero aún así tardarán mucho en morir".

Chimuelo sonrió. Los pocos dientes podridos que le quedaban estaban rechinando de júbilo.

Tedder se forzó a tragar su bilis por la garganta.

Después de unos minutos, los treinta convictos se pusieron

de pie, mirando hacia el mismo lado y arrastrando los pies hacia las recompensas mencionadas.

Los edificios que el cabo llamaba 'del Gobierno' estaban hechos de algún tipo de madera y parecían primitivos comparados con los edificios de Islington y Newgate. Llevados a un edificio parecido a un granero con un suelo pavimentado de piedra, paredes de madera, espacios donde deberían estar los cristales de las ventanas, un techo de madera y una larga mesa de madera en un extremo, los convictos se quedaron de pie, esperando su destino. El cabo hizo que un herrero les quitara los grilletes y las cadenas de los tobillos y por fin pudieron sentarse individualmente. Fue un alivio que sus piernas se liberaran del peso y la presión de los grilletes. Algunos convictos se sentaron en el suelo de piedra con las piernas cruzadas, otros se sentaron con las piernas delante, otros debajo para estirarlas . Tedder se sentó con las piernas cruzadas en el suelo, frotando cada tobillo para tratar de aliviar el dolor que los grilletes habían causado .

"Esta es la última vez que se les dará comida que no esté racionada", le dijo el cabo a los sucios y fatigados hombres sentados en el suelo. "Cuando lleguen, coman despacio. No se atraganten una sola vez, porque se enfermarán, y no tendrán más hasta la cena."

Aparecieron hombres sin grilletes con barriles de agua y tarros de hojalata. Tedder asumió que eran convictos ya que todos estaban vestidos igual, con pantalones de percal y camisas de algodón a rayas. Los convictos en la fila aceptaron agradecidos el agua clara y fresca. Tedder recordó con un escalofrío los cuatro meses y medio en el *Incansable* donde el agua era a menudo escasa y los más de doce meses en el *Retribución* donde el agua era marrón y enfermaba a los hombres.

Dejando los barriles de agua, los asistentes volvieron con panes, queso y cerdo seco. Quedó claro que la mayoría de los prisioneros no habían oído el consejo del cabo sobre comer despacio, o habían decidido por los dolores del hambre, no seguirlo. Tedder aún no había recibido su comida cuando comenzaron los vómitos al principio de la fila. Era difícil comer despacio, no se había dado cuenta de lo hambriento que estaba. Pero, lo hizo. No volteó a ver al hombre a su lado al cual se le regresó la comida casi tan pronto como la tragó . Tedder se alejó de los hombres que vomitaban, bloqueó el olor y el sonido, cerró los ojos y disfrutó de cada bocado lentamente.

"El cabo les dijo que comieran despacio . Ahora tienen que esperar cinco horas más", se burló Chimuelo.

Tedder sabía que este hombre disfrutaba de la miseria de los demás. Había hombres así en el mundo, su padre le había advertido cuando iba a ser aprendiz del hojalatero en Islington.

"Habrá algunos que disfrutarán de la bajeza de los demás", lamentó su padre, Henry. "No seas uno de ellos, hijo mío. Sé amable con la gente, haz lo que te ordena tu maestro, enorgullecete de tu trabajo y serás un buen hombre algún día."

Tedder aspiró su nariz y tragó con fuerza; sabía que su padre tenía el corazón roto.

"Oh, mira, el pequeño está llorando como un bebé otra vez", Chimuelo había pillado a Tedder soñando despierto. "No te preocupes, pequeño bebé", le susurró Chimuelo al oído de Tedder. "Me aseguraré de que estés bien. Te estaré vigilando"Tedder sintió pavor recorrerle el cuerpo.

A su regreso, el cabo ordenó a los treinta hombres que se pusieran de pie. Aquellos que no habían podido mantener su comida en sus estómagos, tuvieron dificultad en hacerlo.

"Hay que administrar mucho", gritó el cabo, "Esperarán aquí hasta que alguien los llame. Si no mantienen su posición, serán azotados. Cuando escuchen su nombre, vengan al escritorio y respondan a todas las preguntas con honestidad y veracidad."

Sus nombres se fueron llamando alfabéticamente por

apellido. Algunos fueron reacios a pasar al frente, consternados por su suerte al final de la entrevista. La vacilación fue recibida con un azote en la espalda, proveniente de la culata de un mosquete. William Barrett fue el primero, seguido por Clements, el que estaba al lado de Tedder que había vomitado su almuerzo. Cuando llamaron el nombre de William Cooley , Tedder luchó por mantenerse en pie, sabía que probablemente sería uno de los últimos. Había un largo espacio entre los nombres, y para mantenerse concentrado y en pie, Tedder contó los minutos entre ellos. Cuando su nombre fue llamado, no lo escuchó, seguía contando después de que habían llamado a William Smith. Le sorprendió cuántos de este grupo se llamaban William.

Chimuelo no habló. Se movió por detrás de Tedder y le golpeó la espalda con toda la fuerza que pudo. Tedder cayó de cara al suelo de piedra, saboreando instantáneamente la sangre. Demasiado aturdido para estar de pie, se quedó allí tumbado, la sangre brotaba de su nariz o de su boca, no sabía de dónde .

Chimuelo estuvo a punto de hundirle la bota en su espalda cuando la voz del cabo bramó sobre el suelo de piedra y el sonido vibró en la cabeza de Tedder. Dos marinos lo levantaron y arrastraron hasta al escritorio del cabo. Con los ojos húmedos, Tedder no podía ver al cabo ni el escritorio. Pensamientos aleatorios sacudieron su cerebro mientras intentaba concentrarse y mantenerse de pie por sí mismo. ¿Era esa silla para él? No se había sentado en una silla desde que se fue del *Incansable*, y entonces era una que se movía con el oleaje del mar. No se había sentado en una silla quieta en dos años. Otros dos hombres que él asumió eran convictos, ayudaron a Tedder a sentarse en la silla. Le limpiaron la cara - era su nariz la que sangraba - rota según un hombre. Su ojo derecho se hinchó, y sus labios sangraron, pero no parecía haber perdido ningún diente. Eso fue un alivio, no quería estar desdentado también. Se rió.

"Voy a ignorar sus estúpidas risitas, Tedder", advirtió el cabo, "el golpe en la cabeza podría afectarlo durante unos días. Bien, me llamo Cabo John Blackbow, me llamará 'señor'. ¿Queda claro?"

"Sí, señor," murmuró Tedder.

"Necesitamos hacer algo de papeleo. Entonces será asignado a un grupo de trabajo o a un colono o al Gobierno, dependiendo de sus habilidades y carácter. Aquí dice que su sentencia es de siete años, así que sé que no mató a nadie. También dice que su crimen fue un delito grave, así que tampoco es usted un ángel."

Tedder estaba a punto de explicar las circunstancias de su acusación y deportación , pero la mano levantada del Cabo Blackbow en su cara lo silenció.

"No le di permiso para hablar. Me importa una mierda cuál fue su crimen. Está aquí, en la Tierra de Van Diemen y cumplirá su condena."

Tedder se quedó quieto mientras le tomaban la altura, 1,80 m, promedio. Se lo examinó para ver si tenía tatuajes y otras marcas. Se anotó el color de su cabello, el color de sus ojos y la apariencia de su piel. Sabía que el registro no mostraría tatuajes o marcas, pelo castaño claro y ojos grises. Su madre amaba sus ojos grises. Las lágrimas rodaron por las mejillas de Tedder al imaginarse a su madre sosteniéndolo y mirando sus ojos grises cuando se despidió de ella en el muelle de Woolwich. Se dio cuenta de que el cabo escribió "pálido" en la sección de la tez. Quería gritarle y escupirle en la cara del cabo que desde octubre de 1810 había estado en prisión, sin comer bien, sin tener acceso a agua limpia y sin suficiente sol. Sí, su tez era jodidamente pálida. Las lágrimas continuaron saliendo de sus ojos y serpentearon en la suciedad de su cara, formando huellas mientras rodaban.

"Dios, Tedder. Deje de llorar. Haga lo que le dicen, no se meta en problemas y el tiempo pasará rápidamente. Puede que incluso le guste estar aquí, al menos el clima es mejor."

Tedder no intentó explicar sus lágrimas, y no se le pidió que lo hiciera. Estaba agradecido de que fuera el cabo y no Chimuelo el que presenciara su angustia.

Ordenado a volver a la silla, el cabo hizo preguntas sobre su educación, su crianza, lo que su padre hacía para ganarse la vida, dónde vivía, en qué tipo de vivienda había vivido, cuántos hermanos tenía y su oficio. Respondió a las preguntas con sinceridad, sin dar detalles. El cabo sólo quería los hechos. Mostró interés en la profesión de Tedder, a pesar de que le faltaba un año de aprendizaje cuando ocurrió la tragedia.

"¿Seguro que sabe lo suficiente, Tedder?" preguntó el cabo. "Después de seis años como aprendiz debió haber aprendido algo."

Tedder miró hacia la puerta del lado norte de donde estaba sentado, se preguntó si Inglaterra estaba en esa dirección.

"Jesús, Tedder, despierta, hombre. Te estoy haciendo una pregunta."

Avergonzado, Tedder se enfrentó al cabo. "Lo siento, señor. Sí, aprendí mucho cuando fui aprendiz en Islington. Puedo hacer objetos finos para casas elegantes y artículos de uso diario."

"No me importa lo que hayas hecho para las casas elegantes. No tenemos casas elegantes en Hobart Town. Estoy más interesado en que puedas leer y escribir."

"Sí, señor. Fui a la escuela."

"Se le asignará a la Provisión de la Comisaría - nuestra tienda de provisiones - Dios sabe que Williamson puede beneficiarse de su ayuda. El cabo mojó su pluma en la tinta y garabateó un comentario junto al nombre de Tedder en el papel. "Tenga en cuenta que si no se esfuerza o se pone a fantasear que el trabajo de las tiendas es poca cosa para usted, será asignado a los encadenados cavando caminos o cargando piedras para los edificios. ¿Queda claro?"

"Sí, señor."

"Siga al guardia por la puerta de allí", dijo el cabo señalando la puerta del lado norte. "Tendrá un baño en el estuario y le darán pantalones limpios. Cuídelos, no sé cuándo tendremos más para distribuir."

Uniéndose a la asamblea de convictos que habían sido procesados afuera de la oficina del cabo, Tedder podía oler la desesperación en el grupo, podía ver los destellos de esperanza en sus ojos desvanecerse con cada paso hacía la orilla del agua.

"Quítense las ropas del *Incansable*, lávense en el agua del estuario, y pónganse los pantalones limpios cuando estén secos. Sí, el agua está fría, sólo métanse ahí y acaben de una vez. Es agua de mar, cuidado."

Fue uno de la banda de Chimuelo quien dio las órdenes y la advertencia, Tedder notó que tenía más dientes y más pelo.

Cuando completaron el lavado, el secado y se vistieron , la fila de treinta prisioneros siguió a la guardia principal, con las cabezas inclinadas y los brazos a los lados. Tedder se preguntaba la diferencia entre cómo los trataban a ellos con cómo trataban a los esclavos.

7

EL ZAPATERO EN LA TIERRA DE VAN DIEMEN

Los deportados en las primeros décadas tenían más posibilidades de éxito económico a largo plazo que los deportados posteriormente, cuando los mercados laborales estaban saturados y el acceso a la tierra era más difícil.

De *http://www.utas.edu.au/library/ companion_to_tasmanian_history/C/Convicts.htm*

Aliviado de que su apellido empezara con la letra "B", Blay echó un vistazo a la fila de prisioneros mientras se dirigía a ver al cabo; todos luchaban por mantenerse en pie, especialmente los que habían vomitado su cena. Había perdido de vista a James Tedder.

"Párese derecho", gritó el cabo mientras Blay tomaba posición frente a su escritorio. "Así que tiene sentencia de por vida, ¿eh? Robo de botas, aunque puede hacerse las suyas propias. ¿Su habilidad para hacer botas no es buena, Blay?"

James Blay no sabía si se esperaba que respondiera o

permaneciera en silencio mientras continuaba el interrogatorio.

"Le hice una pregunta, convicto", rugió el cabo.

"Lo siento, señor. Soy un buen zapatero, señor. Tengo mi propia tienda en Spitalfields".

"No, no la tiene, convicto. Está en la Tierra de Van Diemen, sin nada".

Blay se sintió devastado. "Tiene razón, señor. Mi mujer lleva el negocio con el aprendiz, para alimentarse a sí misma y a los tres chicos". Blay percibió lo que pensó que era un ligero cambio en la actitud del cabo.

"Bueno, entonces, sigamos con el procesamiento y le asignaremos un trabajo."

La tez de Blay, como la de Tedder, quedó catalogada como pálida. Sus ojos eran marrones y no tenía tatuajes ni otras marcas. Medía 1,80 metros de altura, por encima de la media, pero con un peso inferior al normal.

Blay recibió instrucciones sobre sus nuevos pantalones, el racionamiento de alimentos, equipo, incluyendo herramientas y ropa.

"Tenemos suficientes zapateros en Hobart Town, Blay. No hay suficiente cuero para mantenerlos a todos ocupados. Se le asignará a un colono, James Bryan Cullen. Él lo recogerá por la mañana."

8
_____

LAS BOTAS DEL ZAPATERO

Los convictos que violaban las normas y reglamentos del departamento de convictos podían ser llevados ante un tribunal de magistrados. Los castigos concedidos variaban desde multas, amonestaciones, azotes (de 12 a 100 latigazos) y sentencias a las celdas, la rueda de rodaje y los cepos públicos. Las sentencias a los grupos de trabajo forzado y encadenado en las carreteras también podían ser concedidas...

De http://www.utas.edu.au/library/ companion_to_tasmanian_history/C/Convicts.htm

Durmieron en literas en un gran dormitorio de madera la segunda noche en la Tierra de Van Diemen. Sin grilletes era más fácil encontrar una posición cómoda. Los guardias estaban alrededor del perímetro rotando durante la noche. A James Blay no le importaban los guardias; dormía en una cama que no se movía, que estaba razonablemente limpia, y estaba libre de las cadenas. Respiró profunda y satisfactoriamente.

El amanecer atravesó las grietas de las paredes del edificio al mismo tiempo que los guardias irrumpieron gritando para que los prisioneros se levantaran. Blay buscó a tientas las botas que le habían dado el día anterior ; no pudo encontrarlas. En pánico, volteó el colchón, tiró su manta del catre, se bajó al suelo de tierra para mirar debajo de la litera y dio vuelta a la manta una y otra vez.

"¿Cuál es su problema, convicto?"

Blay no podía confundir la difamatoria forma de hablar de Chimuelo. Su corazón se aceleró, el color se le fue de la cara, se volvió para mirar al guardia.

"Mis botas han desaparecido, señor", balbuceó Blay.

Chimuelo se rió.Levantó el garrote, listo para atacar, pero fue detenido por un gruñido del cabo.

"¿Qué está pasando, guardia?"

"Blay ha perdido sus botas, señor, y no sabe dónde encontarlas." Había cuatro guardias en el dormitorio; se doblaron de risa.

"Bueno, guardia, imagino que alguien de aquí las ha tomado a menos que usted y sus hombres no estuvieran vigilando el cuartel toda la noche y Blay se escabullera a vender sus botas."

"No señor, no se escapó . Hicimos guardia toda la noche," respondió.

"Entonces busquen en los cuartos, encuentren las botas y el ladrón, y tendremos un juicio y una ejecución. O podemos salir a tomar un poco de aire fresco y ver si las botas aparecen."

Blay se sintió aliviado de no llevar más grilletes, las cadenas habrían sonado en sincronización con el temblor de su cuerpo. No quería que nadie fuera ejecutado por su culpa, pero sus botas habían desaparecido. Los hombres en el cuartel se arremolinaron, hablando y señalando en diferentes direcciones a los sospechosos imaginarios. Blay se sintió miserable. Se puso a gatas y miró debajo de la litera otra vez, las botas estaban allí.

El cabo y los guardias volvieron a los cuartos mientras Blay ponía las botas en sus pies.

"Las encontraste, ¿verdad?" se rió Chimuelo.

"Aparecieron bajo la litera cuando usted estaba fuera," testificó Blay.

"Sáquenlo y denle 25 azotes con el "gato" por hacernos perder el tiempo," ordenó el cabo.

Chimuelo sonrió. "Te dije cuando Tedder y tú lloriqueaban en Woolwich que los haría sufrir, convicto. Ahora es el momento."

Agarrando a Blay por el cuello, Chimuelo lo lanzó fuera. Estaba lloviendo un poco. Por alguna razón esto le trajo consuelo. La lluvia parecía apropiada.

"No le rompas la ropa," advirtió el cabo "Estamos escasos."

"Bueno, Blay, mejor que te quites la camisa , y ten cuidado de no ensuciarla ni rasgarla." Chimuelo se ubicó frente a la cara de Blay, escupiendo sus instrucciones.

Decidido a no dejar que Chimuelo, los otros prisioneros o el cabo vieran debilidad o miedo, Blay se quitó la camisa, la dobló y la colocó en un pequeño arbusto en el borde del claro; se puso de pie, tenazmente. Mirando a los amenazantes y odiosos ojos de Chimuelo, viendo al látigo de nueve colas moviéndose a su antojo, esperando impacientemente hacer contacto con su víctima, Blay mantuvo la imagen de su esposa e hijos en su mente.

De espaldas al agresor, ataron las muñecas de Blay a un marco en un montaje en el medio del patio. Él tembló en anticipación a la agonía que se avecinaba. Había visto a hombres, tanto convictos como tripulantes, azotados en el *Incansable* durante el trayecto a este lugar olvidado por Dios. Lo habían azotado también, pero no con el "gato". Imaginando la sangre, el desgarro de la carne, escuchó los gritos de agonía. Sus gritos. Después del tercer o cuarto golpe, el ruido cesó. Chimuelo rió con satisfacción.

Blay ya no hizo ningún sonido mientras los cortes penetraban en la piel blanca e inglesa de su espalda. No los sintió; su cerebro se apoderó del terror y perdió el conocimiento después de contar doce.

El corazón de James Tedder latía en sus oídos como los pies de un soldado marchando al ritmo de un tambor. Se había alejado de Blay por una noche y el tonto obstinado estaba atado a un palo esperando ser azotado con el gato de nueve colas. Por Chimuelo, nada menos.

"¿Qué ha hecho?" Tedder le preguntó al convicto que estaba a su lado.

"Perdió sus botas para la asamblea y las encontró de nuevo", dijo el hombre.

"¿Por qué lo están azotando si las encontró?

"Porque desperdició el tiempo del cabo y del guardia cuando no pudo encontrarlas."

Dando un salto, cuando el primer golpe azotó la carne expuesta de James Blay, Tedder sintió náuseas cuando Blay soltó un grito espeluznante.

Chimuelo miró fijamente al grupo reunido de convictos obligados a ver el castigo. Echó su brazo hacia atrás tanto como pudo y le dio a Blay un golpe poderoso. El grito que Tedder escuchó después del primer golpe fue un gemido apagado comparado con el segundo y los siguientes gritos. Mientras Chimuelo lo golpeaba , la sangre brotaba de la espalda de Blay y la piel se desprendía en tiras. Ninguno de los otros 199 convictos sobrevivientes del *Incansable*, hizo un sonido. Algunos habían sentido la ira del "gato" en el viaje desde Inglaterra. Los marinos y guardias se quedaron quietos, inmóviles, encogidos mientras el "gato" destrozaba la espalda de Blay. Chimuelo fue el único hombre presente que obtuvo alguna satisfacción del castigo. Tedder sabía que Blay se había desmayado; agradeció a Dios por la misericordia.

Observando el grupo que presenciaba el tormento de Blay, Tedder notó varios hombres, que por su vestimenta y estatura no eran convictos. Juntos, fruncieron el ceño al ver la escena. Sin ninguna obligación, no se quedaron a ver la miseria de Blay, se dirigieron al cuartel del superintendente, cerrando la puerta ante el triste panorama detrás de ellos. Todos menos uno.

Tedder lo notó, más viejo que sus acompañantes, haciendo un gesto de dolor con cada golpe del "gato" en la espalda de Blay.

Al ver a uno de los odiosos guardias disfrutar haciendo sufrir a este convicto, le puso a James Bryan Cullen la piel de gallina. Tenía más o menos la misma edad en 1788 cuando el Gobernador Phillip ordenó que lo azotaran. Sacudiendo la cabeza, se dirigió a la oficina del superintendente.

9

LA ASIGNACIÓN DEL ZAPATERO

A su llegada, un convicto era normalmente asignado a un
patrón, a la Fábrica de Mujeres o a Obras Públicas. A quién y
dónde se asignaba un convicto se documentaba en un registro
de asignaciones. No todos los registros de asignación han
sobrevivido hasta el presente. Los convictos no eran asig-
nados a un patrón en Australia Occidental.

De https://www.nla.gov.au/research-guides/convicts/
convict-assignment

Acostado boca abajo en el catre del hospital durante tres días, Blay soñó con su casa en Spitalfields, con su esposa y sus hijos. Las mujeres convictas y el cirujano lo atendieron. El gritar en agonía cada vez que le aplicaban agua salada era un ejercicio tan infructuoso como tratar de convencer al juez de que no había robado botas en Piccadilly. Así que apretó los dientes, apretó los puños, enterró la cabeza en el colchón y esperó cada vez, hasta que el dolor cesara. Para el tercer día, la esperada agonía se había convertido en un ardor tolerable. Se pudo sentar al cuarto día, estremeciéndose cuando la piel de su espalda tiraba con cada respiración.

"Tómate tu tiempo, Blay," animó el cirujano. "Tu piel tardará en recuperar su flexibilidad. Sin embargo, no tendrás oportunidad para curarte aquí. Vendrán a buscarte antes de que termine el día."

Incluso apoyar la cabeza en las manos era una tortura. La leve flexión jalaba la piel de su espalda, estaba seguro de que las heridas se abrían más con cada movimiento.

"Debes tener cuidado, Blay", continuó el cirujano. "Mantén la camisa puesta todo el tiempo durante el día; trata de mantener tus camisas limpias. Lávalas regularmente. En esta época del año puedes dormir boca abajo sin camisa, aún no hay mosquitos. Pero debes mantener la camisa puesta durante el día para evitar las moscas en la piel. Los hombres se recuperan de estos azotes; es la ropa sucia, el ataque de moscas y el no mantenerse limpio lo que los mata. Si puedes ponerte agua fresca en tu espalda al final de cada día, eso ayudará. El agua de mar es aún mejor".

El cirujano continuó hacía su siguiente paciente, dejando a Blay sentado en el borde del catre, todavía con la cabeza en las manos.

El primer intento de mantenerse en pie fracasó. Las rodillas de Blay se doblaron. Extendiendo sus manos para detener su caída, el golpe resonó en sus brazos y en su espalda. Sin aliento por el dolor, estaba sobre sus manos y rodillas cuando Chimuelo entró.

"Ah, mira a Blay, que ya se inclina ante mí y ni hemos salido del hospital."

El cirujano, desviando su atención de lo que estaba haciendo, miró con desprecio a Chimuelo. "Dele un poco de tiempo, guardia. Pasarán días antes de que esté lo suficientemente curado para trabajar".

Chimuelo ignoró al cirujano y se puso de pie junto a Blay. "Levántate Blay, ponte la camisa y sal fuera. Te estaré esperando."

Ayudando a Blay con su camisa, el cirujano lo aconsejó: "No hay una forma fácil de hacer esto. Cada día que te vistas, te sentirás mejor. Recuerda mantenerte limpio y estarás bien." El doctor vio a su paciente arrastrar los pies hacia la puerta en dirección al bruto guardia que lo esperaba.

Entrecerrando los ojos en el sol primaveral de la tarde, Blay encontró consuelo en el calor de su cara. Chimuelo le ordenó ir a los aposentos del superintendente, empujándolo en medio de su espalda por añadidura. Blay perdió el aliento y se detuvo momentáneamente. Chimuelo lo empujó de nuevo. Podía sentir la sangre chorreando por su espalda.

"Te dije que caminaras, ahora camina".

Blay podía sentir las lágrimas inducidas por el dolor corriendo por sus mejillas. Tendría que dejarlas caer. Si él las limpiaba, Chimuelo las vería y lo golpearía de nuevo. Chimuelo lo empujó hacía la oficina del superintendente.

"Aquí está Blay, señor."

"Déjalo y vete".

Chimuelo le dio una última mirada amenazadora a Blay y salió hacia el sol de la primavera.

"Encontró sus botas, ¿verdad, Blay?" se burló el superintendente. Dirigiéndose a otro hombre en la habitación del que Blay no se había dado cuenta, el superintendente dijo: "Este es Blay, perdió sus botas nuevas y ha pasado unos días recordando lo importante que es cuidarlas. ¿No es así, Blay?"

"Sí, señor," era la respuesta esperada, pero Blay no respondió. Todavía estaba recuperando el aliento por el empujón en su espalda. El superintendente se levantó, puso las manos sobre su escritorio, se inclinó y le gritó a Blay para que respondiera.

"Sí, señor", respondió, "He aprendido a cuidar mis botas".

Terminada la intimidación, el superintendente se sentó en su silla.

A James Blay le costaba mucho aceptar que estos hombres le dieran órdenes y empujones. Hombres que, si aún estuvieran en Inglaterra, serían inferiores a él en la escala social. Había sido miembro de la Confederación de Cordwainer, había sido un artesano y comerciante respetado. Miró por encima de la cabeza del superintendente, recordando la vida que solía tener.

"Bueno, Blay." el superintendente dijo, "deberías quedarte aquí en Hobart Town para cavar caminos, pero los colonos necesitan ayuda".

El superintendente se dirigió al hombre que estaba de pie a un lado. Un hombre mayor con cabello gris y fino, con arrugas en su cara que bailaban cuando cambiaba de expresión, y un color en su piel que le recordaba a Blay el cuero que había moldeado en zapatos y zapatillas.

"Es todo suyo, Sr. Cullen. Pero cuide sus botas ahora, puede que él tenga la intención de robarlas".

Blay se sonrojó cuando el Superintendente gritó: "¡Largo, ya no eres mi responsabilidad!"

James Blay asintió con la cabeza al superintendente y giró para mirar al Sr. Cullen.

"Ve a buscar tus cosas y nos vemos afuera de la comisaría, Blay. No tardes mucho, ya me han retenido por tus azotes." Cullen miró con desaprobación al superintendente y se fue.

Blay fue a los dormitorios a recoger sus pantalones, camisa, chaqueta y gorra de repuesto. Contemplando la expectativa de que sus escasas pertenencias hubieran desaparecido, encontró a Tedder esperando junto a su litera, con su ropa atada lista para ser recogida.

Poniendo sus brazos alrededor de los hombros de Blay, Tedder le dio un suave y reconfortante abrazo.

"Los vi azotándote, Blay. Todos lo vimos. Tuvimos que hacerlo. Incluso los bastardos que escondieron tus botas se veían aprensivos. No creo que esperaran que pudieran llegar tan lejos. He estado cuidando tus cosas desde entonces."

Tedder sostuvo a Blay a distancia y miró el rostro que parecía haber envejecido diez años. "No te ves muy bien, Blay. Pero he oído que te han asignado a un colono en New Norfolk. Tiene que ser mejor que una cadena de presos".

"¡Blay!" alguien llamó desde fuera. "Toma tus cosas, tenemos que irnos".

Dando a Tedder un abrazo torpe, Blay tomó sus pertenencias y se dirigió a la puerta del cuartel hacia lo desconocido. Una vez más.

"Me llamo James Bryan Cullen. Voy a seguir llamándote Blay para que no haya confusiones con el nombre, ya que yo soy un hombre libre y además propietario. ¿Entendido?"

"Sí, Sr. Cullen", respondió Blay. Desconcertado y confundido, siguió al hombre mayor. No había cadenas físicas atadas a esta relación. Ni garrotes, ni látigos, ni seres malolientes que lo miraran maliciosamente, pero sin duda, seguía siendo un convicto. Aclarando su garganta para llamar la atención del Sr. Cullen, Blay pidió permiso para hablar.

"¿Qué pasa, Blay? Si tienes algo que decir, sólo dilo. No hay necesidad de andar de puntillas alrededor de mí o de los míos."

"Me pregunto," dijo Blay, "¿Adónde vamos y qué me va a pasar?"

El Sr. Cullen se echó a reir. "Bueno, Blay, se te ha asignado para que trabajes en mi granja. Así que, por el resto de tu vida, trabajarás para mí o si muero antes que tú, para otro colono. Por supuesto, si te comportas, podrías obtener un ticket de permiso o un perdón condicional o absoluto. Entonces serás capaz de cuidar de ti mismo."

La mirada incrédula en el rostro de Blay hizo que el Sr. Cullen continuara. "¿Sabes lo que es un ticket de permiso, hijo?"

Blay admitió que no tenía ni idea.

"Si cumples tu condena sin ningún incidente, si no infringes ninguna de las leyes aquí en la Tierra de Van Diemen, puedes solicitar al Gobernador un permiso. Significa que puedes moverte y trabajar para alguien más. Eres libre, pero no del todo. No puedes dejar la Tierra de Van Diemen. Si haces algo malo, te quitarán el permiso."

Así no era como James Blay imaginaba que sería su sentencia. Imaginó los horrores del encarcelamiento continuado en tierra firme; de ser encadenado y trabajar casi hasta la muerte.

"Me pregunto, Sr. Cullen, si podría hacer más preguntas".

Cullen asintió.

"¿Llevaré grilletes?"

"No mientras trabajes duro y no salgas corriendo," respondió Cullen.

"¿Qué hay de la ropa, comida y medicina?"

"Eres mi responsabilidad, Blay. Cuidaré de tus necesidades corporales".

Blay estaba a punto de hacer otra pregunta cuando el Sr. Cullen levantó la mano para indicar silencio. Obedecer no impidió que su mente saltara de pregunta en pregunta.

"Sígueme, Blay", ordenó Cullen mientras caminaban por las calles de Hobart Town. "Nos quedaremos en la ciudad esta noche, en casa de un amigo mío, y nos dirigiremos a New Norfolk mañana temprano."

Al ponerse el sol, un frío se coló en el aire. El cuerpo de Blay suplicaba por descanso y sustento. No había dormido bien desde los azotes, y había tenido pesadillas sobre morir. Cullen llamó a la puerta de una pequeña cabaña en el borde del cuartel de los convictos y los guardias. La cabaña estaba construida con una madera que Blay no pudo identificar, con un techo hecho de corteza de árbol. La puerta se abrió a un hombre bien plantado con una sonrisa radiante que dio la bienvenida al Sr. Cullen y a él dentro. El fuego, situado en el centro de la pared del lado este de la cálida habitación, estaba encendido y era acogedor.

"Me alegro de verte, James," saludó el desconocido. Blay, sonriendo con el tono de bienvenida, miró hacia el orador, que se dio cuenta de que se dirigía al Sr. Cullen.

"Podría haber alguna confusión en la mente de este convicto, Abraham. Cuando dices 'James', cree que estás hablando con él. Lo llamamos Blay para evitar confusiones", explicó el Sr. Cullen a su amigo.

"Blay, este es el Sr. Abraham Hands, tiene la amabilidad de dejarnos pasar la noche en su casa de Hobart Town."

Blay se inclinó ligera y educadamente hacia el amigo del Sr. Cullen, luego miró con anhelo hacia el fuego y la silla colocada cerca de él. Quería sentarse en una silla cómoda junto al fuego y comer algo. Cerró los ojos y recordó su casa y su familia en Londres.

Como si leyera su mente, el Sr. Cullen indicó que Blay debía sentarse en la silla junto al fuego, mientras que el Sr. Hands reunía algo de comida para los tres. Exhausto, a Blay le resultaba difícil mantenerse despierto, pero su estómago retumbante se lo permitía. El Sr. Hands y el Sr. Cullen comieron en la pequeña mesa a un lado de la habitación y dejaron que Blay comiera su cena en la silla junto al fuego. Ignorando el dolor de espalda, se durmió en la silla.

Despertando con un suspiro de angustia, Blay recordó que era un convicto en la Tierra de Van Diemen. En una brizna de humo, la mañana barrió el sueño que tuvo durante la noche viéndose sentado junto al fuego en la cocina de la casa que compartía con Sarah y los chicos.

"Será mejor que te levantes, Blay, sal y lávate. Lava tu camisa sucia y se secará en el barco de camino a casa," instruyó Cullen.

Blay hizo lo que le dijeron, pero el Sr. Cullen diciendo que se iban 'a casa' le produjo una tristeza que se extendió sobre él como una ráfaga de viento en una tormenta de nieve. Se estremeció.

"¿Ha ido alguna vez a casa en Inglaterra, Sr. Cullen?" Blay le preguntó a su nuevo patrón. Pensó en Cullen como un amo porque era un sirviente hasta que ganara su libertad, o hasta que muriera.

"No, no lo he hecho, y no tengo deseos de hacerlo. Mi vida está aquí, aunque era una vida mejor en la isla de Norfolk, pero tuvimos que irnos de allí."

"¿Por qué tuvo que irse , Sr. Cullen?"

"Esa es una historia para otro momento, Blay. Ahora entra y ayuda al Sr. Hands con el desayuno. Tenemos que marcharnos lo más rápido posible".

Abraham notó a Blay mirando la comida en los tazones. "¿Cuál es el problema? ¿Blay nunca ha visto avena antes?"

"Hace mucho, mucho tiempo que no veo avena tan limpia. La hice con agua sucia del Támesis durante más de un año y la mezcla resultaba en una pesada mezcla sin apenas agua en el *Incansable.*" Recuperó el aliento.

"Ah, sí. Recuerdo la mugre que nos daban de comer en el *Alexander* de camino a Sydney Cove en Nueva Gales del Sur. Y la mierda que intentamos comer en el Támesis. Fueron tiempos difíciles, Blay. Pero la vida mejora cuando se acaba la sentencia".

"¿Era usted un convicto?"

"Sí, pensé que lo sabías. Pero si nadie te lo dijo, ¿por qué lo sabrías? Vine en lo que llaman la Primera Flota. Nos llevó diez meses en el mar para llegar a Sydney Cove. Pero, ¿sabes qué? Es lo mejor que me ha pasado. Me dieron siete años por robo en los caminos. En Londres, habría tenido una vida de mierda sin posibilidades. Aquí, soy un terrateniente, tengo una casita en Hobart Town y mi casa en New Norfolk. Vendo mis bienes al comisario. Soy feliz. Y lo más importante, no me arrepiento de nada".

"¿Qué hay del Sr. Cullen, era un convicto también?

"Sí. Vino en el *Scarborough* de la Primera Flota. Muchos de nosotros en New Norfolk vinimos en 1788. Muchos más vinieron después. Fue bueno para todos los que mantuvieron la cabeza baja y trabajaron. No tan bueno para los que seguían rompiendo las reglas."

Cullen entró en la pequeña casa justo cuando Abraham terminaba de contar su historia de convictos.

"Siéntate y come tu avena. Tenemos que irnos lo más rápido posible después del desayuno".

"Blay no sabía que una vez fuimos convictos, James", dijo Abraham Hands. "Creo que le resultó un poco difícil de creer. ¿No es cierto, Blay?"

James Bryan Cullen respiró profundamente, tragó con fuerza y se sentó a comer su avena. "No importa. No cambia nada. Fue hace mucho, mucho tiempo. Todo resultó bien para nosotros".

Blay notó que el color del Sr. Cullen cambió un poco. "Gracias por esperarme, Sr. Cullen. Por esperar mientras curaba un poco los azotes".

"Me molesta ver a alguien azotado, Blay. Sabía que no habías hecho mucho para merecerlo. La injusticia es lo que más me jode". Cullen se levantó de la mesa, lavó su tazón en la cubeta que Abraham le había proporcionado para eso, estrechó la mano de su amigo y salió. "Espero verte fuera con tus cosas en dos minutos, Blay."

10

EL TRABAJO DEL HOJALATERO

"Sr. Williamson, Tedder sabe leer y escribir. Aparentemente, escribió una carta muy impresionante a un respetado comerciante de diamantes de Londres pidiendo 500 libras. Dijo que el caballero le había hecho cosas ilegales y le había prometido dinero. Y aún así, aquí está, parado frente a nosotros, en la Tierra de Van Diemen, sin un centavo y a nuestra merced," el superintendente le hizo una mueca a Tedder.

La cara y el cuello de Tedder se pusieron rojos como un tomate, su corazón palpitó tan fuerte que parecía que saltaba de su pecho. Su respiración era tan rápida que le preocupaba que se fuera a desmayar. Apretando los puños a su lado intentó respirar profundamente para calmarse.

"Pero, Sr. Williamson," continuó el superintendente "Estoy seguro de que podrá mantenerlo tan ocupado manteniendo los registros en la comisaría, que no tendrá tiempo de escribir cartas maliciosas. Porque si lo vuelve a hacer, Tedder, lo mandaremos a trabajar a una cadena de presos."

El superintendente se recostó en su silla, con los brazos cruzados sobre su amplio abdomen, observándolo. Aunque la mirada del superintendente penetró en sus pensamientos,

Tedder sintió que el rubor abandonaba su cara, sus latidos se estabilizaron y su respiración volvió a la normalidad. Esperando como un conejo en una trampa, sin saber qué seguía, pero seguro de que no sería bueno, Tedder se quedó inmóvil.

El superintendente le dijo al Sr. Williamson, "Lleve a Tedder a su dormitorio y que empiece a trabajar a primera hora mañana. Empezará a las siete de la mañana, Tedder, todos los días excepto el domingo, cuando irá a la iglesia. Terminará a las cinco de la tarde. Salga de aquí."

El hombre al que el superintendente llamó Sr. Williamson se acercó a Tedder e indicó que debía seguirlo. Tedder caminó detrás de él hacía afuera al sol y al aire fresco. Respiró profundamente y echó la cabeza hacia atrás para aprovechar el sol en su cara. El Sr. Williamson mantuvo un ritmo rápido, y Tedder casi tuvo que correr para alcanzarlo.

"Ve y saca tu basura del dormitorio, Tedder", ordenó el Sr. Williamson. "Date prisa".

James Tedder, convicto número 2028, no tenía ni idea de lo que estaba pasando. Se dirigió a los cuarteles para recoger el resto de su vestimenta de convicto.

Mientras caminaba por los senderos de tierra que pretendían ser caminos en Hobart Town, a Tedder se le mostró el edificio de la comisaría, luego el Sr. Williamson lo llevó a una pequeña cabaña de madera a unos cien metros de la orilla del agua.

"Dormirás aquí, Tedder. Esté será tus dormitorio mientras trabajas en los registros de las bodegas. Te cuidarás a ti mismo. Recibirás raciones de las bodegas como todos los demás, asegúrate de registrarlas apropiadamente, y cocinarás, limpiarás y te ocuparas de ti mismo. Haz eso, y te irá bien. Rompe las reglas, y estarás en cadenas de nuevo."

"Hay dos catres aquí, Sr. Williamson", dijo Tedder.

"Oh, ¿en serio? Caramba, el superintendente tenía razón, eres astuto. Compartirás el espacio con otro empleado eventualmente. Puedes ver que no tenemos tantas cabañas para este uso. Hay algo de comida ahí para esta noche. Llega a la bodega a las siete de la mañana." El Sr. Williamson se marchó.

Tedder se paró en el medio del pequeño espacio. Era bastante cómodo. Las ventanas tenían cristales, una chimenea de piedra en una pared con el fuego encendido. Los dos catres junto a la otra pared tenían cada uno una almohada y una manta, también había una pequeña mesa de madera, y dos sillas en el medio de la habitación. El suelo era de madera. Él podría barrerlo y mantenerlo limpio. La mesa estaba puesta con platos de hojalata y tazas y cuchillos, tenedores y cucharas. Tedder no había comido con cuchillo y tenedor durante dos años. Una pequeña barra de pan, carne de res salada, té y azúcar estaban colocados en el centro de la mesa. Una cubeta en la esquina tenía agua fresca, y una tetera colgada sobre el fuego estaba casi a punto de hervir. Se había fijado una barandilla a la pared junto a la chimenea donde el calor la alcanzaría; dos toallas colgaban sobre ella. Tedder se sentó en una silla, cruzó los brazos sobre la mesa, apoyó su cabeza en los brazos y lloró. No había tenido lujos como estos, o privacidad, por más de dos años.

El cansancio que llegó luego de la inseguridad y el miedo lo llevó a acostarse en un catre y a dormir, pero el hambre se apoderó de él y se sintió obligado a aprovechar las provisiones que le habían preparado. Tedder se sentó en la silla, usó el cuchillo para cortar un poco de pan de la hogaza, y un poco de carne salada de la porción que le dejaron. Preparó té, vertió un poco en una taza y agregó tres grandes cucharadas de azúcar. Volviendo a colocar la tetera en su sitio, avivó el fuego, puso otro trozo de madera, movió una silla junto a ella y disfrutó de la primera comida que recibía solo y en un entorno confortable desde que había sido arrestado en octubre de 1810. Sin nadie a su alrededor que le importara o viera, dejó que las lágrimas corrieran por sus mejillas.

La preocupación por quedarse dormido y ver a Chimuelo arrastrarlo a la comisaría, mantuvo a Tedder despierto. Levantándose al amanecer, sin saber la hora, puso la cabeza fuera para ver cualquier signo de actividad. Los marinos marchaban, y unos pocos colonos comenzaban sus actividades del día. Caminando hacia la orilla del agua para lavarse la cara, se cruzó con un colono que montaba un caballo.

"¿Qué hora es, señor, por favor?" Tedder preguntó.

"No lo sé. No tengo reloj"

"Yo tampoco tengo uno. ¿Cómo sabe qué hora del día es entonces?"

"Tocan la campana que cuelga sobre la puerta del superintendente. El primer timbre del día es el de las seis. Luego, cada hora hasta que oscurece."

Tedder entró en pánico. "¿Ya ha sonado hoy? Me temo que podría haberme quedado dormido".

"No, todavía no. Todavía no hay luz de día adecuada. ¿Acabas de llegar aquí, eh?"

"Hace unos días", dijo Tedder. "Empiezo a trabajar en la comisaría hoy y tengo que estar allí a las siete. Gracias por su ayuda, señor."

Asintiendo con la cabeza en agradecimiento al desconocido, Tedder se acercó a la orilla del agua, salpicó agua fría y clara en su cara, respiró profundamente el aire fresco de la mañana y regresó a su cabaña. La campana de la puerta del superintendente sonó. Tedder la escuchó. Logrando restaurar el fuego a una llama lo suficientemente alta como para hervir la tetera, sonrió, atreviéndose a sentirse un poco feliz. Se puso su nuevo uniforme de convicto, hizo té, comió pan y carne, ordenó su pequeña cabaña, cerró la puerta y se dirigió a la comisaría mucho antes de que sonara la campana de la siguiente hora.

Las puertas estaban cerradas. Tedder no sabía si había alguien dentro y si debía llamar o esperar. Llamó dos veces. Llegando por detrás, el Sr. Williamson comentó: "No tiene sentido que toques, Tedder. No están ahí dentro aún, así que nadie puede abrir," se rió de su intento de ser gracioso.

Tedder sonrió educadamente.

"Los primeros clientes no llegan hasta las ocho, Tedder. Tenemos desde ahora hasta entonces para organizarnos para el día. Todos comen raciones, tanto los colonos como los convictos. Eso te incluye a ti. La gente compra sus provisiones, pero sólo pueden comprar lo que está en sus raciones asignadas. Tu trabajo es llevar un registro de lo que compran y restarlo de las raciones que tienen para el mes. ¿Está claro?"

"Sí, Sr. Williamson. ¿Cómo compran los convictos sus raciones?"

"Con el dinero que ganan trabajando. ¿De dónde pensabas? ¿De las hadas del jardín?"

"¿Me pagan por trabajar?"

"Sí, Tedder. A todos se les paga. Si eres lo suficientemente malo para terminar trabajando en las cadenas de presos, no te pagan mucho porque no puedes ir a ningún sitio a comprar nada. El gobernador Macquarie quiere que los convictos cumplan su condena y ayuden a construir esta colonia cuando estén libres. Se necesita dinero para hacerlo. No vayas a sonreír con ese brillo en tus ojos, Tedder. Debes comprarte todo para ti mismo porque trabajas para el gobierno. El gobierno no te alimentará. Tendrás un nuevo uniforme cada año, y la cabaña en la que vives, nada más."

"¿Qué hay de las cosas que estaban en la cabaña cuando usted me dejo entrar anoche?"

"Algo para empezar. La comida sale de tus raciones, los

muebles, y otras cosas son un préstamo; tendrás que comprar tu propia comida cuando ahorres dinero".

"¿Con qué frecuencia nos pagan, Sr. Williamson?"

"No te dan el dinero en la mano, Tedder. El gobierno lo pone en una cuenta bancaria y lo usa para comprar lo que tomas de la comisaría. No recibirás dinero real hasta que seas un hombre libre."

Entendiendo cómo funcionaba el sistema, a Tedder no le importó no ver el dinero. Ser pagado, como convicto, y ser en parte responsable de sus propios asuntos era liberador. Tenía esperanza en su corazón por primera vez en dos años. Sonrió, pensando que Dios lo estaba escuchando ahora.

La mañana pasó rápidamente, Tedder exploró sus recuerdos de su primer día de trabajo en el Arsenal de Woolwich. Qué diferente era esto. No era libre, era un convicto, pero se sentía libre. Sin cadenas, ropa que él podía lavar, secar y mantener limpia. La responsabilidad de sus propios asuntos.

El Sr. Williamson era un buen maestro. Dijo que sólo quería decir las cosas una vez, así que las decía claramente y se aseguraba de que Tedder entendiera los procesos antes de pasar a otro tema.

Contando las campanas durante la mañana, Tedder supo cuándo era la hora de la comida.

"Tienes media hora", le informó el Sr. Williamson, "cuando la campana vuelva a sonar, será mejor que estés aquí, esperando a que abra".

Caminando hacia su cabaña con un nuevo optimismo, Tedder se tomó su tiempo para asimilar los diferentes olores y sonidos del lugar. Los barcos navegaban por el estuario , las mujeres recogían agua de los pozos de agua dulce en cubetas de diferentes tamaños, los niños jugaban y se salpicaban unos a otros, los peces y las anguilas se podían ver justo debajo de la superficie, los árboles, el cielo y las nubes se reflejaban en el agua. Los olores que emanaban de los árboles le aclaraban la cabeza, el olor a madera quemada de fuegos de las chimeneas en las casas le daba al entorno una sensación de normalidad. Se recordó a sí mismo llenar la tetera antes de volver al trabajo.

"Mi primer artículo a comprar serán una cerradura y una llave", dijo en voz alta mientras comprobaba que la comida, las toallas y la ropa de cama seguían en su sitio. Sabiendo que el pan y la carne tendrían que durar hasta que le pagaran y pudiera comprar más, comió con moderación. "Hay que hacer una lista de las cosas que harán que este pequeño lugar sea confortable. Después de comer, necesitaré una silla para sentarme junto al fuego." La mente de Tedder vagaba hacia un futuro en el que estaba cómodamente situado en Hobart Town.

Atizó el fuego de la pila de madera junto a la chimenea, haciendo una nota mental para averiguar de dónde provenía la madera. Usó un pequeño trozo como freno para la parte superior de la puerta, que se caería si alguien entraba mientras él estaba trabajando.

Tedder aprendió rápidamente. Los convictos y colonos entraban a las bodegas, se identificaban, buscaba sus datos, registraba las compras con el nombre correspondiente y proporcionaba la mercancía. La hoja de racionamiento estaba siempre a la mano, así que sabía si los clientes estaban tratando de comprar más de lo que sus raciones permitían. Cada artículo vendido estaba detallado en la lista de existencias. Si un colono, aprobado para vender a la Comisaría, traía provisiones, se registraban en el inventario y se pagaba al colono la tarifa acordada. Tedder había hecho un poco de contabilidad cuando fue aprendiz del hojalatero, lo que le daba la confianza para tratar con colonos irritables y convictos desagradables. Susurrando, agradeció a Dios que había nacido de padres que lo enviaron a la escuela a leer y escribir.

La campana de la puerta del superintendente sonó seis veces. Tedder se sorprendió de lo rápido que había pasado su primer día.

"Buen trabajo, Tedder", lo felicitó el Sr. Williamson. "Aprendiste rápido. Sigue así y serás un experto en poco tiempo".

Tedder no estaba seguro de si el Sr. Williamson quería que fuera un experto pronto, pero no parecía tan serio como para preocuparse.

"Buenas noches, Sr. Williamson. Lo veré en la mañana."

"Mañana es domingo, Tedder. Es mejor que te orientes para que sepas si vas o vienes. Sé que estamos en la orilla del mundo, pero los días de la semana son los mismos, aunque las estaciones y las estrellas estén al revés."

"Gracias, Sr. Williamson. ¿A qué hora empieza la iglesia el domingo?"

"Será mejor que estés sentado en un banco cuando la campana del superintendente suene a las ocho. No queremos que tengan una excusa para que te saquen de la comisaria y te pongan a trabajar con los presos."

Agradecido por la ayuda y el consejo del Sr. Williamson, Tedder asintió y se dirigió a su cabaña. Tenía ganas de saltar, de correr, de dar brincos de alegría, pero le dolían los pies y estaba cansado. Sin embargo, se permitió sonreír como un gato de Cheshire.

Un suspiro de alivio siguió a su sonrisa cuando encontró la puerta como la había dejado. Se había olvidado de preguntar por la cerradura y la llave. Con su estómago refunfuñando al ver la carne y el pan, Tedder se dio cuenta de que no tendría suficiente comida para el domingo y el lunes: necesitaba un plan, y parte de ese plan era reponer la pila de madera y buscar en el estuario de Derwent para ver si pescar era una opción factible.

Encontró una pequeña reserva de leña detrás de la cabaña y apiló toda la que pudo llevar en sus brazos. Caminando por la orilla de la cabaña de vuelta a la puerta, se tropezó, dejó caer la leña, la mayor parte de ella cayendo sobre sus cansados pies.

"Ups, Tedder. Se te cayó algo."

Conocía la voz, conocía el sonido de la saliva que salía de la boca entre los dientes podridos. Chimuelo lo había hecho tropezar. Se puso de pie con dificultad.

El guardia sonreía ampliamente, mostrando unos pocos dientes negros, marrones y gris oscuro. Tedder pensó que parecía un fenómeno de los carnavales que a veces pasaban por Londres.

"Mejor recoge tu pequeño bulto de madera, Tedder."

Se agachó para recoger la madera.

"Oh, cielos, Tedder", dijo Chimuelo mientras le daba un rodillazo en la nariz. "¿Te lastimaste en tu preciado , seguro y acogedor trabajo de hoy?"

La nariz de Tedder estalló en un dolor agonizante y la sangre se derramó en su boca.

"¡Te hice una pregunta, convicto!" gritó Chimuelo en su cara.

"No, señor. Hoy no me he hecho daño en el trabajo."

"Ah, eso es bueno, Tedder. Voy a venir a verte la semana que viene. Necesito provisiones , y necesito algunos chucherías extra, Tedder. Podrás ayudarme con eso, ¿verdad?"

"Sí, señor"

"Bien, convicto. Te veré la semana que viene".

Como gesto final, Chimuelo abofeteó a Tedder en medio de la espalda antes de seguir su camino.

Se quedó de pie en el mismo lugar por mucho tiempo, respiró rápido y brevemente, esperando que la ansiedad se calmara. Varias personas pasaron caminando, viendo como Tedder respiraba rápidamente. Nadie se ofreció a ayudar. Se inclinó para recoger unos cuantos trozos de madera, sin concentrarse más en la tarea. Logró llevar los pedazos a la cabaña, y los dejó caer junto a la chimenea. Se necesitaron tres viajes más antes de que la pila de leña de la cabaña fuera repuesta. Tedder se sentó en la mesa, descansando su cabeza en sus manos. Se maravilló de cómo las cosas habían cambiado tan rápidamente de un poco de felicidad por la mañana a la agonía física y a estar en peligro por Chimuelo en la tarde.

A pesar de que apreciaba la privacidad, Tedder se sentía solo. Después de dos años viviendo muy cerca de tantos otros hombres: cagando, lavando, comiendo, trabajando, durmiendo juntos, era extraño estar solo. Se preguntaba qué le había pasado a Blay, y si estaba a salvo y en un buen trabajo.

Comió lo último del pan y tomó una taza de té más débil con menos azúcar, para su cena. Mirando sus limitadas provisiones, se preguntó cuánto tiempo se suponía que durarían. Debería de averiguar cuánto se le pagaría y cómo comprar sus propias provisiones. Arrastró su catre más cerca a la chimenea, usándolo como una silla improvisada junto al fuego, haciendo una nota mental para poner una silla adecuada en su lista de compras. Con la intención de sentarse en el catre frente al fuego un rato antes de dormir, lo último que recordó era que estaba pensando en cómo podía conseguir algunos libros para leer.

Despertando con un sobresalto por el sonido de la campana que sonaba sobre la puerta del superintendente, Tedder se apresuró a ponerse de pie con el pánico de no haber ido a la iglesia temprano. Se puso las botas, limpiándose la sangre de sus fosas nasales mientras su nariz herida comenzaba a sangrar sin previo aviso. Salpicó agua del balde en su cabello y cara, se puso su chaqueta y salió en la clara mañana del domingo.

Caminó detrás de un grupo de colonos, esperando que se dirigieran a la iglesia. El pequeño edificio con la cruz sobre la puerta se hizo visible. Tedder se sorprendió de cómo la iglesia se había adaptado a sus alrededores; parecía como si hubiera estado en el mismo lugar durante años. Alentó su paso y dejó que otros entraran antes que él.

"Date prisa, convicto", un marinero en la puerta los estaba marcando de la lista mientras entraban en la iglesia de San David. "¿Qué número eres?" le preguntó a Tedder.

"Veinte-veintiocho".

"Bien, aquí está."

Tedder vio al hombre poner una marca junto a su nombre para registrar que había venido a la iglesia. "Ve allí, los convictos se sientan en el lado izquierdo."

Se celebraba un servicio religioso todos los domingos por la mañana en el *Incansable*, pero esto se sentía bien, el sentarse en un edificio adecuado para el propósito aunque su construcción fuera básica. El reverendo Robert Knopwood los instó a ellos, convictos y colonos, marinos y guardias, a estar agradecidos por las cosas que Dios había provisto. Considerando el viaje que había realizado desde octubre de 1810, Tedder estaba agradecido de seguir vivo.

11

EL DERWENT

Administración de convictos - El período de asignación
1803-1839

Las necesidades de alimentos y ropa de los convictos se trans-
firieron a colonos civiles durante el período de asignación. Los
terratenientes debían hacerse cargo de al menos un convicto
por cada 100 acres. Las prácticas de mantenimiento de regis-
tros se diseñaron para registrar la "carrera" de cada convicto.

https://www.linc.tas.gov.au/convict-portal/pages/convict-
life.aspx

Blay reconoció el tipo de barco. Era un balandro. Los usaban en
el Támesis para transportar personas y mercancías. "¿A dónde
vamos en eso?" le preguntó al Sr. Cullen.

"No me hables así, Blay. Te aconsejo que cuides tu lengua y
tu lugar. No creas que el hecho de que muestre un poco de

amabilidad significa que soy débil. No creas que ahora que sabes que vine aquí como un convicto, cambia las cosas. He pasado por mucho más en mis años que tú en los tuyos, no importa lo que pienses. Ahora sube a bordo y toma los remos".

Haciendo lo que se le ordenó, Blay subió al bote, saludando con una inclinación de la cabeza a otro hombre que ya estaba sentado. El Sr. Cullen no ofreció presentarlos. Se sentó, de espaldas a Blay, en medio del barco, rodeado de lo que Blay sólo podía imaginar que eran suministros para la misteriosa granja a la que suponía que se dirigía.

Blay y el hombre que llevaba el otro par de remos establecieron un ritmo constante, guiando el pequeño bote a través del agua. Se sintió en paz en la quietud y la belleza y hechizado por la claridad del agua en el río y los árboles y plantas en las orillas de él.

"Por favor, ¿cómo se llama este río, Sr. Cullen?" Blay se aventuró.

"Es el Derwent", respondió Cullen. "Nombrado por el Derwent de Cumbria en Inglaterra. Sólo Dios sabe por qué. No encontrarás ninguno de estos árboles, plantas y animales en Cumbria."

"Está muy limpio. No se parece en nada al Támesis. Y muy ancho. ¿A qué distancia está su granja, Sr. Cullen?"

"A unos 30 kilómetros. El viento está avivándose, puedes poner la vela, Robert."

Blay se dio cuenta de que el Sr. Cullen no iba a continuar una conversación con él. *Va a ser un largo viaje. Tendré que mantener la cabeza baja y dejar que supere la sorpresa de que yo me diera cuenta que él fue convicto. Pero no sé cuál es el problema con eso. Creo que es increíble que haya venido aquí hace veinticuatro años sin nada y que parezca haber construido una buena vida para sí mismo.* Blay se mantuvo entretenido con sus pensamientos.

. . .

La vela se tragó el viento y le dio a Blay la oportunidad de descansar y disfrutar de la belleza que le seguía a lo largo del río. Bailando sobre el agua, el sol ocasionalmente atravesaba la superficie revelando una abundancia de peces nadando descuidadamente alrededor del barco.

Perdió el aliento cuando notó algunas aves increíbles de pie en las rocas. Con una técnica practicada, se lanzaban al agua, saliendo a la superficie con un pez que luchaba por escapar del agarre de sus picos.

"Son cormoranes", dijo Cullen. "Son buenos para la pesca". Blay dio un salto cuando el Sr. Cullen habló; había guardado silencio durante mucho tiempo.

"Nos mantendremos alejados de las rocas sobre las que descansan o terminaremos en el río con los peces que están cazando", continuó Cullen. "El río se ensancha un poco a la vuelta de la curva. Vigila las orillas para observar las diferentes criaturas que verás. No hay nada como esto en Inglaterra."

Blay se quedó hipnotizado cuando Cullen nombró las aves, la vida animal y partes de este magnífico río.

"¿Qué es eso? ¡Parece una rata!" exclamó Blay.

"Es un peramélido. Cava pequeños agujeros en el suelo. Come gusanos, insectos y arañas. Es bueno tenerlo en el jardín de la casa en la granja. Hay muchos animales extraños aquí, Blay".

La soledad del río fue interrumpida por un *crescendo* de pájaros blancos chillando que volaban por encima. Blay levantó la vista para ver cientos de pájaros con crestas amarillas en sus cabezas, volando de vuelta hacia la ciudad de Hobart.

"Son cacatúas. Viven en esas grandes parvadas y hacen mucho ruido cuando están todas juntas", explicó Cullen. "Sigue viendo en la orilla de allá, hay algunas gallinas nativas merodeando por ahí."

"Está lleno de vida", dijo Blay. "El río, las orillas del río, el cielo. A mis hijos les encantaría estar aquí," se limpió los ojos antes de que las lágrimas tuvieran oportunidad de escapar.

"Mejor cuéntame sobre tus chicos, Blay. Faltan un par de horas para llegar a Nueva Norfolk. Hay tiempo," invitó Cullen. "Robert nos mantendrá navegando bien".

Los echaba de menos cada minuto. Estos últimos días en la Tierra de Van Diemen los extrañó más que nunca. Ver a los niños corriendo por la ciudad de Hobart, los hijos de los marinos y los colonos, jugando sus juegos, siendo reprendidos por los adultos, hizo que el vacío en su corazón se expandiera lo suficiente como para casi tragárselo entero. Una vez más, se limpió los ojos antes de que las lágrimas se deslizaran de sus ojos .

"Ayudará hablar de ellos. Los mantiene vivos en tu corazón. Puede que incluso llegues a verlos de nuevo algún día". Cullen dijo, animado.

"¿Qué quiere decir con 'verlos de nuevo'? Tengo sentencia de por vida, ¿recuerda?" Esta vez las lágrimas se escaparon y Blay no trató de detenerlas.

"No eres muy brillante, ¿eh, Blay? ¿Así es como terminaste siendo golpeado? Ayer te dije que si trabajas duro y no rompes ninguna regla, puedes obtener un ticket de permiso, o incluso un perdón. Tienes que tener esperanza para sobrevivir aquí."

James Blay se secó las lágrimas y miró fijamente el rostro arrugado y bronceado del anciano.

"¿Lo dice en serio? ¿Podría ver a mis hijos de nuevo?"

"La esperanza es lo único que es tuyo mientras seas un convicto, Blay. La esperanza es la única cosa que no te pueden quitar. Necesitas esperanza para seguir adelante cada día. Así que, háblame de tus hijos."

"El primero es James Jr., ya tiene nueve años, creo. Es tranquilo pero se enfada rápidamente. Iba a empezar como aprendiz cuando tuviera la edad adecuada. No sé lo que hará ahora."

Cullen le preguntó a Blay cuántos chicos tenía.

"Tres. Sarah estaba decepcionada por no haber tenido una hija. Quería una niña que pudiera llamar Susanna, como su madre," le dijo. "El siguiente es William. Ya debería tener siete años. También es tranquilo, un buen chico, quiere a su mamá más que a nada en el mundo. Es bueno en el trabajo escolar también. Le gustan los números. John es el más joven. Tendrá cuatro años, supongo. Ni siquiera se debe acordar de mí, ya que era un bebé cuando me metieron en Newgate. El pequeño ruidoso no dejaba de hablar. Seguía a sus hermanos como si fuera su sombra."

"¿Qué hay de tu esposa?" preguntó Cullen.

"Es una mujer fuerte. Mucho más fuerte de lo que nunca le reconocí. Cuando me sentenciaron, ella fue a la confederación para obtener permiso para seguir entrenando a mi aprendiz y mantener la tienda. Cuando nos enviaron en el *Incansable,* ella estaba dirigiendo la tienda y se aseguraba de que hubiera suficiente dinero para alimentar a los chicos, pagar el alquiler y enviar a James y William a la escuela. Muy firme, ella."

Blay tenía confianza en su esposa. Sabía que ella cuidaría bien de los niños.

"Puedes contarme cómo terminaste en la Tierra de Van Diemen otro día, Blay. Cuando el río se ensanche en una milla más o menos, estaremos en Nueva Norfolk. Entonces se convertirá en agua dulce."

Le quitó el aliento. Blay nunca había visto nada más espectacular. Los árboles de la orilla del río, los que las cacatúas amaban tanto cerca de la ciudad de Hobart, se erguían sobre sus dominios. Todo se reflejaba en el agua: el cielo, las nubes, el sol, los árboles, las plantas.

Cuando doblaron la curva, un pequeño pueblo se hizo visible. Estaba situado a la orilla del río, dominado por una imponente formación rocosa que se extendía como un brazo, ofreciendo protección del mundo exterior.

Blay estaba hipnotizado. "Nunca he visto nada más hermoso", susurró.

"¿Alguna vez dejaste Londres?" Cullen preguntó.

"No, nací en Bethnal Green y vivía a media milla de distancia en Spitalfields."

"Hay mucho a lo que acostumbrarse entonces, Blay. Este es un país implacable y tenemos mucha tierra para limpiar y cultivar. Desembalaremos el barco y pondremos las provisiones en la carreta para transportarlas hasta la casa. Conocerás a la familia y te instalarás, y comenzaremos el trabajo mañana al amanecer."

Blay no sabía cómo debía sentirse. ¿Emocionado? ¿Feliz? ¿Desconfiado? Sabía que tenía una abrumadora sensación de tristeza en la boca del estómago. El sentimiento era similar al que experimentó cuando se despidió por última vez de su esposa e hijos antes de que el *Incansable* dejara Inglaterra. Sonrió al Sr. Cullen. Quería indicar su aprecio por el cambio de actitud del hombre hacia él.

"¿Qué fecha es, Sr. Cullen?" preguntó. Había perdido la noción del tiempo en el viaje a la Tierra de Van Diemen y no se había puesto al día.

"22 de octubre de 1812", respondió Cullen. "Marca este día en tu memoria porque es el comienzo de una nueva vida. Una vida que puedes usar para construir y mejorar tu destino, o una que puedes desperdiciar. Depende de ti. Pero, no te arrepientas".

Robert subió a la casa y enganchó el caballo a la carreta de Cullen y le ayudó a él y a Blay a cargar las provisiones.

"Gracias, Robert. Te lo agradezco mucho," dijo Cullen dándole dinero a la mano de Robert cuando la estrechó.

"A la carreta", ordenó Cullen.

Blay subió al lado de Cullen justo cuando las riendas se

colocaron en el lomo del caballo. La carreta se tambaleó hacia adelante, y el caballo dio sus primeros y lentos pasos por el camino marcado hacia la granja de Cullen.

12

NUEVA NORFOLK

Antes de la llegada de los europeos, el área alrededor de Nueva Norfolk había sido ocupada por miembros del grupo aborigen Lairmairrener.

Entre el 27 de noviembre de 1807 y el 2 de octubre de 1808, unas 500 personas de la isla de Norfolk (23 eran convictos) se establecieron en lo que hoy es Nueva Norfolk. En ese momento se conocía como Las Colinas.

El 30 de abril de 1808 al asentamiento se le dio el nombre de Nueva Norfolk.

De : http://www.aussietowns.com.au/
town/new-norfolk-tas

"¿Robert no viene con nosotros, Sr. Cullen?" Blay preguntó.

"No. Se queda en el pueblo. Vendrá a la granja en un día o dos".

James Blay quería preguntar si Robert también había sido un convicto. Necesitaba alimentar su deseo de esperanza. Razonando que cuantos más colonos viera viviendo en su propia tierra y ganándose bien la vida, más posibilidades tendría de mejorar su suerte.

"Tengo la sensación de que estás inquieto por preguntarme algo, Blay. Sólo pregunta, si no quiero responderte, no lo haré".

"Me preguntaba si Robert había sido un convicto, Sr. Cullen."

"Sí. Vino en la Tercera Flota, llegó en 1791. Le cayeron siete años. No lo vi llegar, ya estaba en la isla de Norfolk para entonces. Pero, por Dios, vi llegar a la Segunda Flota, y se dice que la Tercera fue igual de mala. El Gobernador Phillip estaba tan enojado cuando los convictos empezaron a salir de los barcos de la Segunda Flota que podrías haber cocinado huevos en su caliente y roja cara. Las condiciones en esos viejos barcos de esclavos eran tan malas que casi 250 hombres murieron en el viaje. Sólo había setenta y ocho mujeres a bordo de los barcos, y once de ellas murieron al salir. Cuando llegaron a Port Jackson, 500 de los convictos estaban enfermos o moribundos. Tuvimos que sacarlos cargando de los barcos; las pulgas saltaban sobre nosotros, tenían disentería, fiebre tifoidea, escorbuto y Dios sabe qué más. Apestaban, tuvimos que echarnos al mar después de ponerlos en la playa. Esa es una de las razones por las que Phillip nos envió a algunos de nosotros a la isla de Norfolk, no había suficiente comida, ropa o medicinas en Port Jackson para todos".

La boca de Blay se abrió mientras escuchaba la historia de Cullen.

"No tenía ni idea, Sr. Cullen, nadie nos lo dijo nunca. Suena como una versión más horrible de los buques. Al menos en ellos, podíamos ver a la familia y obtener suministros de ellos. El *Incansable* no fue tan malo al venir aquí, normalmente teníamos suficiente para comer pero la calidad no era buena. Hacíamos ejercicio, nos dejaban subir a la cubierta, teníamos algo de educación y algo de trabajo cada día."

"En efecto, Blay. Nuestro viaje desde Inglaterra fue largo,

pero Phillip se preparó bien y todos llegamos vivos. Pero cuando sacamos a esas pobres almas de los barcos y las pusimos en la arena, el Gobernador Phillip caminó con su cara roja y furiosa, con los puños apretados y con lágrimas corriendo por sus mejillas. Ninguno de nosotros había visto eso antes. Dijeron que le escribió al Lord Grenville sobre los desahuciados que habían venido en esos barcos, pero el siguiente lote, el de Robert, fue enviado antes de que Grenville recibiera la carta. Así que volvió a escribir. Las cosas mejoraron para los convictos que fueron deportados después de eso".

"De los convictos mencionados por Su Señoría para ser envia-dos, han desembarcado 1,695 hombres y 168 mujeres, con seis mujeres libres y diez niños. Según los informes de los depor-tados , 194 hombres, 4 mujeres y 1 niño murieron durante la travesía; y, aunque los convictos desembarcados de estos barcos no estaban tan enfermos como los que llegaron el año pasado, la mayor parte de ellos estaban tan demacrados, tan desgastados por el largo confinamiento, o por la falta de comida, o por ambas causas, que pasará mucho tiempo antes de que recuperen sus fuerzas, y muchos de ellos nunca las recuperarán.

Su Señoría concebirá fácilmente que esta adición a nuestros números será durante muchos meses un peso muerto en nues-tras bodegas.

El reporte del cirujano dice: "Bajo tratamiento médico e incapaz de trabajar, 626. 576.... los cuales son los desembar-cados de los últimos navíos". [1]

"De todos modos," Cullen continuó, "Robert estaba en ese lote que estaba hambriento y enfermo. Tan pronto como estuvo lo suficientemente bien, lo enviaron a la isla de Norfolk con algunos otros. El aire tropical de esa isla, Blay, la dulzura de los árboles, los hermosos cielos despejados, la lluvia nutritiva, todo ello ayudó a Robert Bishop a curarse y volver a estar entero. Me lo asignaron a mí. Nos hicimos buenos amigos. Todavía trabaja para mí de vez en cuando, pero ahora es un hombre libre".

Las historias del anciano tenían a Blay asombrado, y de lo que estos viejos prisioneros parecían haber logrado.

"Estarás rodeado de ex-convictos, Blay", le dijo Cullen.

"Elizabeth, mi esposa, vino en el Marqués de Cornwallis a Port Jackson y fue enviada a la isla de Norfolk. También me la asignaron a mí. La pobrecita estaba embarazada cuando llegó con nosotros. Nunca le pregunté cómo, o quién era el padre, y nunca me lo dijo. El querido niño, al que ella llamaba William, murió poco después de que respirara por primera vez."

"Estarás rodeado de colonos que empezaron su vida en esta colonia como convictos, Blay. Todos los que vivimos aquí fuimos trasladados de la isla de Norfolk, donde todos terminamos nuestra sentencia y comenzamos nuevas vidas para nosotros y nuestras familias. El gobernador Macquarie intentó llamar a este lugar "Ciudad de Elizabeth" en honor a su esposa, pero seguimos llamándolo "Nueva Norfolk", y el nombre quedó."

Justo cuando James Bryan Cullen terminó su frase, una casa de madera bien presentada, de buen tamaño, con buenas cercas, jardines y animales pastando en los corrales de atrás, le apareció a Blay en la cara.

Cullen detuvo el caballo. Blay no podía apartar la vista de la casa y sus alrededores.

"Atenderemos al caballo, luego entraremos y te atenderemos a ti", dijo Cullen. Blay lo siguió hasta el establo. Nunca antes había cuidado un caballo y esperaba que el Sr. Cullen no quisiera que lo hiciera ahora.

"¿Has cuidado caballos, antes, Blay?"

"No, señor. No tenía un caballo o un carruaje en Londres. Caminaba a todas partes."

"Bueno, hoy puedes observarme, y entonces esto se agregará a la lista de cosas que necesitas hacer para ganarte tu sustento."

Terminando con el caballo, Blay ayudó a Cullen a sacar los suministros de la parte trasera de la carreta y apilarlos en un cobertizo junto al establo.

"¡Papá, papá, papá!" gritó una niña muy emocionada mientras corría hacia Cullen y lo abrazaba. "¿Nos has traído un nuevo ayudante, papá?" le preguntó.

"Sí, Betsy, éste es Blay. Se quedará y trabajará con nosotros por un tiempo. Eso, si es bueno. ¿Crees que será bueno?"

"No lo sé, papá, ya veremos", respondió Betsy mientras miraba a Blay de arriba a abajo como si fuera un nuevo pony.

"Betsy es la más joven, Blay. Se llama como mi esposa, Elizabeth. Le decimos Betsy para evitar confusiones. Tiene siete años. Tenía cuatro cuando dejamos la isla de Norfolk, así que no se acuerda de mucho".

Blay tragó saliva con fuerza, manteniendo en silencio la desgarradora comprensión de que Betsy tenía más o menos la misma edad que su hijo, William.

"Encantado de conocerla, Srta. Elizabeth", dijo Blay con una ligera inclinación.

Ella sonrió y se fue hacia la casa.

"Mamá tiene algo de comida preparada, papá. Y Blay, mi nombre es Betsy," dijo por encima de su hombro.

"Vamos a la casa, Blay. Puedes conocer al resto y organizarte".

James Blay siguió a Cullen a la casa, copiando sus movimientos para no empezar con el pie izquierdo. Cullen se quitó las botas en la puerta, y Blay también. Cullen colgó su sombrero en la puerta, y Blay puso su gorra de convicto junto a él. El olor de un hogar golpeó todos sus sentidos a la vez. Podía oír a los niños discutiendo, oler los aromas de la cena a fuego lento, ver los colores de una familia, sentir el calor del fuego. Tocó el respaldo de una silla para asegurarse de que no estaba en el *Incansable* a punto de despertarse de un sueño.

Blay vio como el Sr. Cullen besaba a cada una de sus chicas en la frente e hizo lo mismo con su esposa.

"Elizabeth", dijo Cullen, "este es nuestro nuevo asignado, su nombre es James Blay, pero lo llamaremos Blay. Le expliqué que no podemos tener a dos hombres llamados James viviendo aquí, y yo soy el jefe, así que yo hago las reglas." Le sonrió a su esposa.

Blay se inclinó ante Elizabeth Cullen: "Encantado de conocerla, Sra. Cullen."

"Espero estar encantada de conocerlo , Sr. Blay", respondió. "No queremos que rompa las reglas mientras esté aquí. Muchos de nuestros vecinos han enviado a los convictos a los cuarteles para trabajar con los encadenados porque no pueden seguir las reglas. Espero que no sea uno de ellos, Sr. Blay."

"No, Sra. Cullen. Quiero ver a mi esposa e hijos de nuevo, y el Sr. Cullen dijo que si sigo las reglas, hago el trabajo, mantengo la cabeza baja, puedo ganar un Ticket de Permiso ."

Elizabeth Cullen miró curiosamente a su marido. "Entonces, ¿el Sr. Blay tiene una familia, James?"

"Sí, la tiene y está muy ansioso por volver a verlos."

"Bueno, mejor lávese y siéntese a cenar, Sr. Blay, para que podamos escuchar todo sobre su familia."

Por primera vez en dos años, James Blay se sintió humano. *Sé que soy un convicto. Sé que no tengo mi libertad. Sé que tendré que trabajar duro, pero también sé que por fin tengo algo de esperanza en mi corazón.*

Se sentó en el asiento que Elizabeth Cullen indicó, y sonrió a las chicas. Las tres lo miraban fijamente.

"Mejor haz algunas presentaciones, Elizabeth", dijo el Sr. Cullen. "Blay está fascinado con nuestras historias."

"Bueno, Sr. Blay, por mi acento se puede imaginar que soy originaria de Dublín. Llegué a Port Jackson en el *Marqués* de *Cornwallis*, y me enviaron a la isla de Norfolk. ¿Sabe cuál fue el motivo? Catorce de nosotras fuimos enviadas a la Isla Norfolk porque tenían una rueca que iban a enviar allí, y dijeron que, siendo irlandesas, podríamos usarla para hilar el lino. Yo ni siquiera sabía cómo era una, y mucho menos usarla. Pero, como sabe, no se puede tomar sus propias decisiones sobre a dónde va y qué hace cuando lo deportan al otro lado del mundo. Me cayeron siete años por robarle a mi empleador. ¿Y sabe qué?"

Blay sacudió la cabeza

"Fue lo mejor que he hecho nunca," continuó Elizabeth Cullen. "No hay arrepentimiento en absoluto de lo que hice. Nunca habría tenido las oportunidades que tengo aquí, o la vida que tengo si me hubiera quedado en Dublín. Probablemente habría muerto en el asilo de pobres. Por suerte, me asignaron a James aquí. Mucho mayor que yo, ¿verdad, James? Aún así, no me importa, hemos hecho bien para nosotros y nuestras niñas. Hablando de ellas- ya conoció a nuestra más joven, Betsy - la del medio sentada a su derecha es Catherine, y la mayor aquí a mi lado, es Sophia. Todas nacidas en la isla de Norfolk. James y yo no nos casamos hasta que nos enviaran aquí a la Tierra de Van Diemen, ¿verdad, James?

"No, no había necesidad de un pedazo de papel. Pero el reverendo Knopwood empezó a regañarnos a todos los de la isla para que nos casáramos. Dijo que el gobernador Macquarie quería que fuéramos respetables. Hubo muchas bodas en poco tiempo".

"¿Qué edad tienen sus chicas?" Blay le preguntó a Elizabeth Cullen.

"Betsy tiene siete, Catherine tiene doce y Sophia tiene trece. ¿Qué edad tienen sus hijos, Sr. Blay?"

Sintió las lágrimas en sus ojos, usó su mano para secárselas antes de que se salieran.

"Está llorando," señaló Betsy.

"No, no lo está," dijo el Sr. Cullen "Tiene algo en el ojo. Déjalo en paz para que responda a la pregunta."

"Yo era zapatero en Londres", comenzó Blay. "Le compré unas botas a un tipo. Sabía que habían sido robadas pero pensé que ganaría una o dos libras con ellas. Resulta que el tipo al que intenté vendérselas conocía al zapatero que había hecho las botas. Me acusaron de robarlas, cosa que no hice, no importaba. Debido al valor de las botas, me condenaron a muerte. Pero el juez dijo que podía ser deportado de por vida, en su lugar. Así que aquí estoy. Echando mucho de menos a mis hijos, y a Sarah, mi esposa."

"Mamá le preguntó cuántos años tenían", le recordó Sophia.

Blay miró a la familia sentada alrededor de la mesa y se dio cuenta de que tenía cinco jefes aquí en Nueva Norfolk. "Lo siento, sí, señorita Sophia. James es el mayor, ahora tendrá nueve, William tiene siete, como usted, Srta. Betsy, y John tiene cuatro."

"¿Cómo se las arregla su esposa, Sr. Blay?" preguntó Elizabeth Cullen.

"Me sorprendió lo fuerte que es", dijo. "Fue a la confederación , obtuvo permiso para conservar al aprendiz y mantiene la tienda funcionando."

"Parece que los chicos van a estar bien cuidados, pues", dijo Elizabeth Cullen. "Vamos a cenar. Entonces, Sr. Blay, James le mostrará sus aposentos, y le explicará dónde encaja aquí, y lo que se espera que haga."

Podía sentir la saliva formándose en su boca mientras el cocinero de Cullen servía la cena. Habían pasado dos años desde que había recibido una cena apropiada, hecha en casa.

13

SUPERVIVENCIA

Antes de 1840 la mayoría de los prisioneros eran asignados a particulares. Un pequeño número de ellos fueron contratados para trabajar en tareas del sector público, por ejemplo, como oficinistas, flageladores, supervisores, marineros, herreros, albañiles y carpinteros. Contrariamente a la percepción popular, la Tierra de los Condenados Van Diemen era todo menos una gran cárcel. Los convictos asignados trabajaban con poca o ninguna restricción. Los que trabajaban en el sector público solían ser alojados por la noche en locales seguros, aunque ya a mediados de la década de 1820 no era inusual que algunos prisioneros cualificados alquilaran habitaciones en la ciudad.

De: www.link.tas.gov.au

Titubeando, James Tedder esperó hasta que Chimuelo y su séquito dejaran la Iglesia. Entonces se preguntó si eso era sensato, le preocupaba que Chimuelo pudiera esperarlo. *Seguramente con toda esta gente alrededor, me dejará ir hoy.*

Tedder aprovechó la oportunidad y salió de la pequeña

iglesia dirigiéndose al centro de un grupo de convictos vestidos igual que él. Chimuelo no se veía por ahí. Tedder se relajó. Se quedó con el grupo tanto por la compañía como por el anonimato, mirando por encima del hombro cada pocos minutos para ver si Chimuelo estaba cerca. Algunos de los convictos del grupo eran del *Incansable*, pero Tedder no quería hacer amistad con ninguno de estos hombres. Él y Blay los habían evitado durante el viaje, y estaba bien con que las cosas siguieran así. Sin embargo, necesitaba saber cómo atrapar peces y anguilas del río.

Habló con el hombre de a su lado: "Buenos días. Me preguntaba si puedes decirme cómo pescar algo para la comida y la cena. No tengo raciones".

"Me importa una mierda si no tienes raciones, convicto. La mayoría de nosotros estamos en el mismo barco. Hazte una lanza e inténtalo. Feliz cacería."

Tedder se hizo a un lado mientras el grupo se dirigía hacia los dormitorios. En lugar de volver directamente a su cabaña, caminó un rato por el pequeño pueblo, queriendo orientarse. Había visto muy poco desde que había llegado hace una semana. Los caminos eran estrechos y llenos de baches, le pareció que se habían formado más por el uso que por una excavación deliberada. El polvo se arremolinaba en la superficie del camino, aunque sólo una ligera brisa del río serpenteaba entre los árboles. Los edificios eran simples: paredes de madera, techos de madera. Pero tenían vidrios donde se hicieron las ventanas. Muchas tiendas de acampar estaban alineadas en filas en la parte trasera de los edificios del gobierno, tres edificios formaban el Comisariato, se dio cuenta Tedder. Uno para el equipo, herramientas y suministros agrícolas, uno para la ropa y otro para la comida. Tedder y el Sr. Williamson trabajaban en las tiendas de alimentos.

Manteniendo la cabeza baja, buscando piezas de madera adecuadas para hacer una lanza, Tedder caminó a la orilla del estuario. Olió el enfermizo hedor del ron antes de que el dueño de ese hedor hablara.

"Bueno, miren aquí, es Tedder otra vez", dijo una voz que se arrastraba por la intoxicación. "¿Qué estás buscando, convicto?" Tedder giró para enfrentar a Chimuelo sin responder a la pregunta.

"Te hice una pregunta, convicto", rugió, "No pienses que eres demasiado bueno para mí porque trabajas en las tiendas, sigues siendo un convicto, y yo estoy a cargo de ti."

Pensando que era mejor mantener la paz, Tedder respondió al guardia en vez de tenerlo irritado e impredecible. "Estoy caminando al aire libre, señor. No he caminado sobre una superficie que no se mueve, por un tiempo."

"Siempre y cuando recuerdes tu lugar," Chimuelo escupió mientras caminaba con otros guardias hacia el centro de la ciudad.

"¿De dónde saca la bebida? No estaría mal tomar un vaso de ron". Tedder le preguntó a nadie en particular.

Aliviado de que la confrontación no se intensificó, continuó su búsqueda, pasando la mejor parte de la mañana caminando por las orillas del estuario. Después de un tiempo dejó de buscar madera en el suelo para hacer una lanza, en cambio, apreció todo lo que esta masa de agua tenía para ofrecer. El agua era oscura, casi negra, y sin embargo cristalina. Podía ver peces de todos los tamaños retozando justo debajo de la superficie, tentadoramente cerca, pero fuera de su alcance. Nunca había visto pájaros como los que graznaban por encima de su cabeza o los que cantaban en los árboles. Recordó su primera vista a los árboles cuando llegó la semana pasada. Extraños, cubiertos de hojas pero sin flores, todos de diferentes alturas, hojas verdes pero al menos con cien tonos del color. Árboles enormes de los que no se veían las copas, arbustos cubiertos de bayas rojas. *Me pregunto si se pueden comer esas bayas.* Casi pisó algo. Parecía una rata, pero mucho más grande y tenía una cría mirando desde una bolsa en su vientre. Lo miró tan curiosamente como él lo observó , pero sólo por un par de segundos. Entonces saltó, sí, saltó lejos, sobre sus patas traseras. Tedder se quedó estupefacto; a su hermana pequeña Esther le encantaría ver este lugar. Se preguntó qué juegos había jugado Dios en este lado del mundo para crear semejante zoológico.

Decidió que había caminado lo suficiente por la orilla del agua y se volvió para regresar por donde había venido. Estaba hambriento y aún no tenía nada que pudiera comer para la cena. Encontró un trozo de madera apropiado para usar como lanza, justo cuando escuchó la campana sobre la puerta del superintendente sonar doce veces. La mañana había pasado rápidamente.

A pesar de lo mágico que era este lugar, aún necesitaba alimento. El palo que encontró tenía una buena longitud y un extremo ligeramente puntiagudo, pero no lo suficientemente afilado para la pesca submarina. No tenía un anzuelo o un sedal para usarlo como caña de pescar. Tedder observó la superficie y pudo ver a los peces y las anguilas burlándose de él desde la seguridad de su hogar acuático. Se quitó los zapatos, se arremangó los pantalones y con cuidado puso el pie en el agua. La arena se aplastó bajo sus dedos, metió el otro pie y alcanzó la orilla para tomar su palo, pero perdió el equilibrio y cayó al agua. El no poder nadar lo llevó a un estado de pánico. Se sacudió y salpicó tratando de recuperar el equilibrio, antes de darse cuenta de que sus pies estaban en el fondo de arena. Recuperando el equilibrio, vio y sintió una anguila nadando alrededor de sus piernas. Mirándola durante unos segundos, metió la mano en el agua y la agarró por el medio. Luchó por su libertad. Supo inmediatamente de dónde venía el dicho "resbaladizo como una anguila". Decidido a no dejar pasar la cena, la sostuvo y sacó a la criatura del agua. Arrojándola a la orilla, salió del agua después de ella, golpeando a la criatura en la cabeza con una roca que había encontrado. Quería matarla rápidamente. Limpiándose la arena de sus pies, se puso los zapatos, se desenrolló los pantalones y se puso la anguila alrededor de los hombros.

Tedder estaba mojado, frío y arenoso, pero feliz.

Con los arbustos y pequeños árboles como cobertura, Tedder escudriñó el camino entre los cuarteles de los guardias y su cabaña, y la orilla del agua. Encontrarse con Chimuelo le daría un fin a su comida. Se mantuvo al borde del claro donde pequeñas cabañas como la suya se erigían como centinelas que guiaban el camino al centro de la ciudad, escabulléndose entre las cabañas y comprobando los alrededores antes de pasar a la siguiente. *Esta es la primera vez que me siento como un criminal, escabulléndome para evitar ser detectado,* pensó.

Cuando su propia cabaña se hizo visible, el estómago de Tedder saltó a su boca. Si hubiera comido hoy, habría vomitado. La puerta de su pequeña choza estaba abierta de par en par. Tragó con fuerza y mantuvo sus brazos cerca de su costado para evitar que sus manos temblaran. Se escondió en la parte de atrás de su cabaña para escuchar los ruidos del interior. Estaba en silencio. Acercándose sigilosamente al frente, se arriesgó a mirar por la ventana. La cabaña estaba vacía. Silenció al grito furioso que estaba desesperado por escapar de su garganta. Parándose derecho, entró en la cabaña. Todos los pequeños lujos habían desaparecido: la mesa y las sillas, la tetera, la cubeta, la olla, los cubiertos, las almohadas y las mantas. Habían dejado sus ropas de preso y la leña para el fuego. Dejaron el té y el azúcar, pero Tedder supo que por un descuido, puso el té y el azúcar detrás de la pila de leña con su taza, plato y pedernal. La desesperación lo dominó. Se sentó cerca de la chimenea y apoyó su cabeza en sus manos. No lloró. ¿Qué sentido tenía? Estaba seguro de que Chimuelo y sus compinches se habían llevado sus cosas, pero luego se preguntó si de hecho, eran sus cosas. *Estaban aquí, pero ¿eran realmente mías? Soy un convicto, después de todo. Chimuelo se está asegurando de que no lo olvide.*

Tedder rescató el plato, la taza, el té y el azúcar de detrás del montón de leña; escondería las cosas ahí hasta que tuviera una cerradura para la puerta. Necesitaba agua fresca para su té y para limpiar la anguila, que aún estaba alrededor de su cuello. El agua se almacenaba en barriles cerca de la comisaría, se dirigió hacía allá sin pensar en Chimuelo.

Llenó la taza con agua, la bebió, la llenó de nuevo, lavó la anguila con el agua, la llenó de nuevo para su té, y volvió a su cabaña con la anguila mojada colgada al cuello. Tan decepcionado como se sintió por todas las cosas que se habían llevado , todavía tenía el fuego y algo para comer. Encendió el fuego, equilibró la jarra de agua para que no se derramara, puso la anguila sobre las llamas y tiró de uno de los catres para esperar a que el agua hirviera para su té y la anguila se cocinara. Puso sus botas, todavía húmedas por haber metido sus pies mojados en ellas, y su camisa mojada en la chimenea para secarse.

La cabaña se llenó de un olor no muy diferente al de la cubierta de la *Incansable*, le dio algo de asco. Usando el palo que encontró en la orilla del agua, levantó la anguila del fuego, movió sus botas y su camisa y puso la anguila en la chimenea. Preguntándose si la carne era del mismo color anaranjado que la piel, rompió un trozo del medio para ver si estaba cocida. Soplando para enfriarla, peló la piel para revelar la carne blanca. Se derritió en su boca. A pesar de la miseria del final de la mañana, estaba emocionado por la primera comida que había cocinado él mismo. Pensó en lo orgullosa que estaría su madre y decidió escribirle.

Su taza de té no tuvo tanto éxito por el hecho de no hacerla en una tetera, pero era bebible y acompañaba maravillosamente a la anguila anaranjada. Tedder guardó la mitad de la anguila para la cena. Esperando a que se enfriara, la escondió detrás de la pila de leña, con su taza, plato, azúcar y té. Se puso su camisa caliente y sus botas secas pero todavía arenosas, y salió a recoger más leña.

A Tedder le encantaban las tardes en Hobart Town, aunque el sol estaba en el lado equivocado del cielo. Le encantaba la nitidez del aire a medida que el día se acercaba al final, y los ruidos que hacían los pájaros mientras se dirigían a sus lugares favoritos para comer. Miró hacia la montaña que vigilaba la ciudad y el estuario. Los cielos estaban despejados, el aire era claro, el sol brillaba en su cara, su nariz se estaba curando. Se dirigió a la orilla del agua, se sentó en la arena y se levantó la camisa para que el sol le calentara la espalda.

Escuchó voces cerca. Voces pronunciando mal las palabras. Voces con ese terrible acento *cockney*. Sin esperar a ver si era Chimuelo y su séquito, Tedder se arrastró hacia la maleza a esconderse. Chimuelo y sus compañeros caminaron hasta la orilla del agua y orinaron en la hermosa agua clara que Tedder acababa de admirar. Temeroso de moverse, esperó para asegurarse de que se habían ido. Cuando el reloj de la puerta del superintendente sonó cuatro veces, Tedder salió de su escondite, se paró con la cabeza en alto, y caminó de regreso al pueblo y a su cabaña sin que nadie lo notara.

Para la cena repitió el ritual: hizo té y comió la anguila. Esta vez comió como un caballero, saboreando el sabor ahumado, sabiendo que no había desayuno excepto té y azúcar.

Atizó el fuego mientras la oscuridad descendía rápidamente en el interior de la cabaña como lo hacía en el exterior. *Pondré velas en mi lista.* Alejando el catre un poco del fuego, se acostó de espaldas a las brasas, se acurrucó en una bola y se fue directo a dormir.

El frío despertó a James un par de veces durante la noche, el atizar el fuego cada vez lo calentó. La luz del día se asomó a través de la pequeña ventana, instándole a organizarse para su segundo día de trabajo en la comisaría. Se vistió, se puso su gorra, y caminó hacia los barriles para llenar su taza con agua. La primera taza la salpicó en la cara, la segunda sería para el desayuno - una taza de té. Mirando a su alrededor para asegurarse de que Chimuelo no estaba por ningún lado, llevó su taza de agua a su choza, la equilibró sobre las brasas y se sentó en el catre, esperando a que hirviera.

"Buenos días, Sr. Williamson."

"Buenos días, Tedder. Espero que hayas desayunado bien, hoy será un día muy ocupado. El lunes normalmente lo es."

"No he desayunado, Sr. Williamson", ofreció Tedder. "Comí algo de la comida que me dejó en la cabaña el viernes, y lo que quedó fue robado después de la iglesia. Atrapé una anguila en el estuario y la comí para la cena de ayer". Tedder esperó una reacción del Sr. Williamson.

"¿Cómo que fue robada?"

"La comida no fue lo único, señor. La mesa, las sillas, las almohadas, las mantas, la toalla, la tetera, la olla y el marco de la chimenea. Todo se ha ido. No hay cerradura en la puerta," dijo Tedder en su defensa.

"Por el amor de Dios, Tedder. Tienes una lengua en tu boca , ¿no podías haber dicho que necesitabas una cerradura para la puerta?"

"El día había terminado, y no sabía dónde encontrarlo, señor." Tedder se sintió como un niño que el Sr. Williamson estaba a punto de regañar por su comportamiento travieso.

"No tenemos tiempo para esto ahora, Tedder. Tenemos que prepararnos. Al final del día, calcularemos cuánto costará reemplazar las cosas, y tendrás raciones para la semana. Todos los convictos reciben las mismas raciones, los guardias las mismas que los demás, los marinos las mismas, y los oficiales, bueno, ellos también reciben su parte."

"Los muebles y las cosas que has perdido saldrán de tu

sueldo cada semana hasta que completes el costo. Te daré un adelanto porque, necesitas lo básico," el Sr. Williamson gruñó. "Ahora sigue con tu trabajo".

Tedder decidió no contarle al Sr. Williamson sus problemas con Chimuelo.

"Sr. Williamson", dijo: "¿Cuánto tiempo permanecerá el *Incansable* en el puerto?"

"¿Por qué, te vas a trepar para ir a casa?"

"No, señor, me preguntaba si podría escribirle a mi madre, y si el *Incansable* regresa a Inglaterra, ¿aceptaría el correo?"

"Puedes escribirle a tu madre, Tedder. El papel, la pluma, la tinta y el sobre saldrán de tu cuenta bancaria. No podrás comprar lujos como ese hasta que tengas tu primera paga el próximo sábado. Te daré un adelanto de los muebles."

Después de su último comentario, el Sr. Williamson hizo que Tedder encendiera las lámparas del edificio de la comisaría, abriera las puertas y ventanas, pusiera los libros de contabilidad en el mostrador y llenara los bolígrafos con tinta. Se sintió como un hombre por primera vez en mucho tiempo. Tenía hambre, pero tenía un trabajo de verdad, le pagaban y podía mantenerse por sí mismo. Le escribiría a su madre que las cosas no estaban tan mal después de todo.

14

QUERIDA SARAH

Enero de 1813.
De: Granja Cullen, Nueva Norfolk, Tierra de Van Diemen.

Para: Sarah Blay, Calle Crispin 8, Spitalfields, Londres.

Querida Sarah,
   Espero y rezo para que esta carta te encuentre a ti y a nuestros hijos bien. Mi corazón sufre cada día por todos ustedes. Sé que eres una mujer fuerte, Sarah, y creo en tu capacidad para mantener la tienda en marcha y para alimentar y educar a los niños. Sé que en casa es invierno en Londres, pero aquí, en la Tierra de Van Diemen, es verano. ¿Puedes creerlo? ¿Verano? El mundo está al revés.
   Ha sido una sorpresa, Sarah. Una agradable sorpresa. Temía cómo sería la vida aquí, y tú temías que no sobreviviera. Si los convictos se comportan y tienen habilidades, podemos vivir una vida útil e incluso nos pagan. Hay convictos encadenados trabajando en la excavación de caminos y cincelando piedra arenisca para edificios,

pero la mayoría de ellos rompieron las reglas en el viaje hasta aquí o rompieron las reglas cuando llegaron. Estoy teniendo cuidado de mantenerme fuera de líos.

Estoy trabajando en una granja. ¿Te lo imaginas? ¿Yo, en una granja? No he salido de Londres en toda mi vida, y mucho menos he montado a caballo o acorralado ovejas o cabras o cerdos o ganado. Estoy en un lugar llamado Nueva Norfolk, es un día de camino o tres horas de navegación por el estuario de Derwent desde Hobart Town. El estuario se convierte en un río en Nueva Norfolk, se convierte en agua dulce. Es tan diferente - el Támesis tiene edificios y chozas a lo largo de sus orillas. El río y el estuario de Derwent tienen árboles y animales y plantas y las aves más asombrosas. Me asignaron a un tipo llamado James Bryan Cullen. Parece que todos nos llamamos James. Me llama Blay, porque dice que es el único que es libre y que usará su nombre como quiera. Vivo en su granja con su esposa, Elizabeth y sus tres hijas. Tengo mis aposentos en el establo, lo que me viene bien. Está un poco apartado, con un catre y un lavabo. Está bien. Estoy disfrutando de mi privacidad; no había mucho de eso en el Retribución o en el Incansable.

Mis comidas son con el Sr. Cullen y su familia. No llevo cadenas, trabajo en la granja junto a él. Tiene un amigo, Robert Bishop, que a veces viene a ayudar. ¿Adivina qué, Sarah? El Sr. Cullen, Bishop y la Sra. Cullen eran todos convictos. Sí, convictos. Ahora se llaman Colonos. Conozco la historia de la Sra. Cullen y la de Robert Bishop, pero no la del Sr. Cullen. Él ha estado callado sobre el asunto. Me lo dirá a su debido tiempo si siente la necesidad. El Sr. Cullen me dijo que si mantengo buen comportamiento y trabajo duro puedo conseguir un ticket de permiso, que no tendré que estar con él de por vida. Eso significa que puedo trabajar para alguien más, tomar decisiones. Sólo significa que no puedo dejar la tierra de Van Diemen a menos que consiga un perdón. El Sr. Cullen no me trata como a un convicto. Me trata como un trabajador, es amable. La Sra. Cullen tiene una cocinera que nos alimenta bien, y sus chicas son bien educadas. Pero verlas todos los días me hace desesperar por nuestros niños.

El gobierno aquí abre una cuenta bancaria para los convictos. Ponen nuestra paga en la cuenta, y cuando vamos a las tiendas a comprar algo que no está en nuestras raciones, sale de nuestra cuenta. Cuando somos libres, recibimos el dinero. ¿Creíste que podría pensar en ser libre, Sarah? No lo pensé. Pero puedo pensar en ser libre ahora. Puedo obtener un Ticket de Permiso , y puedo obtener un Perdón si me comporto. Y el Sr. Cullen me dijo que las esposas o maridos de los convictos pueden venir a la Tierra de Van Diemen como colonos libres, y el gobierno asignará a los convictos a sus esposas o maridos, para que se conviertan en la responsabilidad del colono.

No sé cómo van las cosas con el dinero, Sarah, pero sería increíble si tú y los chicos pudieran venir aquí. A los colonos se les dan concesiones de tierras, Sarah. Concesiones de tierra. Cuando recibes tu primera concesión de tierra, puedes conseguir tiendas de acampar y otros suministros de las Bodegas. Tienes que limpiar la tierra y construir tu propia casa, pero qué aventura sería eso.

El clima es bueno; hace calor en esta época del año, más cálido de lo que nunca he vivido, o podría imaginar, pero el aire es fresco, los animales y los pájaros y las plantas y los árboles son extraños y maravillosos. Los niños corren al sol descalzos y sin mucha ropa que les impida jugar. Las niñas del Sr. Cullen se ven saludables y en forma, Sarah. Yo también estoy bien y en forma. Mi pálida piel inglesa se está volviendo como el cuero con el que solía hacer zapatos.

Fui a Hobart Town en el estuario de Derwent con el Sr. Cullen el otro día, porque necesitábamos provisiones, y volví a ver a Tedder. Está trabajando como empleado en las tiendas - veo que su trabajo de lectura, escritura y números es muy bueno. ¿Te acuerdas de él? Mi compañero en el Retribución. *Se ve bien ahora, pero me dijo a escondidas que tiene problemas con uno de los guardias. El del Incansable que nos atormentaba cuando podía, le está haciendo pasar un mal rato a Tedder. Incluso robó sus cosas. Pero, está vestido limpio y ordenado y llevando las cuentas de las bodegas. Tiene su propia choza. Estaba muy feliz de verme. Le presenté al Sr. Cullen, y* tuvieron una pequeña charla mientras yo reunía algunas provisiones.

No sé cuánto tiempo te llevará recibir mi carta, Sarah. Los chicos deben estar creciendo, haciéndose más altos. Espero que estés ganando suficiente dinero para enviarlos a la escuela. Hay una pequeña escuela en Nueva Norfolk. La mayoría de los niños aquí no van a la escuela todos los días, tienen demasiadas tareas que hacer en casa. Todos los niños ayudan con la granja, los jardines, los animales. Hay mucho que hacer en cada propiedad para mantener alimentadas a las familias y a la comunidad. Algunos niños reciben lecciones de sus madres o de convictos que saben leer y escribir.

Rezo para que puedas escribirme. Rezo para saber que estás bien, y que los chicos están creciendo y están sanos.

Tu amado esposo, James.

15

DE LONDRES A PORTSMOUTH

Los servicios domésticos de una posada eran supervisados por un ama de llaves, a menudo la esposa o la pariente femenina del propietario. Algunas posadas eran famosas por su buen servicio y buena comida. Otras eran conocidas por aprovecharse de los pasajeros proporcionando carne poco cocinada, sopa demasiado caliente para beber o comidas servidas demasiado tarde para ser consumidas antes de que los pasajeros tuviesen que volver rápidamente al vagón para la siguiente etapa de su viaje.

http://englishhistoryauthors.blogspot.com.au/2016/12/coaching-inns-in-early-19th-century.html

Mayo de 1813

"Se preocupará de que lo haya dejado de lado cuando no sepa nada de mí', le dijo Sarah a su madre.

"Bueno, no puedes hacer nada al respecto, Sarah. Ese es el tiempo que tarda una carta en llegar al otro lado del mundo.

Sólo piensa en lo sorprendido que estará de verlos a todos". Se limpió una lágrima de su mejilla antes de que Sarah la viera.

"Me hizo feliz leer que se ha establecido con una familia y no está encadenado siendo golpeado todos los días. Pensé que su vida allí sería horrible. Estoy tan aliviada de que no lo sea."

"Todavía hay tiempo, Sarah. Tú y yo sabemos de dónde saca James Jr. su temperamento", dijo su madre, señalando con la cabeza al hijo mayor.

A Sarah le preocupaba James. Era hosco y rencoroso y perdía los estribos ante la más mínima provocación. Ella pensó que decirle que iban a ir a la Tierra de Van Diemen a vivir con su padre mejoraría las cosas, pero James Jr. se retraía cada vez que ella mencionaba a su marido.

"Espero que su padre pueda aplacarlo cuando lleguemos a la Tierra de Van Diemen".

"Puede que tenga que aplacarse por sí mismo en el barco que van", dijo su madre. "Eso va a poner a prueba el temple de todos ustedes." Se limpió otra lágrima, pero esta vez Sarah la vio.

"Oh, Mamá. Te extrañaré muchísimo," le dijo Sarah acercando a la mujer hacia ella. "No habría sido capaz de arreglármelas sola. Has sido un gran apoyo."

"Bobadas. Esa huésped ayudó con los chicos, y tú hiciste un gran trabajo con el aprendiz en la tienda. Pero te echaré de menos, y echaré de menos ver a los chicos convertirse en hombres."

Abrazó a su madre durante un tiempo, saboreando el olor de su ropa y la sensación de su arrugado rostro junto al suyo. Las lágrimas que su madre derramó le recordaron a Sarah la finalidad de su separación.

"Mejor vuelvo a la costura", refunfuñó la madre de Sarah, "No quiero que un ladrón podrido huya con tu dinero antes de que pongas un pie en la tierra de allá".

Se sentaron en la pequeña cocina de la casa de Sarah en Spitalfields, usando la luz del fuego para coser billetes en el corpiño del
vestido de viaje de Sarah y en el forro de su abrigo. Antes de que
ocultaran cada billete, Sarah comprobó que los chicos no miraban, no quería que supieran dónde estaba escondido el dinero que
había ahorrado durante más de un año y medio.

Terminada su difícil tarea, la madre de Sarah besó a su hija
y a sus nietos y se fue a casa. Los despediría mañana y nunca
más los volvería a ver. Las lágrimas se congelaron en sus
mejillas.

Con la ayuda de su madre, Sarah y los chicos cargaron sus
maletas en la carreta que su madre había pedido prestada.
Cerró la puerta con llave por última vez, miró de arriba a abajo
la calle que había sido su hogar durante doce años, y confió la
llave a su madre para que la transfiriera al propietario. Los
cuatro viajeros y la madre de Sarah empujaron la carreta hasta
la parada de carruajes.

"Menos mal que los barcos no salen en invierno, nunca
podríamos empujar esto a través de la nieve", se quejó su
madre.

"¿Dónde está su marido, señora?" El cochero interrogó a
Sarah.

Una rápida mirada a los chicos para indicar que guardaran
silencio, ella explicó que su marido estaba en las colonias y que
iban a unirse a él.

Aparentemente satisfecho, el cochero dio a los chicos sus
órdenes. "Tú, el más grande, ayuda a mi asistente", dijo señalando a un hombre que estaba cargando el equipaje en el maletero del coche. "Toma tus propias maletas y cárgalas donde él te
diga. Haz que tus hermanos te ayuden".

El cochero siguió dando órdenes hasta que todos sus pasajeros fueron contabilizados y el equipaje guardado. "Nos vamos en cinco minutos, despídanse".

Sosteniendo las manos de su madre en las suyas, Sarah dijo: "Te escribiré todo el tiempo, madre, te haré saber cómo nos acomodamos y cómo están los chicos. Debes pedirle al reverendo que te lea mis cartas y te ayude a escribir".

Le afligía que su madre se quedara sola en Londres, pero a pesar de sus esfuerzos por engatusar, intimidar, sobornar y presionar, la mujer seguía negándose a viajar a la Tierra de Van Diemen con ellos. El último año y medio sin James y sus ingresos había sido difícil; si no fuera por la ayuda de esta mujer, ella y los chicos habrían acabado en el hospicio de pobres. Sarah abrazó a su madre fuertemente por última vez.

"Vete de aquí. Estaré bien, y tú y los chicos también. Adiós chicos, cuiden de su mamá y sean buenos en ese maldito barco. Es un largo camino hasta el otro lado del mundo."

"Sarah, aquí tienes un pequeño regalo que tengo para ti. Piensa en mí cuando lo uses". Puso una nueva barra de jabón Pears en la mano de su hija, luego dio a cada nieto un abrazo y los ayudó a subir al carruaje.

Instando a los caballos a moverse, el cochero facilitó la salida de Londres de sus vidas. *El arrepentimiento es para los perdidos,* pensó Sarah mientras veía a su madre desaparecer. *No me perderé.*

Preguntándose cuánto tiempo habían estado viajando, Sarah miró el reloj de bolsillo de su padre que estaba escondido dentro de su abrigo. Habían pasado unas dos horas y James Jr., jugueteando con su pelo y molestando a sus hermanos, exigió saber cuánto tiempo más tardarían en hacer el viaje.

"Portsmouth está a una buena distancia, James. Tenemos que parar en Guildford durante la noche, y no estaremos en el barco hasta mañana a media mañana".

"¡Eso es demasiado lejos y demasiado tiempo!" gritó el mayor.

"No me hables así," gruñó Sarah. "Esto es corto comparado con los meses que estaremos a bordo del barco. Tú y tus hermanos tendrán que adaptarse".

"Te odio, y odio a Papá, desearía que lo hubieran colgado cuando dijeron que lo harían, entonces podríamos haber vivido nuestra vida sin él. No estaríamos dejando Inglaterra." Estaba sollozando entre sus respiraciones.

Sin darse cuenta de que los otros tres pasajeros del carruaje estaban viendo el desarrollo de la escena, Sarah se inclinó y le dio una bofetada a James. William, de cinco años de edad, se alejó, lloriqueando. Esta fue la primera vez que ella había abofeteado a alguno de ellos, James normalmente dispensaba los castigos físicos. *Otra cosa más que he tenido que hacer por mi cuenta.*

Uno de los caballeros pasajeros intervino: "Eres un chico muy grosero con tu madre. Hizo bien en abofetearte, estoy seguro de que tu padre te habría azotado por tal insolencia."

Con los pies bien plantados en el suelo del carruaje , James cruzó los brazos sobre su pecho, apretó la mandíbula y miró con ojos llenos de rabia, por la ventana. Para disgusto de Sarah, se sentó, sin moverse, hasta que el cochero acercó los caballos a una de las posadas que había a lo largo de la ruta.

"Es hora de salir y estirar las piernas y conseguir algo de comer", instruyó.

Mientras el cochero atendía a los caballos, Sarah llevó a sus hijos a la posada. James se quedó un poco atrás mientras William y John caminaban a su lado. Estaba oscuro adentro, pero no sombrío, las ventanas estaban abiertas a la luz del sol de la mañana tardía y el olor del pan recién horneado y los guisos a fuego lento flotaban en el aire.

"¿Qué puedo hacer por usted, señora?" preguntó una voz desde detrás del mostrador. Tomó a Sarah por sorpresa, había estado demasiado ocupada mirando la taberna para buscar a algún empleado.

"Oh, gracias", balbuceó. "Los chicos y yo necesitamos algo de comer y beber, por favor, algo ligero, todavía tenemos mucho por viajar hoy."

"Claro, señora, busque un sitio donde sentarse y la atenderemos".

Los cuatro viajeros se sentaron al final de una larga mesa; en bancos. Sarah y John a un lado y James y William al otro. La mujer de detrás del mostrador apareció llevando un plato con pan, queso y tocino, una tetera y un poco de cerveza. Sarah reapartió la comida entre ellos, poniendo generosas porciones en cada plato. John y William comieron con avidez, no sólo la comida llenó sus estómagos, sino que el ritual del almuerzo alivió el aburrimiento del viaje.

James le frunció el ceño a sus hermanos e ignoró a su madre. No intentó comer, y Sarah no lo animó.

Sarah no se había dado cuenta de lo hambrienta que estaba hasta que el olor de la comida llegó a su nariz y le hizo la boca agua. Se permitió el lujo del azúcar en su té y sirvió a cada uno de los chicos una pequeña taza de cerveza. James no tocó la suya. Cuando llegó el momento de seguir adelante, envolvió los restos de la cena en su bufanda, pagó al posadero y salió a primera hora de la tarde con dos chicos a su lado y uno arrastrándose detrás.

"Voy a sentarme con el cochero", le informó James Jr.

"Bueno, eso dependerá de él, James, no de ti. ¿Está bien, señor?"

"Sí, señora. Pero no entiendo por qué querría sentarse aquí. A medida que se acaba el día, va a hacer mucho frío. Se congelará el culo. Lo siento, señora", añadió inclinando el sombrero.

Los más jóvenes se entretenían en el carruaje inventando

juegos que podían jugar en el suelo; había más espacio con James sentado fuera. Mientras veía jugar a John y William, Sarah se preguntó cuánto tiempo duraría el comportamiento de James Jr. y cómo lo manejaría.

"Nos acercamos a Guildford", gritó ó el cochero.

Sarah organizó y arregló a los chicos más jóvenes; les enderezó las gorras y los pantalones y les cepilló las chaquetas, luego fijó su propio gorro en una buena posición, lo ató bajo su barbilla y alisó su vestido. Alcanzando la bolsa que había guardado en el estante superior, ella y los chicos estaban listos y aceptaron la ayuda ofrecida por el cochero. John y William se quedaron con ella mientras esperaban que James bajara del asiento del cochero.

"Vamos, James, el conductor tiene que atender a los caballos, y estoy segura de que le gustaría comer y dormir un poco también", le dijo Sarah.

"Gracias, señora. Tengo que llevar los caballos al establo antes de que llegue el frío. Baja, joven James, y cuida de tu madre."

James bajó y con desafío en su voz dijo: "No me molestaría dormir con los caballos."

"Bueno, no lo harás. Vendrás conmigo," Sarah se dio vuelta y caminó hacia la puerta principal de la posada Guildford. Dos chicos le siguieron el ritmo, uno se tomó todo el tiempo que pudo.

James Jr. engulló la sopa de vegetales calientes, el pan recién horneado, el queso y las papas que recibieron para la cena como si no hubiera comido en días. Sarah miraba con una sonrisa irónica. Ella había decidido no discutir con él: si él quería sentarse afuera en el frío, podía, si no quería comer, ella no lo obligaba, si no quería participar en los juegos con sus hermanos, lo dejaba en paz.

El posadero les mostró a los cuatro una pequeña y cálida habitación en lo alto de las escaleras. El fuego estaba bien encendido, las toallas limpias estaban en las camas, y había agua fresca y caliente en la jarra.

James Jr. vertió agua en el cuenco, la salpicó en la cara y en el suelo, se secó, se quitó los zapatos y la chaqueta y se subió a una de las camas.

"No dijo buenas noches," se quejó John.

"Está muy cansado y tiene frío por estar sentado con el cochero", dijo William.

Ansiosa por meterse a la cama ella misma, Sarah llevó a John y William a la jarra de agua "Ustedes dos lávense la cara y las manos y métanse en la cama. Tenemos que irnos temprano en la mañana. Estaremos en el barco antes de la comida."

John estaba en la cama roncando suavemente antes de que William terminara de quitarse los zapatos; se subió al lado de James que fingía estar dormido.

Sarah sacó la nueva barra de jabón transparente de Pears que su madre le había dado. Sostuvo la barra a la luz del fuego, para poder ver a través de ella; la olió, la puso contra su mejilla, y decidió usarla con moderación en el viaje para que le quedara algo cuando llegaran a la Tierra de Van Diemen. Después de prepararse para dormir, fue hasta la cama con John. Preocupada por James Jr., el largo viaje que tenía por delante y cómo su marido no se había preocupado por saber nada de ella, todo eso pasaba por su mente y la mantenía despierta. Se levantó, avivó el fuego, se puso el abrigo sobre los hombros, se sentó en la silla junto a la chimenea y se durmió.

En el viaje matutino a Portsmouth, James Jr. se sentó de nuevo con el cochero.

"Baja y ayuda a tu madre con tus hermanos", ordenó el cochero cuando llegaron a Portsmouth.

James miró al hombre mayor sin seguir las instrucciones. "Te dije que bajaras y ayudaras. ¡Ahora hazlo!" rugió el conductor en la cara de James. El chico se bajó y le ofreció su mano a John. William ayudó a su madre a recoger sus pertenencias del interior del coche y del maletero.

Entregando un elegante bolso de cuero a James, Sarah dijo: "Esto es tuyo, debes cuidarlo hasta que nos instalemos en el barco. No lo pierdas. Contiene todas las cosas que quisiste traer de casa", James le arrebató la bolsa a su madre sin mirarla. Ella notó lo blanco de sus nudillos alrededor de la manija.

Un encargado descargó su baúl del carruaje, le inclinó su sombrero a Sarah y esperó educadamente a que le dieran una propina. Mirando furtivamente a su alrededor para ver si alguien se fijaba en algo en especial, sacó algunos billetes de su bolso y se los dio al cochero y a su asistente.

Nunca habían estado en el mar. Las vistas y sonidos de Portsmouth asaltaban sus sentidos: las olas golpeando la orilla, las órdenes que se gritaban a los marineros, los comerciantes gritando las virtudes de sus mercancías, la gente discutiendo, los niños corriendo entre los barriles de agua y los adultos, los perros ladrando, y el olor distintivo del mar. Sarah se acercó a su hijo menor y rodeó con su otro brazo a los dos mayores, sosteniéndolos de forma protectora.

"¿Ahora qué hacemos?" se quejó James Jr.

"Encontramos a alguien que nos ayude a llegar al barco, James."

Sarah hablaba en voz baja y tranquila necesitando tranquilizarse tanto ella como a los chicos.

"¿Qué barco? Todos se ven iguales," dijo James Jr., continuando con su actitud.

"El nuestro se llama el *HM Bergantín Canguro*. Así que imagino que buscamos ese nombre en el costado de la nave."

"Ese de ahí dice *Canguro*", anunció James, señalando un

barco más adelante en el muelle. "¿Cómo se supone que vamos a llevar el pesado baúl hasta allí nosotros mismos?"

"Tendremos que encontrar a alguien que nos ayude."

Diferentes escenarios se arremolinaban en la mente exhausta de Sarah: *No puedo dejar a James aquí con el baúl, no puedo confiar en que se quede. No puedo llevarme a los tres conmigo para buscar ayuda, porque el baúl se lo habrán llevado cuando volvamos, y no podemos llevarlo nosotros solos.* Se sentó en dicho baúl. William trepó a su lado.

"¿Vamos a quedarnos aquí todo el día, entonces?" James acusó.

"No hay necesidad de eso, muchacho. Les echaré una mano a ti y a tu madre para que lleguen a su barco. ¿Cuál es?" La voz pertenecía a un marino vestido con un elegante uniforme rojo. Le dio una palmadita en la cabeza a William y le sonrió a Sarah.

"Gracias, señor, estoy agradecida, pero creo que es demasiado pesado para un hombre y un niño."

El marino pidió ayuda a un tripulante, y ellos le indicaron el camino, llevando el baúl al barco. Sarah y los chicos subieron tentativamente por la plancha hasta la cubierta del *HM Bergantín Canguro*.

"Tiene armas. Mira, mamá. Tiene armas. El barco tiene armas. ¿Crees que necesitará usarlas?" James bailó con emoción.

"Espero que no", Sarah respiró, exasperada.

"Sí que tiene armas, joven", explicó el marino, "es un bergantín armado de sólo cuatro años, con doce cañones, y va de camino a Nueva Gales del Sur. El gobernador Macquarie quiere que un barco circule entre Sydney y Hobart Town."

"Vamos a la Tierra de Van Diemen", explicó James. "¿Está cerca de Hobart Town?"

"Sí, joven. Hobart Town es el lugar desde donde el gobierno de la Tierra de Van Diemen dirige todo."

El marino terminó con un saludo militar a James e inclinándose ligeramente hacia Sarah. "Alguien de la tripulación vendrá pronto para llevarla a usted y sus pertenencias a su camarote, señora."

"Gracias por su ayuda, señor." Sarah empezó a abrir su bolso, sin estar segura de si el marino esperaba el pago por su asistencia.

"No hay necesidad de eso, señora. Es parte del trabajo". Se alejó, dejándolos en la cubierta para esperar la asistencia prometida.

James Jr. había cobrado vida, corría desde Sarah hacia el costado del barco, colgando la mitad de su cuerpo para ver más de cerca los cañones que sobresalían de abajo, y de vuelta a Sarah. Ella no intentó detenerlo. Si se caía por la borda, alguien lo ataparía. Cerró los ojos.

"Señora, señora".

La cabeza de Sarah se movió con una sacudida y sus ojos se movieron frenéticamente para contar tres chicos. William estaba dormido, con la cabeza en su regazo, John miraba a James, que seguía bailando alrededor de los cañones.

"Estamos aquí para llevar sus cosas a sus camarotes", explicó un marinero. "Necesitamos ver su boleto para saber a dónde llevarlos."

Desatando y quitándose el sombrero, Sarah sacó los cuatro boletos que había escondido allí cuando salieron de Spitalfields. Siguiendo a los marineros y su baúl hasta las entrañas del barco donde la luz y el aire fresco se negaban a perdurar, finalmente llegaron a lo que sería su hogar durante los próximos meses. Sarah juntó sus manos al frente, para que los chicos no las vieran temblar.

16

EL TERROR DE CHIMUELO

El día de James Tedder comenzó como cualquier otro. Había estado trabajando en la comisaría durante dos semanas, había hecho arreglos para todos los suministros y muebles que necesitaba, tenía una cerradura en su puerta, y no había visto a Chimuelo. El *Incansable* seguía en el puerto, hoy iba a buscar papel, pluma y tinta y se sentaría después de la cena a escribirle a sus padres.

La avena que compró en las tiendas era la misma que la que comían en el *Incansable*, pero no tuvo que añadir más agua para que rindiéra más. Sentado en su mesa, la mesa que había comprado en las bodegas con su propio sueldo, Tedder se permitió sentirse un poco más realizado.

Para cuando cumpla mis siete años, debería tener bastante dinero ahorrado. Podré comenzar un negocio propio, y tal vez incluso volver a casa a Inglaterra, pensó.

Terminando su avena y su taza de té, lavó los platos, se lavó la cara, se peinó, se recordó a sí mismo que debía conseguir un espejo, cerró la puerta y se fue al trabajo.

"Buenos días, Sr. Williamson."

"Buenos días, Tedder. ¿Ya instalaste todo en tu cabaña?"

"Sí, señor. Todo listo. Es bueno tener cosas que me pertenezcan".

"Bueno, te pertenecen siempre y cuando sigas las reglas, Tedder."

"Sí, señor. Eso es lo que haré."

Tedder se puso a trabajar en la preparación de los libros de cuentas y registros de verificación para ver qué colonos estarían suministrando carne, maíz y trigo a las tiendas durante la semana siguiente. Se aseguró de que las plumas estuvieran listas y que los frascos de tinta estuvieran a la mano.

"Bueno, miren aquí, el convicto se ve como nuevo con su ropa limpia y sus mejillas sonrosadas."

Tedder sofocó un grito antes de que pudiera salir de su boca y llegar a la cara de Chimuelo.

"Buenos días, señor", se las arregló para decir sin tartamudear las palabras.

"Estoy aquí para recoger algunas cosas, convicto. Algunas cosas que necesito. Y tú eres parte de nuestro acuerdo, ¿no? "

"¿Qué arreglo fue ese, señor?"

"No te hagas el tonto inocente, convicto", advirtió Chimuelo. "Tengo una lista que me hizo un amigo, así que me darás todo en la lista, y saldrá de tu cuenta bancaria, no de la mía."

Tedder había temido este día desde que Chimuelo lo atacó hace unas semanas. Cada mañana comprobaba si el *Incansable* seguía en el puerto, sintiéndose estresado y ansioso cuando lo veía mecerse suavemente sobre las olas. Cuando el *Incansable* se fuera, Chimuelo se iría abordo, de vuelta a Inglaterra, para atormentar a otras pobres almas. El barco seguía aquí, así como Chimuelo. Tenía que idear un plan, y rápidamente. No iba a usar sus ahorros para pagar las indulgencias de Chimuelo, pero tendría que fingir que sí, enfrentando las consecuencias de la ira del guardia más tarde.

Chimuelo puso la lista delante de Tedder. "Esperaré mientras recoges mis cosas, idiota."

Tedder se movió por las estanterías, y los barriles y contenedores, mirando la lista y recogiendo té, azúcar, melaza, carne de vaca salada, cerdo salado, avena, arroz y col. Sabía que Chimuelo habría recibido una dotación completa de suministros para su propio uso, cortesía del Gobierno, y que estaría vendiendo estas cosas a los colonos y otros guardias. La injusticia lo irritó mientras echaba los artículos en un saco de patatas.

"Bien hecho, convicto", sonrió Chimuelo al ver las provisiones puestas a sus pies. "Volveré antes que el *Incansable* se vaya para conseguir más, así que mis amigos y yo tendremos un buen viaje."

Puso el saco sobre su hombro, le guiñó un ojo a Tedder, se dio vuelta y salió de ahí. Tedder liberó el aliento que había estado conteniendo.

Recordando que Chimuelo y sus amigos no podían leer y escribir, Tedder hizo un pagaré en una hoja de inventario de la comisaría. Hizo una lista de los artículos que Chimuelo tenía asegurados, y el valor. Todo lo que necesitaba era poner el nombre de Chimuelo al final, acompañado de una X, indicando su firma.

La campana sobre la puerta del superintendente sonó y Tedder terminó el trabajo del día. Ayudó al Sr. Williamson a cerrar el edificio, le dio las buenas noches y se fue caminando al pueblo. Su plan era merodear por los cuartos de los guardias para tratar de escuchar a que Chimuelo fuera referido por su nombre. No tuvo que esperar mucho tiempo, Chimuelo vio a Tedder antes de tener la oportunidad de esconderse. Se dirigió hacia él, saludando y sonriendo. Tedder se sintió asqueado.

"Roger, espera," Llamó uno de los guardias que salía del cuartel. Chimuelo se volvió para ver quién lo llamaba; ignorando a Tedder y caminó hacia el otro guardia

Tedder tenía un punto de partida, revisaría los registros mañana para ver cuántos guardias con el nombre de pila de Roger habían comprado en la comisaría.

Sin suficiente hambre para ir a casa y empezar a cocinar la cena, Tedder caminó hasta el borde del estuario, encontró un pedazo de arena seca y se recostó para disfrutar de los últimos rayos del sol primaveral del día. Vio la puesta de sol, hipnotizado por su despliegue de colores mientras se hundía en el horizonte.

Tedder caminó al trabajo sin incidentes y ayudó al Sr. Williamson a prepararse para un nuevo día de comercio. Revisó el libro de cuentas, buscando guardias con el nombre de Roger. Encontró cuatro. "Esto es un registro asombroso", dijo, asombrado por los detalles meticulosos de cada registro. El registro no sólo mostraba lo que se había comprado y cuándo, sino que también indicaba el barco en el que se embarcaría el guardia. Sólo había un guardia llamado Roger del *Incansable*. Tedder se permitió una sonrisa irónica. El apellido estaba registrado como Bentley. Roger Bentley. Tedder escribió "Roger Bentley" al pie del pagaré del comisario que había preparado y lo puso en su bolsillo para hacerlo cuando fuera necesario. La primera parte de su plan estaba completa , todavía tenía que averiguar cómo hacer para que Chimuelo pusiera su "X" en el documento.

No vio a Chimuelo por casi una semana, esto lo preocupó . Chimuelo tenía que firmar el pagaré o Tedder perdería su trabajo cuando se hiciera el inventario y no pudiera explicar el paradero de la mercancía. Cuando Chimuelo llegó a la comisaría unos minutos después de abrir una mañana, Tedder sonrió para sí mismo.

"Hola, convicto. Un buen montón de cosas que me conseguiste la otra semana. Necesito más, tengo otra lista. Date prisa." Chimuelo empujó la lista hacia Tedder, le dio la espalda y se recostó contra el mostrador, esperando. Tedder recogió los artículos pero rápidamente hizo otro pagaré antes de regresar con la mercancía.

"Bien por ti, convicto," Chimuelo lo animó, " es bueno hacer negocios contigo".

"Ah, antes de que se vaya, señor," tartamudeó Tedder. "Necesito que firme la lista de bienes que le he dado."

"¡Salen de tu mesada, convicto, no de la mía!" rugió Chimuelo.

"Lo sé, señor, pero tiene que haber un registro de lo que se ha tomado para el inventario, así la persona adecuada es cobrada por la mercancía." Puso ambos pedazos de papel frente a Chimuelo.

"Este es para hoy, y este es de la otra semana. Ese es mi nombre al final de la página, y tiene que firmar para decir que me vio tomar las cosas. Porque usted es el guardia."

Retorciéndose mientras miraba a Chimuelo procesando la información, Tedder dejó salir el aliento que sostenía cuando Chimuelo tomó el bolígrafo y puso una "X" al pie de cada página. Con un gruñido, tomó su saco de papas y se fue.

Tedder se despertó sentado en la arena húmeda, atado a un poste en la playa. Un poste que estaría medio sumergido cuando subiera la marea. Sacudiendo la cabeza para aclarar sus pensamientos, recordó que se había estado preparando para el trabajo, había abierto la puerta y salido en una mañana fresca y lluviosa. Luego esa voz.

"Te crees muy listo, ¿no, convicto? Porque sabes leer y escribir , te crees mejor que nosotros. Bueno, no eres tan listo, porque aquí estás, atado a un poste, con la marea entrando. Me dieron una paliza por esos papeles que me hiciste firmar, convicto. Pero yo me recupero bien, no como un debilucho como tú, lo superaré. Será más fácil superarlo también, sabiendo que aún estás atado a este poste cuando salgamos de aquí con la marea alta. Mira que sorprendido estás . El *Incansable* regresa a Inglaterra el día de mañana, y todos estaremos en él, y tu atado a este poste. No volverás a Inglaterra nunca más."

Un último puñetazo en el estómago, un último puñetazo en la cabeza, una última patada en la ingle, y Chimuelo y sus amigos dejaron a Tedder a su suerte.

Con la respiración agitada por los golpes, Tedder intentó en vano aflojar las cuerdas alrededor de sus muñecas, piernas y tobillos. El agua se deslizaba por las suelas de sus zapatos. No recordaba qué día era. El único consuelo es que el *Incansable* no navegaba en domingo. Debía ser un día de trabajo. *El Sr. Williamson se preguntará dónde estoy.* Tedder retorció sus manos tratando de aflojar las cuerdas. Sus piernas estaban ahora bajo el agua, así que luchar contra las cuerdas alrededor de sus tobillos era inútil. Apreció la ironía de su situación: La muerte había tenido muchas oportunidades de llevárselo en los últimos dos años, y esperó hasta que tuviera un buen trabajo y algunas perspectivas de futuro. Bajó la cabeza al pecho y cerró los ojos.

He oído que el ahogamiento es una forma horrible de morir.

Rezó.

El agua le llegaba a la cintura. Sus piernas estaban entumecidas por el frío, sus manos congeladas. Sus dedos estaban atorados a la cuerda que había tratado de bajar. Las suaves olas brillaban y reflejaban el sol, mientras bailaban alrededor de su cuerpo. Sus brazos se congelaron en su posición mientras el nivel del agua subía por su pecho. Se alegró de no haber tenido la oportunidad de escribir a su madre, ella habría leído la noticia de una situación feliz, y ahora moriría a orillas de un estuario a 10.000 millas de su casa.

El agua le lamió la barbilla. Tedder no sabía cuán lejos llegaba el agua con la marea alta, pero sabía que Chimuelo no lo habría atado a un poste que podría no estar completamente sumergido. Se maravilló de cómo un hombre que no sabe leer y escribir es inteligente en otros aspectos. Movió su cabeza de lado a lado para evitar que el agua le subiera por la nariz. No entró en pánico. El agua le cubrió la nariz. Cerró los ojos.

"¡Tedder, Tedder, Tedder! Jesucristo Todopoderoso, Tedder," el Sr. Williamson gritó de angustia. Tiró su chaqueta y zapatos al suelo, puso su cuchillo entre los dientes, respiró y desapareció en el agua que tenía prisionero a Tedder. El Sr. Williamson no podía ver; sus pies habían removido la arena y nublado el agua. Sintiendo su camino, encontró donde las manos de Tedder estaban atadas al poste. Moviendo sus propias manos más arriba de la cuerda, comenzó a serrar de un lado a otro con su cuchillo. Mientras la cuerda cedía bajo la presión, liberando su agarre, el cuerpo de Tedder se desplomó hacia adelante. Dejando caer su cuchillo, el Sr. Williamson luchó para que Tedder saliera a la superficie. Lo arrastró, boca abajo, hasta la orilla del agua. Una vez en la arena, rápidamente lo hizo rodar, abofeteando su cara, girando la cabeza, cualquier cosa por una respuesta. Tedder permanecía en la arena, inmóvil. Enfurecido por la situación de Tedder, el Sr. Williamson lo hizo rodar de izquierda a derecha gritándole que se despertara.

"Eres un maldito idiota, Tedder. ¿Por qué no puedes decirme cuando las cosas van mal?"

Desesperado por la estupidez de la muerte de Tedder, golpeó al muchacho con fuerza en el pecho. Tedder tosió, arrojando agua de sus pulmones.

Mirando al Sr. Williamson, dijo: "¿Ya ha partido el *Incansable*?"

17

AMISTAD

James Blay caminó hasta la orilla del río para preparar el barco para el viaje a Hobart Town. El sol se alzaba por detrás de la Roca del Púlpito pintándola con tonos anaranjados, amarillos y ocres. A medida que se extendía por el cielo, trajo consigo el calor sofocante de un nuevo día de febrero. A Blay le estaba llevando algún tiempo acostumbrarse al calor, aunque el Sr. Cullen le dijo que la Tierra de Van Diemen era fresca comparada con la Ciudad de Sydney y la Isla de Norfolk. Pensó en su familia en Londres en las profundidades del invierno. "Espero que Sarah tenga suficiente dinero para carbón para la chimenea y que los chicos se cuiden bien. Los niños de aquí tienen un aspecto tan saludable en comparación con Londres."

"¡Blay¡" llamó el Sr. Cullen desde la galería de la casa "Ven y ayúdame con el ganado. Tendremos que cargar y salir rápidamente. Será un día caluroso."

Blay aseguró el bote y se apresuró a ayudar al Sr. Cullen a cargar la carreta. Apilaron en la carreta bolsas de maíz y trigo y el cerdo seco y la carne que los almacenes del gobierno habían pedido. Blay levantó las asas para empujar la carreta, mientras el Sr. Cullen la guiaba por el camino.

"Vuelve al establo y toma tu sombrero, Blay", ordenó el Sr. Cullen. "Al final del día estarás más rojo que el cielo allá," dijo señalando el avanzado amanecer.

Recogiendo los remos, Blay se permitió relajarse, respirar profundamente y disfrutar de la belleza del río Derwent mientras navegaban hacia la ciudad de Hobart. Estaba deseando ver a Tedder. "¿Cree que James Tedder seguirá trabajando en las bodegas, Sr. Cullen?"

"Eso parece. A menos que haya estado robando. Entonces estará encadenado."

Alejando moscas de su cara con la mano, Blay soltó los remos.

"Tan pronto como el sol se levanta, emboscan". Sacó una pequeña rama de un árbol del que navegaban cerca y la usó como arma para protegerse del ataque de las moscas. No creo que Tedder robara nada, Sr. Cullen. No creo que sepa cómo hacerlo."

"Bueno, él debe saber cómo romper la ley de alguna manera, de lo contrario, no estaría aquí."

Blay se preocupó por Tedder.

"Es joven y confiado y no puede ver la maldad en los corazones de algunos. Moriría en una cadena de presos".

"No hay nada que puedas hacer al respecto, Blay. Espera a que lleguemos a Hobart Town. Vigila que no haya problemas en el río."

En la primera parte del viaje, el sol castigó sus ojos por interponerse en su camino. Cuanto más alto se elevaba el sol en el cielo, más sofocante se volvía su calor.

"Cuando lleguemos a la curva, Blay, dejaremos de remar y pondremos nuestras camisas en el río y nos las pondremos de nuevo. Nos refrescaremos con eso. Bebe un poco del río cuando nos detengamos."

"Nos quedaremos en Hobart esta noche, Blay. Cuando descarguemos y llevemos los suministros a las tiendas será demasiado tarde para volver al Derwent a la luz del día. Seguiremos temprano mañana con el sol en nuestros ojos.'"

Emocionado por ver a la ciudad de Hobart a la vista, Blay saltó del barco a las aguas poco profundas del estuario de Derwent y lo arrastró para que descansara en la arena.

"Quédate aquí y cuida la carga, Blay. Defiéndela con tu vida, si es necesario," ordenó Cullen.

Blay se puso de pie, con los las piernas separadas y los brazos cruzados sobre su pecho, mientras veía al Sr. Cullen marchar por la playa hacia Hobart Town y las bodegas del gobierno. *Espero que Tedder siga trabajando allí. Será bueno verlo de nuevo.*

La sonrisa fue involuntaria, Blay no habría podido evitar que se extendiera por su cara si lo hubiera intentado. Tedder estaba sentado en un carruaje con el Sr. Cullen, dirigiéndose a la orilla del agua para recoger la carga. Le hizo señas a Blay. Desplegando sus brazos, Blay los levantó en el aire, y luego juntó sus manos detrás de su cabeza. Caminó de un lado a otro tratando de ocultar la alegría que sentía al ver a Tedder entero y aún trabajando en la comisaría.

"Me alegro de verte de nuevo, Blay," dijo Tedder mientras bajaba del carro. Sin intentar ocultar su felicidad, Blay se adelantó y abrazó a Tedder cerca de él. Tedder le devolvió el afecto.

El Sr. Cullen se aclaró la garganta.

"Es bueno ver que están felices de verse, pero tenemos trabajo que hacer. Pueden abrazarse después."

Los tres hombres descargaron el barco y apilaron las provisiones en el carruaje. El Sr. Cullen lo llevó de vuelta a la comisaría. Tedder y Blay caminaron.

"¿Qué has estado haciendo para lucir tan moreno, Blay? Pareces un trozo de cuero," se rió Tedder.

"He estado trabajando en la granja de los Cullen. El Sr. Cullen ha demostrado ser un patrón justo y mientras, he aprendido muchas habilidades. Pero, no puedo ayudar haciendo zapatos, sin embargo," respondió Blay con una sonrisa. "Incluso me dejó escribirle a Sarah. La carta fue en el *Estramina* cuando navegó de vuelta a Sydney. Estoy feliz de que te hayas mantenido alejado de los problemas, Tedder, y que aún trabajes en las bodegas."

"He tenido mis adversidades. Chimuelo casi logró eliminarme."

"El guardia podrido del *Incansable*, el que me azotó..."

"Ese mismo. Apuesto a que él es el que orquestó que tus botas desaparecieran."

Blay asintió con la cabeza.

"Casi me mata después de que estuve trabajando unas semanas en la comisaría. Me ató a un poste de amarre cuando la marea estaba subiendo. Luego se escabulló de vuelta a Inglaterra en el *Incansable*. El Sr. Williamson, a cargo de la comisaría, me salvó la vida, Blay. Tengo suerte de estar vivo."

"Jesucristo, Tedder. Mi tiempo en la granja Cullen ha sido tranquilo y pacífico comparado con el tuyo aquí en Hobart."

El edificio de las Tiendas del Gobierno apareció cuando dieron la vuelta en un camino bien surcado.

"Llegamos, Blay. Iré por mis libros para registrar las provisiones del Sr. Cullen, y conseguiré a otro convicto para ayudar a descargar."

Blay y el Sr. Cullen esperaron en el carruaje. El sudor se deslizaba desde la frente de Blay hasta sus ojos, haciéndolos arder. Las gotas que no tocó al pasar sus manos por su cara, encontraron su camino hacia su boca, el sabor salado le dio aún más sed. "¿Por qué hace tanto calor en el verano?"

¿Se quedará a pasar la noche en Hobart Town, señor?" Tedder le preguntó al Sr. Cullen.

"Sí, hace demasiado calor para volver ahora y estará muy oscuro más tarde. Nos iremos al amanecer."

"Sr. Cullen, sería un honor si usted y Blay se quedaran conmigo esta noche. Tengo alojamiento y comida. Mi cabaña es modesta pero cómoda."

"Sí, Tedder, eso sería muy amable. Mi amigo el Sr. Hands, con quien suelo alojarme, no está en Hobart Town en este momento."

Blay dejó escapar un audible suspiro de alivio. Cullen lo ignoró.

18

PIERNAS DE MAR

El viaje a Australia era largo y monótono, especialmente en los primeros días, cuando un barco de vela podía tardar hasta cuatro meses en llegar a Australia. Las condiciones de vida eran notoriamente malas, con malas condiciones sanitarias, habitaciones estrechas y raciones que no eran mucho mejores que las que recibían los convictos. Sólo cuando el gobierno británico aprobó varias leyes de pasajeros a mediados del siglo XIX y estableció normas de salubridad, espacio y dieta, mejoraron las condiciones.

A principios del siglo XIX, más barcos transportaban pasajeros que pagaban sin ser convictos, pero la comodidad no había mejorado mucho. Los barcos de pasajeros se dividían generalmente en clases, de modo que los que podían permitirse pagar por camarotes de primera clase podían disfrutar de su propio alojamiento, comprar mejor comida, llevar sirvientes y separarse de los pasajeros más pobres. Los pasajeros de segunda clase estaban ligeramente peor que los de primera clase, aunque en algunos barcos compartían habitación con hasta 100 pasajeros más.

Los pasajeros de la clase más baja, conocida como "de terce-ra", vivían en espacios compartidos muy estrechos, sin priva-cidad y con hamacas en lugar de camas. No era muy diferente del alojamiento de los convictos, aparte de la falta de barras de metal y mejores niveles de higiene.

La enfermedad era común, con muchas anotaciones en los diarios que mencionaban la primera muerte a bordo. En las secciones más estrechas la enfermedad se propagaba rápida-mente y aunque los pasajeros de primera clase podían estar intactos "el mareo afectaba a la gente sin importar la clase". El robo era otro problema, especialmente de la comida.

http://blogs.slv.vic.gov.au/family-matters/collections/salt-beef-tinned-carrots-and-haggis-the-19th-century-ships-diet/

"Aquí tiene, señora."

Sarah agradeció a los marineros su ayuda y pensó que era prudente ofrecerles una compensación monetaria. "Muy agra-decido, señora", dijo el marinero que hablaba mucho. "Nos veremos en el viaje." Los vio subir las escaleras hasta el nivel superior del barco.

"Supongo que deberíamos encontrar un lugar para dormir y para poner nuestras cosas", dijo a los chicos. La sonrisa que había aparecido en la cara de James Jr. cuando vio las armas del *Canguro* seguía ahí. Su reciente comportamiento hosco se había transformado en el de un chico lleno de vida y felicidad. Sarah lo miraba a menudo, esperando que la sonrisa se evaporara tan rápido como había aparecido. William no había dejado de llori-quear de cansancio, y los ojos de John se lanzaron a contemplar todas las nuevas vistas.

"James, ¿podrías caminar por ahí? Mira a ver si puedes

encontrar cuatro hamacas para nosotros. Tienen que estar cerca una de la otra."

El hijo mayor se fue sin que se lo dijeran de nuevo. Sarah observó cómo caminaba por las orillas del espacio, entrando y saliendo de las filas de hamacas en busca de un alojamiento adecuado. A la mitad del espacio se volvió hacia ella y levantó los brazos, haciendo señas. Sentados John y William en el maletero con instrucciones de no moverse, Sarah se movió entre la multitud de personas que, como ella, intentaban instalarse. Su cabeza giraba mirando a James Jr. y de vuelta a William y John.

"Esto es perfecto, James. Bien hecho," elogió, al ver cuatro hamacas vacías, dos y dos. "¿Cómo vamos a traer el baúl hasta aquí, y asegurarnos de mantener nuestras camas?" le preguntó a James.

"Quédate aquí, mamá, con las camas, cuida de ellas. Yo volveré y William, John y yo arrastraremos el baúl hasta aquí".

"Es un buen plan, James, pero John es demasiado pequeño para ser de mucha ayuda, y William no es tan fuerte como tú." Vio cómo el pecho del chico se sobresalía, sólo un poco.

"Lo sé, mamá. Alguien nos verá esforzándonos y se ofrecerá a ayudar, estoy seguro. Ya lo verás."

Sarah asintió con la cabeza y James se apresuró a volver con sus hermanos. Ella miró mientras les daba instrucciones. William y John debían estar en un extremo del baúl y James en el otro. Él asintió con la cabeza a los dos niños más pequeños y los tres intentaron arrastrar el baúl. Se movió un poco. Lo intentaron de nuevo. Sarah tuvo que evitar correr hacia ellos para ayudar; dejó que James tomara el control.

James se puso de pie muy derecho cuando un caballero vestido con ropa de viaje se le acercó. Sarah vio a James asentir cortésmente, dar las gracias y estrechar la mano del hombre. En pocos minutos otros dos caballeros se habían unido al primero, y el baúl se dirigía sin esfuerzo a su nuevo alojamiento.

"Muchas gracias, señor. Gracias por ayudar a mi hijo mayor a traer nuestro baúl aquí," Sarah elogió a James Jr. frente a los extraños.

"No hay problema, señora. De nada. Tiene un buen muchacho aquí. Bueno y fuerte."

James sonrió mientras veía a los ayudantes alejarse. "Ves, te lo dije, mamá. Te dije que alguien ayudaría."

"Sí, de hecho lo dijiste, James. Parece que ya has empezado a convertirte en un hombre y el viaje no ha comenzado todavía."

James Jr. ayudó a Sarah a organizar la ropa de cama. "Pon las mantas viejas en las hamacas, James, y deja las almohadas en el maletero hasta que nos acostemos."

"Eso no nos va a mantener calientes," se quejó su hijo mediano.

"Lo sé, William", explicó Sarah, "tenemos que cuidar de nuestras pertenencias. Algunas personas tendrán menos y podrían estar tentadas de tomar nuestras cosas sin permiso. Estas viejas mantas son sólo para que otros sepan que alguien ha reclamado las hamacas. Sacaré las mantas más gruesas cuando nos acostemos". Cerró el baúl, puso la llave en su bolso, y James Jr. y William la ayudaron a empujar el baúl contra la pared entre dos de las hamacas. "Parece que este es nuestro hogar para los próximos meses, chicos."

"¡Tengo hambre!", gritó John.

"Yo también", repitió William.

"¿Tienes hambre, James?" Sarah preguntó.

"Ahora que lo pienso, sí ", sonrió.

Sarah no estaba segura de la hora. No habían comido, habían llegado tarde por la mañana y se habían tomado todo este tiempo para organizarse.

"¡Oh, Dios!" exclamó, "Tu abuela nos preparó algo de comida. Está en el maletero."

Mesas de madera con bancos a cada lado ocupaban el centro de la cubierta, casi de un extremo al otro. Llevó a los tres chicos a los bancos y se apresuró a volver a las hamacas. Su madre había empacado pan, que Sarah sabía que ya estaría duro, queso y galletas. Compartió la comida entre los cuatro, asegurándose de que James Jr. recibiera las porciones más grandes, sabiendo que él lo notaría.

"El pan estará un poco duro, pero les llenará el estómago hasta la cena."

Mientras miraba a los chicos comer, Sarah se dio cuenta de que no tenía ni idea de dónde iba a proceder su comida, cómo iba a cocinar, cómo lavaría la ropa, o cómo se bañarían ella y los chicos.

El sonido de una campana no muy diferente a las que usan los pregoneros, penetró en el ruido de la charla en la cubierta de tercera. La voz del marinero que hacía sonar la campana retumbaba tan fuerte como su aparato.

"¡Escuchen todos, todos ustedes! Sólo dire esto una vez. Todos ustedes suban a la cubierta superior. El Primer Oficial tiene instrucciones para ustedes sobre cómo se desarrollarán las cosas en el *Canguro* en su viaje a Nueva Gales del Sur." Terminó con sus órdenes y se dirigió a la cubierta superior.

Sarah reunió a los chicos y los llevó rápidamente por las escaleras tras el marinero. Los otros pasajeros la siguieron. Escuchó atentamente mientras el Primer Oficial gritaba las reglas y regulaciones del viaje. John y William estaban inquietos, James Jr. se hizo a un lado y se apoyó en uno de los cañones.

El Primer Oficial leyó una larga lista: "No robarán a ningún otro pasajero. Serán azotados y puestos en una celda hasta que lleguemos a Nueva Gales del Sur si roban, sin importar su edad - viejo, joven, intermedio. El capitán del barco es el teniente Charles Jeffreys y no tolerará que roben. Mantendrán los cuartos limpios; harán una lista para compartir la carga de trabajo. Cuando se acaben las frutas y verduras frescas que tenemos a bordo, no tendrán más hasta que hagamos puerto para suministros y reparaciones. Usen el agua potable sabiamente, sólo podemos rellenar los barriles de agua si llueve, o si atracamos donde está disponible. Se les avisará cuando nos dirijamos a un puerto. Cocinarán su propia comida con las raciones que se les den cada día. Tendrán carne, papas, arroz, galletas y pan. Cuando estén mareados - limpien el desorden para que la cubierta no apeste - laven sus mantas y ropa. Si alguien de su grupo se enferma, notifique al cirujano del barco de inmediato. Si no puede encontrar al cirujano del barco, pregúntele a un marinero. Pueden subir a la cubierta exterior para tomar aire fresco, pero no se interpongan en el camino de los marineros que hacen su trabajo. Los pasajeros de primera clase tienen prioridad, no los molesten. Vigilen a los niños con cuidado, si se caen por la borda, normalmente ahí quedan. El Bergantín *HM Canguro* tiene sólo cuatro años, así que los pasajeros de la clase de tercera tienen la suerte de que sus habitaciones sean bastante nuevas. Este es su primer viaje a Nueva Gales del Sur. Se quedará allí para navegar entre Nueva Gales del Sur y la Tierra de Van Diemen. Eso es todo."

El Primer Oficial se alejó de los pasajeros que estaban agrupados en la cubierta superior. No hubo oportunidad de preguntas. Sarah esperaba que todos estuvieran escuchando porque había mucho que recordar.

El marinero con la campana sonó fuerte desde atrás del grupo.

"Hagan una fila allí," dijo señalando la parte delantera del barco, "y consigan sus provisiones para la cena. Cada mañana, antes de las ocho, alguien de su grupo hará cola para conseguir provisiones para el día. Si nadie de su grupo recoge las provisiones, pasará hambre. El barco zarpará en diez minutos."

Sarah buscó a James, no se había movido de su posición junto al arma. Tomó las manos de William y John y se dirigió a un lugar en la fila para recoger sus raciones para la cena. "Si hubiera sabido que esto estaba pasando, habría traído una cesta."

"En efecto", dijo la voz de una mujer atrás de ellos. "¿Para cuántos vas a cocinar, querida?" Le preguntó a Sarah. '

"Somos cuatro," respondió.

"Sólo venimos yo y mi pequeño," dijo señalando a un niño pequeño que se aferraba a su lado, "así que si necesitas ayuda házmelo saber," ofreció la mujer.

Sarah agradeció a la mujer mientras recogía sus provisiones para la cena, y con la ayuda de James Jr., las llevó por las escaleras. Justo cuando llegaron a la cubierta de tercera, cargados con provisiones para la cena, el barco se tambaleó saliendo del muelle de Portsmouth. John perdió el equilibrio y cayó sobre sus manos y rodillas. Gritó tan fuerte que el Primer Oficial apareció en lo alto de las escaleras queriendo saber qué estaba pasando.

"Nada, señor. Mi pequeño se cayó cuando el barco se movió."

"Mejor que se acostumbre", refunfuñó el Primer Oficial yéndose con paso firme .

Sarah entregó las cosas que llevaba a William. "Tú y James lleven esto a nuestras hamacas. Yo tendré que cargar a John".

El niño estaba temblando con sollozos para cuando Sarah lo puso en su hamaca.

"¡Tengo los pantalones rotos!" gritó. Su rodilla sangraba mucho.

"Sí, John, tus pantalones están rotos. Te los quitaremos, tendré que repararlos."

Al abrir el baúl, Sarah buscó en su contenido hasta que

encontró el paquete de trapos que buscaba. Sacando uno, lo rompió en tiras y lo mojó con agua de una de las jarras colocadas en las mesas. John gritó mientras ella le limpiaba la herida.

"Shh, John," ella lo calmó "quédate quieto para que pueda limpiar tu pierna y ponerte una venda. Está muy, muy cansado", le dijo a James, "Le traeré algo de comer ahora, y lo pondré a dormir".

Mientras John roncaba suavemente en la hamaca, su pequeño cuerpo se mecía suavemente con el movimiento del *Canguro*, entonces Sarah, William y James se sentaron en un extremo de un largo banco comiendo galletas y carne seca.

"¿Crees que esta es la comida que papá comió cuando lo enviaron a Nueva Gales del Sur?" William le preguntó a su madre.

"Creo que probablemente estamos comiendo un poco mejor que papá y los otros en su viaje, William. Pero al menos sabemos que está vivo y trabajando para alguien amable."

Mirando a los otros pasajeros por la cubierta, Sarah notó que parecían tan cansados como ella. Había muchos niños, como John, ya dormidos en las hamacas, balanceándose suavemente. Esperaba poder hacer algunas amistades en el viaje, ya se sentía sola y echaba mucho de menos a su madre.

Sarah, James Jr. y William subieron las escaleras de la cubierta superior para ver las costas de Inglaterra desaparecer en el horizonte. Se limpió las lágrimas de sus mejillas, con cuidado de no dejar que los chicos las vieran. A medida que el barco se movía en aguas abiertas el suave balanceo se transformó en tambaleo. Luchando por mantener sus piernas equilibradas, Sarah y los niños bajaron las escaleras hasta la cubierta de tercera.

"Creo que es hora de que durmamos un poco, chicos. Este es nuestro primer día, ha sido largo y agotador."

Tomando las mantas de mejor calidad del baúl, Sarah las

puso sobre sus hijos. El barco se movía con las olas como un carruaje que sube y baja colinas. Esperaba que no se marearan. Se lavó la cara, se quitó las botas y la chaqueta, puso su bolso bajo la almohada, se subió la manta hasta la barbilla y se durmió.

"¡Mamá, mamá, mamá!"
Sarah se despertó con el sonido de un niño gritando por su madre.

Me pregunto dónde está la madre, pensó, medio dormida.

"Mamá, despierta," James la sacudió.

Sarah se sentó en la hamaca, olvidando momentáneamente dónde estaba. "¿Qué pasa?"

"John está gritando. Dice que tiene hambre, y los otros pasajeros van a subir por sus provisiones del día."

"Las instrucciones," dijo mientras salía de la hamaca. "¿Dónde están mis botas? James, saca mi bolso de debajo de la almohada y abre el maletero. Hay una cesta en el fondo en alguna parte. John, deja de llorar. Pronto traeré el desayuno."

Sarah se puso el gorro, tomó un chal del maletero y la cesta y se dirigió a las escaleras. "Quédense aquí y espérenme," les dijo a los chicos.

"Justo a tiempo, señora", frunció el ceño el marinero que tocaba la campana mientras Sarah se dirigía a la mesa de suministros.

"Lo siento, me quedé dormida. No volverá a suceder, señor."

Sarah decidió que mostrar humildad era probablemente una buena manera de mantenerse en el lado bueno de la tripulación, podría necesitar su ayuda de nuevo.

"Hmph. ¿Cómo se llama?" preguntó el marinero.

"Sarah Blay".

El marinero revisó su lista de pasajeros: "Aquí están usted y tres chicos, aquí tiene sus provisiones para hoy: galletas, cerdo seco, pan, col y patatas. Cómo lo coma y cuándo depende de usted."

Agradeciendo al marinero mientras colocaba las provisiones en su cesta, Sarah hizo una última reverencia y se dirigió a sus hambrientos hijos.

Trabajando en cooperación, los pasajeros de abajo compartieron las áreas de cocina y comedor. Los que no tenían hijos esperaban mientras las familias cocinaban y comían. Escalonaban el desayuno, el almuerzo y la cena para hacer las comidas más equitativas. Ni Sarah ni los niños se habían mareado, pero muchos pasajeros, sí. Las mujeres fregaban los suelos y las mesas con agua salada y lavaban las mantas y las almohadas para eliminar el hedor del vómito rancio y fresco.

"Pasará eventualmente," le dijo una de las pasajeras mayores.

Sarah le había encargado a James Jr. que llevara la cuenta de los días. Los marcaba con tiza, en la parte inferior de la tapa del maletero. Al cuarto día, el comportamiento gruñón de John había empeorado, y se quejaba de que le dolía la rodilla. Era de color rojo brillante e hinchada. Sarah le tocó la frente; tenía fiebre. "Su rodilla está infectada". Lo sentó en su hamaca y usando un trapo del tronco, lo empapó en agua de mar de uno de los cubos, y lo puso sobre su rodilla. Le preocupaba que no llorara.

John quería saber si su pierna estaría bien, "¿Mejorará, mamá?"

"Por supuesto, John", Sarah lo tranquilizó, tratando de convencer a ambos.

John lloriqueó toda la noche. Tenía calor, luego frío. Le dolía la pierna, tenía sed. Le dolía la cabeza. Sarah se preocupó.

Por la mañana, Sarah envió a James Jr. a buscar al cirujano del barco. "No hay nada más que pueda hacer que lo que usted está haciendo ahora, señora", le dijo el cirujano. "Manténgalo limpio con agua de mar y asegúrese de que beba agua."

Al sexto día, John deliraba de fiebre, su pierna estaba hinchada y palpitaba, no estaba comiendo, y era una lucha para que tomara agua.

"¿Vuelvo a llamar al cirujano?" preguntó James mientras veía a Sarah preocuparse por su hermano menor.

"Dijo que no puede hacer nada por él, James". Sarah se limpió la frente con el dorso de las manos.

"Es inútil de todos modos", dijo una mujer por detrás, "tenemos que hacer una cataplasma de papas. ¿Quieres que te ayude?"

"Sí, por favor," suplicó Sarah, volviéndose hacia su salvadora.

"Soy Mary Fogarty."

Estaba en la fila conmigo el primer día, recordó Sarah.

"Sí. Ahora vamos a trabajar. Necesitamos trapos limpios y una patata."

Mary cortó la patata por la mitad y la rebanó finamente. Envolvió las rebanadas en un trapo limpio que Sarah le había dado y lo ató alrededor de la rodilla de John. "Le pondremos una nueva esta noche, y otra en la mañana," explicó Mary. "La infección debería empezar a calmarse mañana. Asegúrate de tener listos los trapos limpios."

Sarah abrazó impulsivamente a Mary, recordando lo mucho que extrañaba a su madre, y lo sola que estaba. Mary devolvió el abrazo.

"No va a mejorar de la noche a la mañana, pero hemos hecho todo lo que podemos," Mary le dio una palmadita en la mano a Sarah y volvió a su asiento en la mesa. Su hijo pequeño, cuyo nombre Sarah no sabía, se pegó al lado de su madre, siguiéndola y sentándose al lado de ella.

John tuvo otra noche inquieta y Sarah se desesperó porque no se recuperaba.

"Echemos un vistazo a su rodilla," dijo Mary después de haber buscado las provisiones del día. "¿Has recogido las provisiones del día, Sarah?"

"No, aún no lo he hecho. James, ¿podrías tomar la cesta y buscar las provisiones del día, por favor?" le preguntó a su hijo mayor.

James Jr. agarró la cesta y se escabulló por las escaleras hasta la cubierta superior. "Necesita sentirse importante," dijo Sarah mientras lo veía irse.

Mary puso su mano en la frente de John. "Creo que su temperatura ha bajado un poco." Le quitó la cataplasma nocturna. Su pequeño niño estaba de pie a su lado.

Sarah se sorprendió.

"Ves, está funcionando," dijo Mary con orgullo. "El trapo está cubierto del pus que la patata está sacando. ¿Tienes más patatas y un trapo?'" preguntó.

Una cataplasma nueva envuelta alrededor de la rodilla de John y unas cucharadas de agua forzadas en su boca vieron al niño listo para dormir.

Sarah se sentó junto a Mary Fogarty en la mesa, para lavar y cortar las patatas. "No puedo agradecerte lo suficiente, Sra. Fogarty. Salvaste la vida de John."

"Me alegro de haber ayudado, Sarah. Está fuera de peligro, pero su rodilla todavía necesita ser mantenida limpia. Si necesitas más trapos, házmelo saber. Este es sólo el comienzo de nuestro viaje."

"¿Puedo preguntarte por qué vas a Nueva Gales del Sur? Mis hijos y yo vamos porque mi marido está allí. Fue enviado en el *Incansable* el año pasado. Recibí una carta suya diciendo que está asignado a un granjero en Nueva Norfolk en la Tierra de Van Diemen. Parecía bastante feliz. En su carta, decía que si yo podía ir, podrían asignármelo a mí."

Los ojos de Mary Fogarty se llenaron de lágrimas. "Oh, Sra. Blay. Tenemos mucho en común. Mi marido, Thomas, estuvo en el *Incansable* el año pasado. Lo enviaron de por vida por robar carteras. Mi pequeño Thomas sólo tenía un año cuando se llevaron a su padre."

Sarah le sonrió a Mary, "Creo que seremos buenas amigas, Sra.Fogarty".

19

EL DE LA PRIMERA FLOTA

La **Primera Flota** es el nombre dado a los 11 barcos que salieron de Inglaterra el 13 de mayo de 1787 para fundar la colonia penal que se convirtió en el primer establecimiento europeo en Australia. La Flota consistía en dos buques de la Marina Real, tres buques de carga y seis transportes de convictos, que transportaban entre 1.000 y 1.500 convictos, marineros, oficiales civiles y personas libres (las registros difieren en cuanto a los números), y una gran cantidad de provisiones. Desde Inglaterra, la Flota navegó en dirección sudoeste hasta Río de Janeiro, luego en dirección este hasta Ciudad del Cabo y a través del Gran Océano Austral hasta la Bahía de Botany, llegando en el período comprendido entre el 18 y el 20 de enero de 1788, tardando entre 250 y 252 días desde zarpar hasta la llegada final.

De : https://en.wikipedia.org/wiki/First_Fleet

"¿Cómo es que está en la tierra de Van Diemen, Sr. Cullen?" aventuró James Tedder mientras preparaba su cena. Estaba muy feliz de tener compañía y muy contento de ver a Blay de nuevo.

"Es una historia muy larga, Tedder, así que haré que algunas partes sean cortas o terminaré contándola de aquí a mañana. También es una historia que Blay ha estado tratando de conocer," dijo Cullen, asintiendo a Blay.

"Me transportaron en 1787," comenzó Cullen. "No se sorprendan tanto, la mayoría de la gente que han visto en la ciudad de Hobart son militares, convictos actuales o colonos como les gusta llamarnos ahora. Dejé Inglaterra hace 25 años."

Tedder miró fijamente al Sr. Cullen, incrédulo. "Entonces, ¿hay esperanza de que pueda tener una buena vida, o incluso volver a casa a Inglaterra?"

"Si tienes familia en Inglaterra, tal vez quieras volver, de lo contrario, no tiene sentido. Puedes hacer una buena vida aquí cuando se te acabe la sentencia, o si consigues un ticket de permiso antes de eso."

Blay interrumpió: "El Sr. Cullen me habló de los tickets de permiso, Tedder. Incluso los que son como yo, con una sentencia de por vida, pueden obtener un permiso. Significa que puedes trabajar para quien quieras y conservar tu dinero. Y obtienes una concesión de tierra," sonrió Blay.

Tedder se sentó con un ruido sordo en la silla.

"Esto es algo que no sabía. ¿Cómo es que nadie me lo dijo?"

"Lo habrías descubierto muy pronto, Tedder. Ahora, mejor seguir con la cena. Blay y yo estamos hambrientos, sedientos, acalorados y cansados".

"¿Seguirá con su historia, también?" Blay preguntó.

"Sí," dijo Cullen con una sonrisa.

"Fui condenado por robar con mi entonces acompañante y sentenciado a siete años en África. Gracias a Dios que cambiaron a África por Nueva Gales del Sur. Escuchamos que a los hombres no les iba tan bien en África. No voy a hablar mucho sobre el casi año que nos tomó llegar a Nueva Gales del Sur, tardaría demasiado. La mayoría de nosotros sobrevivimos intactos, pero hubo problemas en el *Scarborough*, el barco en el que yo estaba. Algunos de los hombres estaban organizando un motín, iban a tomarlo por la fuerza y navegar de vuelta a Inglaterra. Fue una locura desde el principio y estaba condenado al fracaso. El Capitán Phillip se enteró y nos quitó nuestros privilegios por un tiempo."

Cullen miró por la ventana, a las calles de tierra como si pudiera ver el *Scarborough* mientras navegaba hacia la tierra desconocida del otro lado del mundo. Siguió en un ritmo adecuado para contar historias, pareciendo disfrutar de la oportunidad de compartir.

"No voy a contarles cada pequeño detalle porque no puedo recordarlo de todas formas."

"Pasé un tiempo en los barcos como ustedes dos. Afortunado de sobrevivir a la miseria y a las privaciones. Un par de cosas me beneficiaron después de que me llevaron: África estaba fuera del plan y el Capitán Phillip estaba a cargo de nuestra navegación. Recuerdo que finalmente dejé Inglaterra en mayo de 1787. No llegamos a Nueva Gales del Sur hasta enero de 1788. Fue un largo camino y mucho tiempo."

Cullen permaneció en silencio durante unos minutos. Ni Tedder ni Blay lo molestaron.

"Veo al *Scarborough* en mis pesadillas, estábamos guardados en la parte de abajo como ganado: hombres adultos, niños, acostados en su propio vómito y orina, encadenados, temblando, algunos incluso llorando. No iba a gastar mi energía en llorar o vomitar, necesitaba sobrevivir."

Temblando por el recuerdo, continuó. "La rutina diaria era aburrida y predecible cuando el clima estaba en calma. Pero cuando las tormentas se intensificaban, teníamos que cerrar las escotillas y soportar el hedor del vómito del mareo, el pis y la mierda. Ustedes ya saben como es viajar hasta aquí, pero tuvieron suerte de que sólo les llevó cinco meses, no diez como a nosotros."

Tedder y Blay se miraron mutuamente.

"Nos enviaron a trabajar muy rápidamente después de anclar en Port Jackson. Qué alivio caminar en tierra firme, en una superficie que no se tambalea bajo tus pies. Yo era parte del grupo que el Capitán Phillip pensaba que era de bajo riesgo, probablemente porque era mayor que los demás. Nos envió a la orilla de la bahía para seguir con la tarea de talar árboles y limpiar la costa. Sentí todos los latigazos que recibiste en tu segundo día, Blay. Me dieron veinticinco azotes poco después de que llegáramos porque el estúpido e ignorante supervisor no tenía ni idea de cómo cortar árboles y nos estaba poniendo en peligro. Le dije cómo hacerlo correctamente y me azotaron por molestar. Aun estaba equivocado, pero mantuve mi boca cerrada después de eso."

Cullen tomó una cucharada de la sopa de verduras que Tedder había puesto delante de él, continuando su historia entre bocados.

"No teníamos mucho. La mayoría de los animales murieron en el viaje. El primer edificio que tuvimos que construir fue un almacén para las provisiones que sacamos del barco. Pero las ratas negras que viajaban con nosotros desde Inglaterra habían comido o arruinado muchas de las provisiones. Luego corrieron al monte y más tarde comieron las verduras y el trigo que plantamos. Muchos de los convictos y marinos se enfermaron con el escorbuto y el flujo."[1]

"Además, un par de días después de que bajáramos de los barcos, hubo una tormenta que parecía la ira de Dios Todopoderoso. El cielo de la tarde se oscureció, no podíamos estar de pie en el viento, y la lluvia torrencial inundó los campamentos. No nos pegó un rayo, pero éste golpeó un árbol, lo partió por la mitad y mató a cinco ovejas que se escondían en un pequeño refugio construido para ellas bajo el árbol. Nos sentimos malditos. Llovió hasta la noche. Al día siguiente después de la tormenta, el Capitán Phillip, ahora llamado Gobernador Phillip, llamó a todos para oírle hablar. La mayor parte de lo que dijo fue acerca de que él estaba a cargo y sobre los castigos por violar las leyes que él había instaurado en la colonia. Pero, la mejor parte y la única parte que recuerdo por completo fue que dijo que 'a través del compromiso, el buen comportamiento y los grandes esfuerzos, pronto podríamos recuperar los privilegios que habíamos perdido '.[2] La mayoría de nosotros aplaudimos. La mayoría de nosotros quería ganarse la libertad. Ese fue el día en que decidí trabajar duro, cumplir mi sentencia, para poder ganarme mi libertad."

"¿Cuándo se ganó su libertad, Sr. Cullen?" Tedder preguntó.

"En la isla de Norfolk, muchacho. Me enviaron allí en marzo de 1790 y me emancipé en diciembre de 1791. Trabajé duro los casi dos años desde que llegué hasta que obtuve mi libertad. Todavía recuerdo la sensación."

Tedder se maravilló de cómo este hombre había estado aislado de su tierra natal por más de toda la vida de Tedder. Tuvo problemas para imaginar el escenario: esto era una prisión, él era un convicto, el Sr. Cullen había sido un convicto, pero la esperanza aparecía en el horizonte.

"La vida en Port Jackson fue dura. ¿Hay algo de pan, Tedder?"

20

TIERRA A LA VISTA

El aburrimiento del viaje fue contundente para los chicos. James Jr. se había cansado de examinar los cañones cada día y había sido regañado muchas veces por molestar a los marineros en su trabajo. El Primer Oficial amenazó con arrojarlo al calabozo. A la llamada de '¡Tierra a la vista!' James Jr, John y William desaparecieron subiendo a la cubierta superior.

"Mamá, mamá," James llamó a Sarah "estamos casi en el puerto. ¿Crees que podremos bajar?"

"Tendremos que esperar hasta que el capitán dé sus instrucciones, James. Mantén la calma. Saldremos todos juntos si se nos permite."

En medio de una masa de gente, Sarah se abrió paso hasta la cubierta superior. No podía ver a los chicos y sólo podía moverse a pequeños pasos. Abriéndose camino entre la multitud, se dirigió a una posición a babor del barco y se apoyó en los rieles. No había visto nada parecido. El mar no sólo brillaba a la luz del sol, sino que bailaba alrededor del barco, golpeando el casco, cambiando de color al subir y bajar. Se quitó el gorro y dejó que el aire cálido del mar jugara con su cabello. El sol besó su cara alzada. Con los ojos cerrados, saboreando el cálido aire fresco y el sol, Sarah respiró profundamente.

Las órdenes del Primer Oficial se repitieron a través de los marineros, "Todos a sus cuartos mientras atracamos. ¡Ahora!"

Caminando junto con los demás pasajeros, Sarah se dirigió a la cubierta de tercera. Se ubicó junto a sus hamacas y esperó a los chicos. William, de la mano de John, llegó con Mary Fogarty y el pequeño Thomas.

"¿Dónde está James Jr.?" preguntó.

"Lo perdí entre la multitud, mamá", explicó William. "Pero mantuve firme la mano de John, para no perderlo."

John se quejó: "Me apretó tanto la mano, mamá, que pensé que se rompería en pedazos."

Sarah le dio una palmadita en la mano: "Todo estará bien, John."

Con los ojos fijos en las escaleras, Sarah esperó a que James Jr. apareciera. Sus hombros se tensaron mientras se preocupaba de que estuviera en el calabozo. No podía subir a buscarlo sin correr el riesgo de que la metieran a ella en el calabozo. Las órdenes habían sido claras, y todos los pasajeros sabían que el Primer Oficial debía ser obedecido. John y William se sentaron con ella en la mesa esperando el permiso para salir del Bergantín *HM Canguro*. Los ruidos familiares del barco golpeando contra el muelle, los marineros gritándose unos a otros, y las órdenes siendo exclamadas, llenaron la cubierta mientras el barco se instalaba en el puerto de Río de Janeiro.

Sarah escuchó a Mary Fogarty expresar su preocupación por la duración de la estancia en Río. "Rezo para que no estemos aquí tanto tiempo como en Madeira," se dijo a sí misma. "Quiero que este cansador viaje termine."

Sarah había encontrado agradable la estancia en Madeira, pero estaba de acuerdo con Mary Fogarty en que tres semanas era demasiado tiempo. Todos los pasajeros querían seguir su camino después de unos días, pero el teniente Jeffreys tenía otros planes. "También aumenta el costo," se quejó Sarah con Mary, "tenemos que complementar nuestras raciones comprando comida extra en tierra. Y estoy segura de que los comerciantes suben los precios cuando llega un barco."

"¿Sabes cuánto tiempo estaremos en Río de Janeiro, Mary?"

"No. No demasiado tiempo, espero. ¿Ha vuelto James?"

"No," dijo Sarah con un tono irritado.

"Estoy segura de que estará bien, Sarah. Probablemente esté ayudando en la cubierta".

Sarah no estaba convencida. Sabía que James tenía el hábito de interponerse en el camino de la tripulación. "Si se queda con las armas y se quita de en medio, estará bien," murmuró.

Un marinero apareció en lo alto de las escaleras y tocó la campana dos veces. El ruido reverberó en la cubierta, William y John se taparon los oídos.

"El primer oficial dice que tienen permiso para bajar del barco. Algunos de ustedes van con convictos de Nueva Gales del Sur, pero los ladrones de aquí en Río harán que su cabeza dé vueltas. Mantengan sus objetos de valor muy cerca, no confíen en nadie y duerman en el barco."

"¡Señor!" gritó Sarah. El marinero giró.

"¿Ha visto a mi hijo mayor, James? No lo he visto desde que se hizo la llamada de atraque."

"Probablemente esté en el calabozo, señora. El primer oficial le advirtió una y otra vez."

"Gracias," Sarah se sonrojó de vergüenza. Esperó mientras los demás pasajeros recogían capuchas, gorras y sombreros, niños y dinero, y se dirigían a la orilla.

"¿Por qué estamos esperando?" se quejó John.

"Será más fácil encontrar a James cuando todos se hayan ido."

Llevando a los chicos delante de ella, los tres se dirigieron a la cubierta superior.

"¡James, James, James Jr.!" llamó Sarah mientras ella, John y William caminaban en círculos. El pánico se apoderó de ella cuando caminó por toda la cubierta tres veces, sin respuesta.

El Primer Oficial salió del camarote del Capitán, "¿Por qué no está en tierra con los otros pasajeros?"

Respirando profundamente para mantener las lágrimas a raya, Sarah explicó: "No puedo encontrar a mi hijo mayor, James".

"Oh, sí, ese. Es un diablillo, ¿no? Estorba y le gritan. Pero a veces es bastante útil. Dice que quiere ser un marinero."

Sarah no creyó ni por un minuto que James Jr. quisiera ser un marinero. Como su padre, sabía cómo manipular a la gente a su voluntad.

"¿Podría revisar el calabozo por mí, por favor, señor?" Sarah preguntó.

"No está en el calabozo. Pero lo comprobaré para tranquilizarla."

Sarah esperó; la cálida brisa marina y el sol cálido no le trajeron confort esta vez.

"No está en el calabozo," aseguró el Primer Oficial. "Haré que la tripulación lo busque mientras realizan sus tareas. Espero por su bien, señora, que no esté en tierra en algún lugar por su cuenta. Este no es un lugar seguro para las mujeres solas, ni para los niños solos."

Sarah no pudo contener el pánico por más tiempo; sus piernas se desmoronaron debajo de ella.

"Señora, ¿está bien?" se alteró el Primer Oficial. "Tráele a tu madre un poco de agua," le ordenó a William. Sarah bebió agradecida. No detuvo el pánico pero la ayudó a calmarse un poco.

"Lleva a tu madre a tus aposentos, chico," le dijo a William.

"Si alguien de la tripulación lo encuentra, se lo enviaremos a usted, con una patada en el trasero por si acaso."

"¿Y si no lo encuentran en el barco?" Sarah lloró.

"Bueno, estará en problemas en algún lugar, entonces."

21

EL TERCER DÍA

Mary Fogarty se había hecho amiga de una mujer mayor que
ella, Elizabeth Richardson, cuyo hijo, también en el *Incansable,*
era la única familia que le quedaba. "Llevaremos a William y
John a tierra hoy si quieres, Sarah," ofreció la Sra. Richardson.
"Mary y yo los vigilaremos."
"Gracias. Disfrutarán del cambio."
Sarah vio a John, sosteniendo la mano de la Sra. Richardson, subir las escaleras, sin preocupación alguna. William era
más consciente de la desaparición de James y se preocupó
junto con su madre. Caminó junto al pequeño Thomas Fogarty.
Tres días. ¿Dónde puede estar? Sarah tenía varios escenarios
dando vueltas en su cabeza, cada uno compitiendo para ser el
peor. Se dirigió a la cubierta superior para tomar un poco de
aire. Con la luz del atardecer, Río de Janeiro parecía tranquilo
y acogedor. Sus playas estaban bendecidas con una hermosa y
brillante arena amarilla que parecía alejarse y correr de
vuelta cuando el mar la golpeaba. Podía oír risas, música y
una feliz charla flotando sobre las cimas de los edificios de la
ciudad. Sarah se inclinó sobre la barandilla del barco y lloró,
otra vez.

"Aún no hay señales de él, señora," le dijo un marinero que estaba de pie detrás de ella.

"Gracias por intentarlo, señor." Sarah sabía que los marineros buscaban a James en su tiempo libre tanto en el barco como en tierra.

"Creo que estará bien, señora. Es un muchacho inventivo y sabe cómo salirse con la suya."

Sarah sonrió ante el intento del marinero de mejorar su estado de ánimo.

"¿Por qué no va a tierra, señora? Si se mantiene alerta, es una ciudad hermosa. Nada como Londres. Es limpia," sonrió, mostrando varios espacios en su boca donde antes había tenido sus dientes.

"Tal vez mañana," Sarah le dio la espalda al marinero y cerró los ojos. Escuchando el regazo de agua contra el casco del barco, no queriendo volver a bajar a las hamacas, encontró donde sentarse y esperó a William y John.

"Se comportaron bien," le dijo Mary Fogarty a Sarah. "John se emocionó mucho."

"Sí, pero supongo que en este momento es mejor preocuparse como William." Sarah miró al chico, de pie con los brazos cruzados y la cabeza baja. Era casi como si se castigara a sí mismo.

"William," dijo, "ven aquí un minuto y siéntate a mi lado".

Obedeciendo a su madre, William se sentó, todavía con la cabeza baja y los brazos cruzados.

"¿Cuándo fue la última vez que viste a James? No estás en problemas," aseguró. "Estoy tratando de armar una imagen en mi mente sobre dónde fue y qué hizo."

William se retorció pero no respondió.

"Por favor William, si sabes algo debes decírmelo. ¿No ves lo preocupada que estoy?"

"Me hizo prometer que no lo contaría. Dijo que me encerraría en el calabozo y tiraría la llave por la borda si te lo decía o a alguien."

Respirando muy profundamente para calmar sus nervios y mantener su voz firme, Sarah presionó al chico para obtener más información "Nadie te va a arrojar al calabozo, William. Dime lo que sabes."

"Cuando dijeron 'tierra a la vista' el otro día y todos fuimos a la cubierta, James se escondió en la proa del barco. Dijo que iba a bajar a tierra para tener una aventura."

Sarah cerró los ojos, contuvo la respiración por unos segundos y agradeció a William por decírselo. *No hay nada más que hacer,* pensó, *tendré que ir a tierra y buscarlo.*

"¿Dijo adónde iba a ir?"

"No, sólo que quería tener una aventura. Porque estaba harto de estar en el barco." Los ojos de William se enfocaron en el suelo.

"Necesito ayuda," dijo Sarah en voz alta.

"¿Todo bien, señora?" preguntó el marinero que había hablado con ella antes.

"¿Se le permite a usted bajar a tierra?" preguntó.

"Sí, señora. Nos registran en la lista de servicio y fuera de servicio. Fuera de servicio podemos ir a tierra."

"¿Está fuera de servicio, ahora?"

"¿Qué es lo que necesita, señora?"

"Creo que mi hijo, James, se ha ido a tierra. Su hermano dijo que estaba buscando una aventura."

"Carajo, ese chico. Oh, lo siento señora."

"No hay cuidado. Es totalmente válido. Y cuando lo atrape, recibirá la mayor paliza de su vida," Sarah apretó los dientes y apretó los puños como si se preparara para la batalla. "¿Conoce a algún marinero que le interese venir a tierra conmigo y ayudarme a buscar a James?" preguntó.

"Iré con usted, señora. Estaba a punto de irme de todas formas. Mi nombre es Thomas."

"Encantado de conocerlo, Thomas", dijo Sarah con una ligera reverencia. "Soy Sarah Blay. Buscaré a alguien para que vigile a los otros dos y tomaré mi sombrero. No tardaré mucho."

A su regreso, el marinero estaba esperando, listo para ayudarla a subir al muelle.

"¿Por dónde empezaremos?" Sarah le preguntó a Thomas mientras se dirigían a la ciudad.

"Los chicos se sienten atraídos por la gente del carnaval y el circo," dijo, buscando ver la reacción de Sarah. Hubo un ligero fruncimiento del ceño.

"James sería uno de esos chicos," dijo.

Sarah caminó cerca de Thomas; la multitud de gente, la música, los empujones y las sacudidas hicieron que su cabeza diera vueltas. No quería perderse mientras buscaba a su hijo perdido.

Thomas caminaba entre las multitudes con facilidad, daba largos pasos y la gente se apartaba de su camino. Alto, con un físico que demostraba que trabajaba duro, y un color cremoso en su piel que lo diferenciaba de los rostros blancos ingleses, Sarah se preguntó de dónde era originalmente.

"Empezaremos con algunos de la gente del circo," le dijo a Sarah, y su voz se elevó para ser escuchada en el estruendo.

Ella lo siguió mientras se movían de música, risas, gritos y charlas hacía música aún más fuerte, intercalada con vítores de multitudes de personas.

Diciéndole a Sarah que lo esperara en una de las tabernas del barrio del circo, Thomas explicó: "No es apropiado que una dama vaya a donde yo iré, señora," dijo cuando se resistió a que ella lo siguiera .

Sarah esperó como se le pidió, desconcertada por la excitante atmósfera, de olores y vistas que incluían alimentos que nunca había visto antes, y aromas de cocina que le hacían agua la boca. Vio a la gente vestida con una increíble variedad de colores y telas, mujeres mostrando sus piernas, hombres llamando a los transeúntes, tentándolos con muestras de alimentos que no podía identificar; perdió la noción del tiempo.

"No está aquí, señora," dijo Thomas al oído de Sarah.

Saltó de miedo, estaba tan fascinada con las vistas de Río de Janeiro que no se dio cuenta de su regreso.

"No lo han visto. Probablemente sea mejor así, porque lo venderían a los esclavistas en un abrir y cerrar de ojos," dijo Thomas. "Lo siento, señora. No se preocupe. Estoy seguro de que lo encontraremos. Lo más probable es que esté con la gente del carnaval aprendiendo a aprovecharse del dinero de la gente buena y honesta. Oscurecerá en menos de una hora, señora. Deberíamos volver al *Canguro* y empezar a buscar de nuevo mañana."

Sarah quería seguir buscando, pero sabía que Thomas tenía razón. Si James había sobrevivido tres noches en esta ciudad por su propio ingenio, sobreviviría a otra. Ella asintió con la cabeza a Thomas, y volvió a caminar entre la multitud, a la seguridad del barco.

Mientras preparaba la cena, Sarah le contó a la Sra. Richardson su búsqueda, con cuidado de dejar fuera cosas que alarmaran a John, que estaba escuchando cada palabra.

"Con gusto volveré a cuidar a los chicos por ti mañana, Sarah," ofreció Mary Fogarty.

"Gracias. No sé qué haría sin ti".

. . .

Thomas recogió a Sarah de la cubierta a las ocho de la mañana siguiente. "Tengo que volver para empezar a trabajar al mediodía," explicó. Poniéndose el sombrero y las botas, Sarah siguió a Thomas de vuelta a la ciudad.

Las vistas y sonidos de Río no la intrigaron tanto hoy, ella y Thomas tenían tiempo limitado, y mucho espacio que cubrir.

Sarah se apartó cuando Thomas se acercó a la gente que parecía conocer - tanto hombres como mujeres - de diferentes colores de piel, con diferentes peinados, pero todos usando lo que parecía ser la ropa característica de Río - colores brillantes, mostrando la piel desnuda, y grandes sonrisas blancas y llamativas. Sacudía la cabeza después de cada conversación.

Mirando el ángulo del sol en el cielo, Thomas dijo: "Se está acercando el mediodía, señora. Voy a tener que volver al barco. Me azotarán si no estoy en mi estación para el comienzo de mi turno. No creo que sea una buena idea que siga usted aquí por su cuenta."

Sarah jugó nerviosamente con los botones de su chaqueta y se enderezó el sombrero. "No puedo irme con toda una tarde por delante. Debo seguir buscando."

"Tengo a una persona más que podría ser útil," dijo Thomas, "Sígame."

Se adentraron más en el distrito del carnaval. Sarah notó que algunos de los hombres la miraban amenazadoramente. Se le puso la piel de gallina. Casi tuvo que correr para seguir el ritmo de Thomas mientras daba sus largos pasos. La dejó junto a una anciana que vendía pequeños pájaros de colores en pequeñas jaulas.

"Espere aquí, con esta mujer, no se mueva."

Nunca había visto aves como estas, los rojos y amarillos de su pecho y sus plumas eran impresionantes.

"Este es mi contacto, cree saber dónde está James." dijo Thomas, trayendo a Sarah de vuelta de su adulación de los pájaros.

Tragó con fuerza, asintió con la cabeza y lo siguió.

El contacto los llevó aún más profundo en el oscuro corazón de la ciudad. Los olores no eran tan frescos y vibrantes, ni tampoco los colores. No podía oír la música callejera. El contacto levantó su mano indicando que debían detenerse.

"¿Qué pasa?" Sarah preguntó.

"Sshh," ordenó el hombre.

Sarah escuchó un quejido. "¿Es un perro?" le susurró a Thomas.

"No, señora. Me suena a niños." Thomas puso su dedo índice sobre su boca. Sarah escuchó tan atentamente como los hombres que estaban con ella.

El hombre al que Thomas se había referido como su contacto, les indicó que esperaran. Bajó de puntillas por una banqueta, deteniéndose en lo que parecía era una rejilla en la carretera. Se puso en cuclillas y pasó la mano por la rejilla. Indicando que Thomas debía acercarse, pero que Sarah debía quedarse, el hombre sacó un cuchillo de su cinturón y raspó los bordes de la rejilla para aflojarla. Mientras Thomas llegaba, el hombre señaló hacia abajo - Sarah no podía oír lo que se decía - su corazón latía tan rápido que pensó que saltaría de su pecho. Thomas asintió sombríamente. Él y el otro hombre aflojaron la rejilla lo suficiente como para levantarla hacia la calle . Thomas se acostó, bajando la mitad superior de su cuerpo en el agujero de la carretera. Sarah podía oírle ahora, gruñendo y maldiciendo. Se puso de rodillas y sacó a un niño por el agujero. La ropa del niño estaba rota y desgarrada, estaba sucio. Se volvió hacia ella. Ella se desmayó.

Sarah jadeó cuando le echaron agua a la cara. Thomas la ayudó a sentarse. James la miró, tenía viejas lágrimas manchando su cara.

A través de sollozos intermitentes, tosió "Lo siento, mamá."

Sarah no le respondió.

Volviendo a Thomas, ella preguntó si él podía ayudarla a

ponerse de pie. "¿Está bien el chico?" dijo en voz baja al oído de Thomas. Él asintió con la cabeza.

"Tengo que irme ahora. Tengo que volver al barco al mediodía," exclamó Thomas.

"Muchas gracias por su ayuda, Thomas. Me ocuparé de que James y yo volvamos, caminaremos más despacio y demoraremos un poco más. Usted sida adelante. Yo tendré cuidado."

Sarah vio al marinero correr a lo largo del camino y salir al mercado hacia el *Canguro*.

"Gracias a usted también, señor," le dijo Sarah al contacto de Thomas. "Aquí tiene algo por las molestias," le puso dos chelines en su mano abierta. Su sonrisa la asustó un poco, pero ella enderezó su espalda, tomó a James de la mano, y medio lo arrastró, medio empujó hacia el mercado.

Aliviada de estar de vuelta en el barco sanos y salvos y con su bolso aún metido en su corpiño, Sarah sabía que tenía que lidiar con James.

"¡James, James, has vuelto!" gritó John con alegría, "pero apestas, y estás muy, muy sucio. ¿Adónde fuiste? ¿Dónde has estado? ¿Qué has hecho?"

"Habrá tiempo para eso más tarde, John," regañó Sarah. "William, junta un poco de agua para el baño de tu hermano."

Sarah dejó a los dos chicos mayores para organizar el baño. Se sentó a la mesa, puso su cabeza en sus manos y lloró hasta que pensó que cada gota de agua de su cuerpo se filtraba a través de sus ojos.

La Sra. Richardson le dio una palmadita en la espalda, tratando de ser un consuelo. "¿Qué le pasó?"

"No lo sé, no le he preguntado. Lo encontramos en un agujero en la carretera. Podía oírlo lloriquear, pensé que estaba escuchando a un perro".

Sarah se levantó de la mesa, agradeció a la Sra. Richardson por toda su ayuda, y cojeó hasta el baño para supervisar.

"¡Sra. Blay!" exclamó el Primer Oficial mientras saltaba por las escaleras hacia la cubierta de tercera. "Por favor, venga aquí para que podamos hablar."

Sarah dejó a James empapado en el baño, recogió sus ropas sucias y las depositó sobre el maletero de camino a hablar con el Primer Oficial.

"Thomas me dijo donde encontró al muchacho. Tuvo mucha suerte. A punto de ser vendido a los traficantes de esclavos y enviado a Dios sabe dónde, aparentemente. No hace falta que lo explique, señora, pero no quiero que ese muchacho esté en cubierta solo, y no quiero que deje el barco por su cuenta. Estará con usted todo el tiempo hasta que lleguemos a Nueva Gales del Sur. Fuera de aquí, me importa un bledo lo que haga."

El Primer Oficial se dio vuelta y se apresuró a subir las escaleras, sin esperar una respuesta, sin mirar atrás. Las reglas estaban establecidas. Ella lo entendió.

"Ahora que estás limpio y has comido algo, James, te sentarás aquí conmigo y me dirás qué pasó y por qué dejaste el barco solo." Sarah hizo un espacio para que James se sentara a su lado en la parte superior del maletero de su espacio.

Después de unas cuantas respiraciones profundas, el chico transmitió su historia. "Quería una aventura. El barco se había vuelto aburrido, oí a los marineros hablar de Río de Janeiro y sonaba maravilloso. Me perdí y estaba buscando una manera de volver al barco cuando una anciana sin dientes dijo que me ayudaría. Me empujó y me puso en los brazos de un gran hombre negro. Me sonrió, sus dientes eran enormes. Me quedé allí de pie, mirándolo fijamente. Tenía un gran sombrero rojo en la cabeza que parecía uno de esos sombreros negros que usan los ricachones en casa, pero no tenía ala, sino una borla que se movía desde arriba. Y llevaba un vestido largo de mangas largas. Me quedé mirándolo fijamente. Me levantó y me tiró a través de una puerta, luego me empujó por una escalera muy, muy oscura hasta que aterricé en el fondo donde había muchos otros niños y niñas. Eso es todo, mamá. Entonces me encontraste. No sé cuánto tiempo estuve allí, pero no conseguimos comida ni agua, y la mayoría de los demás lloraban todo el tiempo." James se limpió los ojos y miró a su madre.

Mirando la cara de su hijo a través de sus ojos que no se habían cerrado en tres días, ojos llenos de arena y polvo, y doloridos por las lágrimas llenas de sal, Sarah dijo: "No dejarás la cubierta de tercera sin mi permiso. No irás a ninguna parte, sin mi permiso o sin mí. ¿Entiendes?"

Se mecía de un lado a otro, mantenía la cabeza baja, las manos apretadas a los lados y murmuraba: "Sí, mamá."

"Si desobedeces, el Primer Oficial te pondrá en el calabozo por el resto del viaje. Vete a la cama." Sarah dejó a James para organizarse y fue a consolar a John y a atender a William. *Debería azotarlo, pero quitarle la libertad, y la amenaza del calabozo debería ser suficiente.*

22

LA ISLA DE NORFOLK

El último desdichado viaje del **Sirius** *comenzó en Sydney el 6 de marzo de 1790. Fue enviado, al mando del Capitán Hunter, a la isla de Norfolk, con el Mayor Ross y dos compañías de marinos y unos 200 convictos, y llegó a la isla el 16 de ese mes. El anclaje no funcionó, pero los pasajeros fueron desembarcados con seguridad por medio de lanchas. El Sirius permaneció a distancia del poblado esperando la oportunidad de desembarcar sus provisiones, pero el 19 de marzo fue llevado por las corrientes hasta el arrecife, donde poco después se hizo pedazos.*

De: The Sydney Morning Herald (NSW: 1842-1954), miércoles 6 de septiembre de 1905, página 8 (trove.nla.gov.au)

De 1788 a 1814 la Isla de Norfolk existió como una extensión de la colonia penal de Nueva Gales del Sur, pero a principios del siglo XIX la Isla ya no era necesaria como colonia penal, ya que se había establecido una en la Tierra de Van Diemen. Aunque los colonos se mostraron reacios a trasladarse de la

Isla Norfolk, el poblado se redujo de manera constante a lo largo de los años. Los mares agitados y los lugares de desembarco poco adecuados planteaban dificultades para el suministro de provisiones y las comunicaciones. Para 1810 la población había disminuido a 117 personas y en 1813 se establecieron planes para el abandono de la isla. Finalmente fue abandonada en febrero de 1814.

(Autoridad de Archivos y Registros del Estado de Nueva Gales del Sur).

"La siguiente parte de la historia se centra en la isla de Norfolk," continuó Cullen después de que terminaran la sopa y comieran arroz, carne seca y frijoles verdes . "¿Has oído hablar de ese lugar?" preguntó.

Tedder reveló que no tenía conocimiento de la isla. Estaba ansioso por aprender más. Blay estuvo de acuerdo.

"El gobernador Phillip estaba en un aprieto. Más convictos venían de Inglaterra y apenas tenía suficiente comida y suministros para los que ya estábamos en el lugar. Nos alimentábamos de raciones. Nos eligió a algunos para ir a la isla de Norfolk para quitarse de encima un peso. Nos dijo que debíamos cultivar nuestra propia comida y cuidarnos. Esperaba que tuviéramos excedentes de cultivos que enviaríamos a Port Jackson. No sé cómo decidió quiénes irían, porque aún necesitaba granjeros en Port Jackson, pero mi experiencia en agricultura me llevó a bordo del *HMS Sirius*. Dejamos Port Jackson el 7 de marzo de 1790 y vimos la costa de la isla de Norfolk el 16 de marzo de ese año. No había lugar para desembarcar allí, el *HMS Sirius* fue a la bahía de Cascade y todas las mujeres convictas y sus hijos bajaron como los hombres convictos, incluyéndome a mí. Pero tuvimos que caminar al otro lado de la isla hasta

Sydney. El resto no pudo bajarse porque los vientos eran muy fuertes. El capitán Hunter la navegó alrededor de la isla hasta la bahía de Sydney y *Sirius* se estrelló en el arrecife. Dios siguió jugando con sus trucos, pero lo vencimos de nuevo, porque todas las vidas y la mayoría de las provisiones se salvaron."

"¿Quiere un poco de té, Sr. Cullen, Blay?" Tedder preguntó.

"¿Mi historia te aburre, Tedder?" preguntó el Sr. Cullen.

Tedder estaba horrorizado. "No, Sr. Cullen. Ha tenido un largo día viajando en el calor, y acabamos de comer. De repente me di cuenta de que no le había ofrecido un trago."

Avergonzado, Tedder hizo el té para sus invitados.

"¿Qué pasó en la isla de Norfolk, Sr. Cullen? ¿Cuándo terminó su sentencia? ¿Cómo llegó a la tierra para cultivar? ¿Encontró una esposa? ¿Tuvo hijos?" Las preguntas guardadas de Tedder salieron a relucir.

Cullen reprendió a Tedder: "Tranquilo, Tedder, contaré mi historia a mi ritmo. Blay ya sabe la respuesta a la mayoría de tus preguntas." Cullen miró a Blay, cuya cabeza se tambaleaba mientras luchaba por mantenerse despierto.

Tedder se sentó en silencio, esperando.

"He intentado recordar los primeros días en la isla de Norfolk. Parece que fue hace mucho tiempo", continuó Cullen. "Dormimos alrededor de una fogata en el exterior esa primera noche en la isla. La tripulación del *Sirius* durmió en las pocas tiendas de acampar que había. No teníamos zapatos, no los teníamos desde hacía tiempo, pero todos teníamos nuestra manta y cubeta con la que salimos de Port Jackson. Por Dios, recuerdo el frío que hacía. Estábamos todos mojados, nuestra ropa, hasta los huesos. Estaba lloviendo cuando bajamos del *Sirius* y caminamos bajo la lluvia de un lado a otro de la isla. Encendieron una gran fogata de trozos de pino para tratar de evitar que nos resfriáramos y muriéramos. Nos acurrucamos en nuestras mantas en el suelo, nos acurrucamos cerca del fuego y dormimos - principalmente por agotamiento - había sido un viaje muy cansador."

"Había mucha madera en la isla y la cortamos y construíamos casas para vivir. Era conmovedor tener un techo, ventanas, un piso y una puerta. Las ventanas no tenían barrotes, (o vidrio) la puerta no tenía cerradura para encerrarnos a menos que la pusiéramos nosotros mismos. Recuerdo la primera noche en mi pequeña cabaña. Lloré hasta quedarme dormido; me sentí como un hombre otra vez, no como un prisionero - como la propiedad de alguien más - aunque técnicamente todavía era propiedad de Nueva Gales del Sur."

"La ciudad de Sydney creció y creció, con caminos y pequeñas cabañas de madera. Creció más rápido de lo que lo hizo Hobart. El comandante de la isla, el Mayor Ross, puso a todos a trabajar, incluso a la tripulación del *Sirius*, que no tenía forma de salir de la isla hasta que llegara otro barco. El mayor Ross tenía algunos planes para todos nosotros; debíamos producir la mayor cantidad posible de nuestra propia comida, para que el Gobierno no tuviera que alimentarnos y para quedarnos con nuestras pequeñas granjas. Teníamos un panadero comunitario, pero sólo teníamos pan los domingos y miércoles. Los lunes y jueves teníamos arroz y los sábados arvejas. Los martes y viernes, teníamos potajes de maíz indio mezclados con avena. Pero, ¿saben qué? La comida era sólo una parte. La mayoría de nosotros sabía que la isla de Norfolk y la forma en la que el Mayor Ross la dirigía, nos vería construir nuestro futuro como hombres libres. Cada vez que miraba al cielo nocturno, un cielo lleno de estrellas que me guiñaban con la promesa del futuro que un hombre necesita; tenía la esperanza de que la vida mejoraría."

"Me fue bien. Mantuve la cabeza baja, trabajé duro y poco

más de un año después de llegar a la isla de Norfolk, tenía veinticinco barras,[1] en un terreno de la ciudad de Sydney".[2]

Blay preguntó: "¿Vivió usted solo en esos primeros días, Sr.
Cullen?"

"Viví con una chica llamada Anne Coombes. Ella también
estaba en la Primera Flota y la enviaron a la isla de Norfolk al
mismo tiempo que a mí. El teniente gobernador Ross quería
que los convictos se casaran y trabajaran juntos, para que
pudiéramos mantenernos. Me gustaba Anne pero no quería
casarme con ella."

"Construimos la casa juntos. Ella cuidaba el jardín y la casa
en la que vivíamos y yo hacía la agricultura. Pero ella me dejó
después de un par de años, se fue y se casó con otro. Ella quería
casarse, pero yo no le veía el sentido. Yo no era un polluelo
entonces y ella tampoco. No era viviendo bajo el mismo techo
conmigo. Así que estuve solo durante un par de años."

La historia del Sr. Cullen sorprendió a Tedder. Cuando
todavía era un convicto, cultivaba su propia tierra, tenía sus
propios animales, construyó su propia casa y vivía con una
mujer de su elección. Este no era el agujero infernal de la
prisión que Tedder había estado esperando.

"Entonces, después de que su sentencia de siete años se
terminó, ¿qué pasó entonces, Sr. Cullen?"

"No hubo ninguna diferencia en mi vida en la isla de
Norfolk, Tedder. Tenía un ticket de permiso, con concesiones
de tierra, así que era libre excepto que no podía volver a Inglaterra. No quería hacerlo de todos modos. Cuando mi sentencia
terminó obtuve un Certificado de Libertad, y eso fue todo. Mi
vida siguió el mismo camino. El único cambio fue que, como
era libre, el gobierno podía entregarme convictos para que los
mantuviera y pudieran trabajar. La primera que me dieron fue
Elizabeth. La pobrecilla estaba embarazada cuando llegó. Se
suponía que yo debía hacerla trabajar cuidando el lugar para
que pudiera ganarse la vida. Joven irlandesa, sólo tenía 21 años

cuando llegó aquí. Trabajaba duro, había trabajado en la casa de algún señor en Dublín y se encargó de robarle algunas joyas, así que fue deportada por siete años. Dijo que le habían tendido una trampa. De todos modos, el bebé, un niño, murió no mucho después de nacer. Se lo tomó muy mal, pero siguió adelante con su vida. Empezamos a vivir juntos como una pareja casada después de un año. Ella te contará su historia cuando esté lista."

A Tedder se le hizo cada vez más difícil aceptar la historia que le contaba el Sr. Cullen. Estas personas eran convictos, como él, pero vivían vidas agrícolas normales. *Parece que sus vidas eran mejores que las que tenían en Inglaterra e Irlanda.* Su corazón se llenó de esperanza, la esperanza que viene de la realización de que el terror que pensabas que venía a tragarte, se desviaba e iba a buscar a alguien más.

23

DEPORTADO DE NUEVO

En 1803, el Secretario de Estado, Lord Hobart, pidió que se trasladara parte del establecimiento militar de la isla de Norfolk, los colonos y los convictos a la tierra de Van Diemen, debido a su gran costo y a las dificultades de comunicación entre la isla de Norfolk y Sydney. Esto se logró más lentamente de lo previsto, debido a la negación de los colonos a desarraigarse de la tierra que habían luchado por dominar, y a los reclamos de indemnización por la pérdida de bienes.

https://en.wikipedia.org/wiki/History_of_Norfolk_Island

Tedder preguntó: "Si estaba tan feliz y contento y había construido una buena vida en la isla de Norfolk, Sr. Cullen, ¿por qué vino a vivir a este lugar que llama Nueva Norfolk?"

Cullen pasó su mano arrugada por su cabello gris y delgado. Tedder se preguntó cuántos años tenía.

"Ah, Tedder. Qué buena pregunta. Por muy libres que fuéramos, seguíamos siendo súbditos de la Corona, y la Corona, en su sabiduría, dijo que la isla de Norfolk estaba costando demasiado para operar y decidió cerrarla. Algunos de los colonos escribieron al Gobernador Bligh - queríamos quedarnos en la isla Norfolk y mantenernos por nuestra cuenta - muchos de nosotros, especialmente yo, éramos demasiado viejos para empezar de nuevo. Teníamos una buena vida y no queríamos dejarla. No importaba. Recibimos nuestras órdenes para marcharnos."

Cullen dejó de hablar, mirando fijamente al río Derwent como si tratara de encontrar la felicidad que había deseado en la isla de Norfolk.

"¿Saben qué, Tedder, Blay? Antes de que nos preparáramos para dejar nuestra isla, tenía 16 acres de grano, 36 de pasto. Tenía un macho y seis hembras de ovejas, un macho y nueve hembras de cabras, veintiocho machos y veinte hembras de cerdos, y tenía 150 fanegas de maíz en la mano.[1] ¿Les suena eso a éxito?"

Ni Blay ni Tedder sabían si el Sr. Cullen esperaba una respuesta, así que ambos asintieron que sí sonaba exitoso, queriendo que el hombre mayor siguiera contando su historia.

"Lo más triste es que quemaron todo lo que dejamos, por si a los franceses les gustaba. Todo ese trabajo."

Tedder vio que se formaban lágrimas en los ojos de Cullen.

"Me parece que fue un granjero y terrateniente muy exitoso, Sr. Cullen. En Inglaterra, habría sido notablemente reconocido y poderoso con tanta tierra y ganado."

"Así hubiera sido, Tedder. Me pagaron por la tierra y las acciones que me quitaron en Norfolk y obtuve 65 acres aquí en Nueva Norfolk. Pero, tuve que empezar todo de nuevo. Un hombre de mi edad, tenía 65 años cuando tuve que empezar otra granja aquí en la Tierra de Van Diemen. Pero, le he dado lugar a muchas cosas en mi vida, y el arrepentimiento no es una de ellas."

· · ·

Tedder notó un cambio melancólico en la expresión de Cullen, pareció encogerse un poco y sus ojos se volvieron apagados y pesados. No sabía cómo los ojos de Cullen pudieran ser 'pesados' pero fue la única palabra que encontró que describía la mirada de Cullen.

"Lo único bueno del traslado a Nueva Norfolk," continuó Cullen, "fue que no estábamos solos. Todos nuestros amigos de la isla de Norfolk vinieron aquí también, y nos aseguramos de poner nuestras granjas una al lado de la otra, como en la isla. El gobierno nos dio más tierra de la que teníamos en la isla Norfolk, pero teníamos que encontrarla, despejarla y construir nuestras casas en ella. Lo que Blay ve en nuestra granja ahora tomó más de dos años en establecerse. Esta primavera, Robert y yo vamos a empezar la construcción de una gran mansión de la que Elizabeth será la dueña.

Se sonrió a sí mismo.

24

SYDNEY

El 10 de enero de 1814, el buque armado colonial de Su Majestad, Bergantín Canguro, comandado por el teniente Charles Jeffreys de la Marina Real, llegó a Sydney después de un pasaje de siete meses y ocho días desde Inglaterra.

Macquarie requirió que Jeffreys explicara los retrasos en el viaje. El recuento de Jeffreys decía que estuvo en Madeira del 21 de junio al 3 de julio de 1813 como consecuencia de que el H.M.S. Inconstante, bajo cuyas órdenes estaba, había ido allí.

Luego estuvo en Río de Janeiro del 20 de agosto al 20 de septiembre para tomar provisiones y para arreglar el bergantín en cada parte de sus obras superiores, que habían demostrado tener fugas como consecuencia de haber sido construidas con madera verde. Después de 45 días de pasaje de Río al Cabo de Buena Esperanza a causa del mal tiempo, estuvo en este último lugar del 3 al 13 de noviembre para reponer agua y conseguir los refrigerios que los pasajeros necesitaban con urgencia, y para volver a colocar los aparejos que habían sufrido daños por las tormentas. También informó sólo dos muertes en el viaje, ambos niños menores de 18 meses de edad.

De https://espace.library.uq.edu.au/

12 de enero de 1814

Como los demás pasajeros, Sarah Blay y sus tres hijos empacaron sus pertenencias para dejar el Bergantín *HM Canguro* y caminar una vez más sobre una superficie que no se movía. El *Canguro* había atracado dos días antes, pero los pasajeros de tercera fueron los últimos en salir.

El Primer Oficial apareció en los escalones que llevaban a la cubierta superior. "Si algunos de ustedes van a Hobart Town en la Tierra de Van Diemen", anunció, "no se molesten en empacar sus cosas. Navegaremos a la Tierra de Van Diemen mañana."

"¿Podemos dejar el barco, mamá?" preguntó John.

"Eso espero," dijo Sarah. "Es muy sofocante aquí abajo. Tendré que subir a ver."

Dejando a los chicos abajo con Mary Fogarty y el pequeño Thomas, y Elizabeth Richardson, Sarah levantó sus faldas y se apresuró a subir los escalones para atrapar al Primer Oficial.

"¿Está bien, señora?" preguntó una voz familiar.

"Thomas, gracias a Dios. El Primer Oficial nos dijo que el barco va a Hobart Town mañana. Tenemos que salir de tercera para tomar aire, hace más calor que en el infierno allí abajo."

Retrocediendo ante la descarada respuesta de la dama, Thomas le dijo que los pasajeros podían ir a la cubierta superior, pero no a tierra. "Es un cambio muy rápido, señora, y el capitán no va a esperar a nadie que llegue tarde de Sydney."

Sarah se mordió el labio inferior y cruzó los brazos sobre su pecho. "Muy bien, Thomas, gracias." Bajó las escaleras para recoger a los chicos. "Al menos tomaremos un poco de aire y veremos el cielo."

"¡¿Por qué hace tanto calor?!" gritó John.

"No lo sé. Las estaciones están al revés porque estamos en el otro lado del mundo, aquí es verano. Pero no sé por qué hace tanto calor." Sarah tomó un pañuelo de su bolso y lo agitó sobre su cara para crear una brisa. "Busquemos un lugar fuera del sol para sentarnos," animó a los chicos.

Física y emocionalmente exhausta, Sarah descubrió que el largo tiempo de viaje había agotado su paciencia. *Hace siete meses que salimos de Inglaterra. A James no le llevó tanto tiempo llegar a la Tierra de Van Diemen. Tengo que adaptarme y hacer que los chicos se instalen.*

Los demonios internos de Sarah desafiaron su decisión de desarraigar a los chicos y llevarlos a un país y un futuro desconocido. Su cabeza cayó sobre su pecho y sus ojos se cerraron. John se acercó y puso su cabeza en el hombro de Sarah. William estaba en la cubierta bajo el aparejo, con las manos bajo la cabeza, mirando el cielo azul brillante y sin nubes. James Jr. se alejó de su madre y hermanos. Inclinándose sobre el borde del barco, posicionado entre dos de los cañones del Bergantín *HM Canguro*, miraba con indiferencia a la gente que se movía por los caminos de tierra de Sydney.

25

EXPANSIÓN

James Tedder se despertó antes que los huéspedes de su casa, deseoso de verlos bien alimentados y preparados para su viaje de regreso a Nueva Norfolk. Se puso sus botas y su abrigo, llevando la cubeta para buscar agua de los barriles del pueblo, Tedder se fue de puntillas a través de la pequeña cabaña.

"No hay necesidad de sigilo, Tedder," dijo Cullen. "Estoy despierto y estoy seguro de que Blay lo está o lo estará pronto." Se rió.

"Sólo voy a buscar un poco de agua para la avena y el té." Tedder cerró la puerta, saliendo hacía la fresca mañana de otoño. El sol naciente llenaba el horizonte con rayos de naranja y rojo; la promesa de un buen día. Tedder esperó en la fila de los barriles. Los convictos comenzaban a trabajar a las siete de la mañana, la mayoría hacía fila temprano para obtener el agua necesaria para preparar el desayuno.

El Sr. Cullen y Blay estaban lavándose la cara al borde del estuario de Derwent cuando Tedder puso la tetera al fuego para hervir. Enderezó las camas y puso sus tazas, platos y cucharas sobre la mesa, listo para compartir sus raciones con su viejo amigo Blay, y su nuevo amigo, el Sr. Cullen.

"Gracias por alojarnos, Tedder," dijo el Sr. Cullen cuando entró , "y por compartir tus raciones con nosotros."

Por mucho que disfrutara de su privacidad, Tedder estaba encantado de tener compañía. Extrañaba el optimismo y el apoyo de James Blay. "Tendré que ser más cuidadoso con mis raciones durante la próxima semana," dijo en voz baja mientras revolvía la avena.

El desayuno fue perturbado por un golpe en la puerta de Tedder. El visitante no esperó a ser invitado, abrió la puerta y entró en la cabaña de Tedder. La abrupta intrusión le recordó a Tedder su posición en la vida; era un convicto a instancias de los demás.

"El vicegobernador mayor Geils quiere ver al Sr. Cullen," anunció el marino responsable de la interrupción.

"¿Qué, ahora?" Cullen exigió.

"Lo siento, Sr. Cullen. Esperaré fuera mientras termina de comer y lo acompañaré a los aposentos del Vicegobernador."

"Sr. Cullen, me alegro de verlo de nuevo. Confío en que se mantenga bien, y que las cosas estén en orden en Nueva Norfolk. Por favor, tome asiento."

Ansioso por iniciar la conversación, Cullen se sentó en la silla ofrecida, con el escritorio de Geils entre ellos. "Sí, de hecho todo bien, Mayor Geils. ¿En qué puedo servirle hoy?"

"Estamos estableciendo una bodega del gobierno en Nueva Norfolk. La población está creciendo y hasta que se construya una carretera, los colonos deben viajar por el Derwent para recoger suministros. Construiremos un nuevo almacén y enviaremos barcos más grandes río arriba con suministros para el almacén y recogeremos la carne, maíz y trigo que los colonos venden al Gobierno. Será un proceso más eficiente. ¿Está de acuerdo?"

"Sí, Mayor Geils, suena como un gran plan."

"Bien, usted supervisará la bodega. Tendrá que empezar a organizar su construcción lo antes posible. Me gustaría que estuviera lista antes de que llegue el invierno."[1]

Cuando fue convicto, Cullen obedeció órdenes sin cuestionarlas. En la única ocasión en que cuestionó, fue azotado. Pero no había sido un convicto durante mucho tiempo, y ahora no le gustaba que le dijeran lo que tenía que hacer.

"Gracias por su consideración, Mayor Geils, pero no tendré tiempo para supervisar las bodegas del gobierno y trabajar en mi granja. Por lo tanto, rechazaré su oferta."

"Sí, es una carga extra, Sr. Cullen. Pero se le proporcionarán convictos experimentados y confiables para ayudar con el funcionamiento del establecimiento. Y se le pagará un estipendio."

Cullen sopesó rápidamente las ventajas de tener una bodega del gobierno en Nueva Norfolk, y de poder manejarla eficientemente con la alternativa de no tenerla en absoluto, o tener a un tonto manejándola. "¿Conoce a los convictos que ayudarán?" le preguntó al Mayor Geils.

"El primero que le enviaremos es al joven Tedder. Creo que se quedó en su choza anoche. Si está de acuerdo con mi propuesta, Tedder le será enviado en dos semanas para comenzar a trabajar. El Sr. Williamson, que supervisa las tiendas de Hobart Town, quiere que Tedder enseñe el quehacer de su trabajo a su reemplazo.'

De pie, listo para salir, Cullen extendió su mano "Acepto su trato, Mayor Geils."

"Bien. Gracias, Sr. Cullen. Por favor, envíe a Tedder para áca cuando regrese a su choza."

James Blay sonrió la mayor parte del camino de regreso a Nueva Norfolk. Disfrutó de la brisa que se levantaba de la superficie del Derwent e incluso disfrutó del silencio que el Sr.

Cullen le hizo guardar. Tedder iba a ir a Nueva Norfolk. Una amistad reavivada. La buena noticia de que Tedder fuera asignado a trabajar en las bodegas de Nueva Norfolk ensombreció la tristeza que se apoderó de Blay cuando de nuevo no había recibido noticias de Sarah. Muchos barcos habían zarpado de Inglaterra en los largos dos años desde que había llegado a la Tierra de Van Diemen, y había atracado en Hobart Town, todo sin noticias de su esposa. Le preocupaba que ella se hubiera vuelto a casar, que sus hijos llamaran 'papá' a otra persona.

26

RETRASOS SIN FIN

Sarah se sentó en la habitación alquilada en Sydney donde ella y los chicos se habían visto obligados a quedarse hasta que un barco estuviera listo para navegar a Hobart Town. Les dolía a todos mirar al Bergantín *HM Canguro* en el muelle cada día sin saber si, o cuando, iba a zarpar. Los habían sacado del calabozo la mañana en que pensaban que se iban. El gobernador Macquarie no dio ninguna explicación.

Mirarse en el pequeño espejo clavado en la pared sobre el lavabo le trajo lágrimas.

"Me veo tan vieja. James no me reconocerá," le dijo al espejo. El viaje de siete meses a Nueva Gales del Sur, y ahora los seis meses de espera en Sydney la habían agotado. Manejar el comportamiento de James Jr. y asegurarse de que William no copiara a su hermano mayor había agotado sus reservas de energía. También se estaba quedando sin dinero.

"James, William," Sarah llamó desde la ventana abierta a la calle, "suban a la habitación para sus lecciones, por favor."

Sarah les daba lecciones a los chicos durante el día. Los mantenía ocupados. Esperaba que su marido estuviera contento de que la educación de los niños continuara. Era algo por lo que siempre se había preocupado. John se sentó entre sus hermanos mayores en la mesita y los vio pasar los dedos por las palabras en las páginas. Escuchó mientras le leían las palabras en voz alta a su madre. Cuando recogieron plumas y copiaron las letras en el papel, John imitó el proceso.

Absortos en su trabajo, un golpe en la puerta hizo que John gritara y Sarah y los chicos mayores saltaran.

"Siento asustarla, señora," la tranquilizadora voz de Thomas penetró en el sonido de los gritos de John.

"Thomas, me alegra verlo. ¿Qué está pasando?"

"El *Canguro* parte el domingo, señora[1]. Ocho de la mañana."

"Gracias, Thomas. ¿Abordaremos el sábado?"

"Sí. Haré que uno de los marineros suba por la tarde para ayudarle con el baúl. Buenos días, señora."

El suspiro de Sarah fue más audible para los chicos de lo que planeaba. "Cierren sus libros, chicos. Pueden salir a jugar en Sydney por última vez. Haremos las maletas por la mañana. James, William, no le quiten los ojos de encima a John."

Mientras los niños jugaban afuera, Sarah sacó una pequeña parte del bordado del vestido de viaje que guardaba en el maletero. Había manejado su dinero sabiamente y no había usado el suministro secreto. Había sido difícil presupuestar los casi seis meses que habían estado en Sydney. *Cuando lleguemos a Hobart Town, será casi un año y medio desde que dejamos Londres.* Puso una corona que había retirado del vestido en su bolso y la escondió bajo su gorro en la cama. Cuatro libras quedaron bien sujetas en la bastilla de su vestido.

No tardaron mucho en hacer las maletas, Sarah había guardado la mayoría de sus cosas en el maletero, cada día mirando con esperanza al *Canguro*, preguntándose si ese día los vería embarcar y navegar a la ciudad de Hobart. No había respondido a la carta de James. No tenía sentido, no le habría llegado antes de que ella llegara. Sacarla periódicamente para releer la historia de cómo la vida era mejor de lo que él esperaba, le daba fuerzas.

Como prometió, Thomas consiguió a alguien para ayudar a Sarah y a los chicos con su baúl. No había tantos colonos libres a bordo del barco para este viaje, así que el nivel de tercera no fue estrecho, pero llevaba convictos. Sarah tenía reservas sobre viajar en un barco de deportados , y no se dio cuenta de la ironía. Se dijo a sí misma que su James no era realmente un convicto, sólo había cometido un error tonto.

James Jr. se animó con los pasajeros del Bergantín *HM Canguro* que no estaban a bordo por elección. "Mamá, vamos a navegar como lo hizo papá. Tendré que hablar con algunos de los convictos para ver si saben algo sobre la Tierra de Van Diemen."

"No, James, no lo harás. No se nos permite hablar con los convictos o convivir con ellos. Te quedarás conmigo y con tus hermanos."

James Jr. miró con tanto rencor a Sarah que la intimidó momentáneamente. "Ayuda a tus hermanos a desempacar el baúl."

Cuanto más se acercaba el *Canguro* a la ciudad de Hobart, más empeoraba el humor de James Jr. Sarah le preguntó a los chicos si estaban deseando completar su viaje y ver a su padre.

"No recuerdo cómo es papá," dijo John, ahora con cinco años cumplidos.

"No seas estúpido," remarcó James, "¿cómo puedes olvidar su aspecto? No olvidaré que nos dejó, y por eso hemos estado en este barco de mierda durante tanto tiempo."

Por segunda vez desde que salieron de su casa en Spital-fields, Sarah le dio una bofetada a James Jr. en la mejilla. Él no reaccionó. No se movió, no gritó ni se puso la mano en la cara. En cambio, mostró su mirada maliciosa y la dirigió a Sarah.

27

OTRO NUEVO EMPLEO

James Tedder se despidió del Sr. Williamson, le agradeció nuevamente por haberle salvado la vida, y por tratarlo como una persona, y no como propiedad del Gobierno de Nueva Gales del Sur.

"Está bien, Tedder. Has hecho un buen trabajo. Tu eficiencia será extrañada."

Caminando lentamente hacia su cabaña, Tedder notó los cambios en Hobart Town. Se construían caminos, los edificios parecían más permanentes y había más colonos que llegaban en cada barco. Atizó el fuego de la chimenea, hizo la cena y abrió el libro que el Sr. Williamson le había dado como regalo de despedida - "Sentido y Sensibilidad", de alguien llamada Jane Austen. Tedder nunca había oído hablar de ella, pero hacía tanto tiempo que no tenía algo más que listas de inventarios para leer, así que estaba agradecido por cualquier otra cosa. El Sr. Williamson le dijo que había pedido suministros desde Londres, incluyendo libros, telas para que su esposa hiciera sus ropas y muebles, y periódicos y artículos para el hogar.

Disfrutando de la experiencia de leer por placer, Tedder se

mantuvo despierto hasta que el fuego casi se apagó. Lo volvió a encender, puso el libro en su bolsa de viaje, y se instaló en su catre por última vez.

"Tedder, James Tedder. ¡Abre la maldita puerta!" Tedder pensó que estaba soñando y se dio vuelta ante el ruido.

"La romperé si no contestas, y pagarás las reparaciones."

Mierda, no estoy soñando. Tedder saltó de la cama y abrió la puerta a un marino cuya cara estaba tan roja como su uniforme.

"Debe ser maravilloso tener el lujo de dormir y no trabajar, Tedder. Todavía eres un convicto, ¿no es así? Lo eras la última vez que revise los registros."

"Sí, señor. Lo siento."

"Toma tus cosas, tienes cinco minutos. Un barco irá por el Derwent a Nueva Norfolk y tú irás en él."

"Sí, señor, enseguida."

"En esos cinco minutos, tienes que hacer tiempo para ver a la Sra. Blay. Se aloja en la posada, llegó ayer en el Bergantín *HM Canguro*. Aparentemente, su marido es amigo tuyo."

"¿Sra. Blay? ¿Sra. James Blay?" preguntó Tedder

"No conozco todos sus datos personales, Tedder. Muévete. Perdemos el tiempo."

Esta no era la despedida que Tedder había planeado. No tenía tiempo para desayunar, para ordenar la cabaña o para lavar. Arrojó sus escasas pertenencias en una bolsa, se puso las botas y el gorro, y echó un último vistazo a la pequeña habitación que había sido su hogar durante dos años.

Sarah lo estaba esperando afuera de la posada. Apenas la reconoció, había envejecido y parecía muy cansada.

"Sra. Blay. Estoy encantado de verla. ¡Qué sorpresa! . Su marido estará encantado. Me dijo hace sólo dos semanas, que pensaba que se había vuelto a casar y se había olvidado de él."

"Hola, James," dijo Sarah. "Te ves tan bien, tan 'normal'. Dejamos Londres en mayo del año pasado. Dos semanas después de recibir la carta de James. Ya había planeado seguirlo hasta aquí, pero su carta me convenció de que era lo que debíamos hacer. Hemos estado navegando por los mares y esperando en tierra todo este tiempo."

Tedder pensó que ella iba a llorar. "Qué difícil, Sra. Blay. ¿Están los chicos bien?"

"Sí, gracias, están bien. Hoy irás a la granja Cullen, ¿no?"

"Sí. Empiezo un nuevo puesto trabajando en las bodegas de allí. El Sr. Cullen, el patrón de Blay también va a supervisar mi trabajo. Es un buen hombre. Blay y yo fuimos afortunados con las tareas que nos asignaron."

La voz de Sarah bajó, y Tedder notó un poco de desesperación. "¿Podrías por favor darle esta carta a mi marido? Quiero hacerle saber que estamos aquí. ¿Crees que este Sr. Cullen le permitirá vernos? No sé qué hacer ahora. Debemos encontrar un lugar permanente para vivir. La carta de James decía que estaba en la granja Cullen, pero no sabía que estaba a un día de viaje de Hobart Town." Sarah se retorció las manos y tiró de la cinta que sostenía su gorro.

"El Sr. Cullen es un hombre justo, Sra. Blay. Estoy seguro de que dejará que su marido la vea."

Tedder inclinó su gorra y le deseó a Sarah un buen día. Metió la carta en su bolsillo, y con renovado vigor, se apresuró al estuario para navegar a Nueva Norfolk.

James Blay se sentó en el suelo bajo uno de los grandes árboles que parecían abrazar la granja de Cullen. Sus manos temblaban mientras desplegaba el trozo de papel que su esposa le había dado a Tedder.

"Mi querido James,

Me preocupa que hayas pasado muchos meses pensando que te había abandonado por otro, cuando en realidad, los chicos y yo dejamos Londres en mayo de 1813 en el Canguro, dos semanas después de recibir tu carta. El viaje de Londres a Sydney duró siete meses y ocho días. Llegamos a Sydney el 14 de enero de este año [1814] y vivimos en una habitación alquilada, esperando que un barco zarpara a Hobart Town. El Canguro fue el primer barco disponible; salió de Sydney el 21 de agosto pasado. Ha sido un viaje largo y cansador, James. El verte hará que el esfuerzo haya valido la pena.

Rezo para que estés bien.

Tu esposa, Sarah"

Al no poder controlar sus emociones, Blay dejó que las lágrimas rodaran por su rostro y sus sollozos, escuchados en la casa, llevaron a la Sra. Cullen afuera. Ella miró extrañamente a su marido.

Cullen le explicó la situación a Elizabeth: "Blay tiene una nota de su esposa. Ella está en Hobart Town. Viajó más de un año para llegar aquí. Está llorando de felicidad, ¿no es así, Blay?"

Blay se las arregló para asentir con la cabeza.

"¿Y éste quién es?" Elizabeth Cullen preguntó, mirando a James Tedder.

"Este es Tedder. Va a trabajar en las bodegas del gobierno aquí en Nueva Norfolk. Comenzará mañana. Su nombre es James también - demasiados James. Por lo tanto, lo llamaremos Tedder."

"Pero aún no hay ninguna bodega, Sr. Cullen," mencionó Elizabeth.

"El barco trajo algunas provisiones, que incluían a Tedder. Él catalogará el botín y lo guardaremos en una gran carpa mientras se construye el almacén."

Elizabeth movió su cabeza en dirección a Blay. Indicándole a su marido que había que hacer algo con él.

"Blay irá a Hobart Town pasado mañana, Elizabeth. Puede recoger algunos artículos personales para ti en la bodega."

Los sollozos de James Blay se hicieron más intensos. "¿Podré ver a mi esposa e hijos?"

"Sí, Blay. Hablaremos más de ello cuando te hayas calmado. Mientras tanto, por favor muéstrale a Tedder su habitación."

Tedder ayudó a Blay a ponerse de pie, y con su brazo alrededor de los hombros de su amigo, caminó con él hasta el establo donde Blay tenía su dormitorio.

Con los sollozos reduciéndose, Blay se las arregló para preguntarle a Tedder cómo se veía Sarah.

"Muy cansada, debo admitir. Ha estado viajando durante un año, pasando por pruebas y tribulaciones y tres chicos. Dijiste en Woolwich que era una mujer fuerte. Creo que subestimaste su fuerza."

"¿Viste a los chicos?"

"No, no hubo tiempo. Tontamente me quedé dormido y sólo tuve cinco minutos para empacar, ver a tu esposa y subir al barco. No estaban con ella cuando nos reunimos. Me imagino que estaban en su alojamiento. Tal vez aún durmiendo."

"No puedo creer que esté aquí. Pensé que me había dado por muerto."

"Parece que tu carta la convenció, Blay. Tal vez pensó que había una oportunidad, mejor que en Londres."

"Tal vez. Sin embargo, no tiene importancia, ¿verdad? Sarah y los chicos están aquí."

. . .

"Eso hace que las cosas sean más incómodas, James. Ahora que la esposa y los tres hijos de Blay van a estar aquí, y él está asignado a nosotros", comentó Elizabeth mientras ayudaba a Cook a preparar la cena.

"Al menos Tedder estará ocupado. Parece lo suficientemente capaz," dijo Cullen.

"¿Qué estás pensando, James?"

"Blay seguirá trabajando para nosotros por ahora. La Sra. Blay y sus hijos pueden quedarse en la cabaña de arenisca hasta que se instale en otro lugar. Ella solicitará que le asignen a Blay como es el arreglo preferido del Gobernador. Entonces conseguiremos a otro convicto para que nos ayude a Robert y a mí a construir la nueva casa."

"Traeré a las chicas. Siéntate, James. Consideraremos las opciones más tarde. Cook, por favor, trae a Blay y Tedder para la cena."

Tedder pudo oler la comida mucho antes de estar cerca de la puerta de la cocina.

"Tengo mucha hambre, Blay. No he comido hoy. No tuve tiempo de desayunar."

"Los Cullen tienen una cocinera increíble. Ella también es una convicta asignada. El suministro de comida ha mejorado mucho desde que llegamos, Tedder, y la cocinera no desperdicia nada. Ella es de Dublín, al igual que la Sra. Cullen."

Los dos convictos dejaron sus botas en la puerta y Tedder colgó su abrigo en los ganchos cerca de la entrada de la cocina. Se detuvo y respiró rápidamente mientras entraba en el cálido comedor. Había tres chicas sentadas a un lado de la mesa, el Sr. Cullen en un extremo y la Sra. Cullen en el otro. Había dos sitios frente a las chicas. Tedder siguió el ejemplo de Blay y se sentó en uno de los lugares.

"Gracias, Sr. y Sra. Cullen. Esto es muy bienvenido e inesperado."

"Hmmph," dijo Cullen. "Nos estamos multiplicando. Te

ganarás tu sustento, Tedder, no te preocupes por eso. Mañana a primera hora, puedes poner la gran carpa que nos proveyeron para usar como la bodega."

"¿Quién es el nuevo?" preguntó la chica sentada en el medio.

"Este es James Tedder, Catherine", respondió la Sra. Cullen. "Trabajará con papá ayudando a construir y dirigir una bodega aquí en Nueva Norfolk."

"¿Por qué todos se llaman James?" la más joven, Betsy quiso saber.

"Parece que es un nombre popular, Betsy" respondió Cullen.

"¿Es como mi nombre el mismo que el de mamá?"

"Sí. Las familias usan los mismos nombres para mostrar respeto."

James Bryan Cullen presentó a sus hijas a Tedder. "Esta es Sophia, la mayor, después Catherine y la más joven Elizabeth, pero la llamamos Betsy para no confundirla con mi esposa."

"Estoy muy contento de conocerlas a todas ," dijo Tedder, saludando a cada chica con un gesto. "¿Qué edad tienen todas ustedes?"

"Tengo 14 años, Sofía tiene 15 y Betsy tiene 9," respondió Catherine.

"Gracias, Srta. Catherine."

Aunque no era la mayor, Catherine tenía un aire de autoridad que Tedder encontraba entrañable. Le recordaba a su hermana, Esther.

"¿Por qué Blay se ve tan triste? ¿Por qué estás triste, Blay?" preguntó Sophia.

"No es asunto tuyo, Sophia." remarcó Elizabeth Cullen.

Blay estaba conmovido por la preocupación de la chica. Había estado comiendo con los Cullen durante dos años y se habían convertido en una familia sustituta para él.

"Mi esposa e hijos están en Hobart Town, Srta. Sophia. Tu padre dice que puedo verlos pasado mañana. Estoy triste porque a mi pobre esposa le ha llevado más de un año llegar aquí. Tedder dice que parece cansada."

"Oh, pero eso son buenas noticias, Blay. No deberías estar triste. Piensa en lo feliz que serás al ver a tu esposa e hijos. ¿Van a venir aquí? ¿Nos reuniremos con ellos?"

"Esas son cosas que aún deben ser resueltas, Sophia," interrumpió su padre, "come tu cena y deja de molestar a Blay y Tedder."

28

REUNIDOS

James Cullen estaba en la cocina viendo a Cook organizarse para el día. Era una mujer pequeña, baja y de complexión diminuta. Sus manos se movían hábilmente, y tarareaba mientras trabajaba. Se dio cuenta de que ni siquiera sabía su nombre, para él y los niños, ella siempre había sido "Cook". Elizabeth se ocupaba de los empleados domésticos convictos, se aseguraba de que fueran alimentados y vestidos y de que tuvieran un buen día de trabajo. "Cook" no necesitaba que la manejaran.

"Tengo algunos huevos frescos y pan listos para usted, señor." dijo, sin darse vuelta.

"Gracias, Cook".

James Cullen se sentó a comer, reflexionando sobre la conmoción que sin duda traería la llegada de los recién llegados. James Blay era un trabajador bastante bueno, pero Cullen pensó que el hecho de tener una familia cerca podría distraerlo. *Ya veremos. Después de todo, sigue siendo un convicto.*

Robert Bishop llamó a la puerta de la cocina, se quitó las botas, no esperó respuesta y entró.

"Buenos días, James. Huele bien, Cook. ¿Hay suficiente para mí?"

James creyó ver una sonrisa tímida de Cook mientras miraba a Robert.

"Por supuesto, Sr. Bishop, siempre hay suficiente para compartir con usted. Siéntese."

"Gracias por llevar a Blay a Hobart Town, Robert," dijo Cullen. "Era una posición incómoda, el no tener tiempo para ir yo mismo."

"Sólo espero que mantenga compostura cuando vea a su familia, James. ¿Qué va a hacer su esposa?"

"Elizabeth y yo hemos decidido que puede quedarse aquí hasta que se instale. Elizabeth ofrecerá su trabajo como empleada doméstica. Sin duda, Blay le será asignado cuando tenga una concesión de tierras. Hasta entonces, continuará trabajando para nosotros."

Cullen sorbó la yema de sus huevos con un pedazo de pan y lo siguió con un trago de té dulce y caliente.

Blay llamó a la puerta de la cocina y esperó una invitación para entrar. Él y Tedder saludaron a todos en la habitación y se sentaron a desayunar. Cullen notó lo agitado que estaba Blay. Sus manos temblaban, y tenía cortes en su cara por haberse afeitado descuidadamente. Su cabello estaba cortado pero no estaba liso. Su chaqueta estaba limpia y cepillada.

"Te ves elegante esta mañana, Blay", comentó Cullen.

"Gracias, señor, quiero parecer respetable para Sarah. Quiero parecer un marido, no un convicto. Y quiero parecer un padre. Sin ánimo de ofender, señor."

"No hay problema. Sin embargo, tus manos tendrán que dejar de temblar antes de llegar a Hobart Town. Ella pensará que estás enfermo."

Blay puso sus manos en su regazo y las unió. Respiró profundamente, cerró los ojos y obligó a sus manos a estar quietas.

"Sigue con tu desayuno, Blay. Tenemos que estar en el río e

irnos," dijo Robert Bishop, "o no lograremos el viaje de ida y vuelta a la luz del día."

Sarah volvió a leer la carta de su marido, asegurándose de que tenía el día y la hora correctos. Los chicos dormían, ella los dejaría para que se despertaran solos, este iba a ser un día muy ocupado. James llegaría alrededor de las diez de la mañana. Su carta decía que se iría de Nueva Norfolk a las siete, tan pronto como saliera el sol. Se sintió aliviada al leer que los Cullen habían acordado dejarla a ella y a los chicos quedarse en su granja hasta que se estableciera, pero consciente de que esta imposición era muy generosa y se preguntaba si habría un precio a pagar más tarde.

Sarah sacó su mejor vestido de viaje del maletero, en cuyo dobladillo ella y su madre habían cosido el dinero; quería verse lo mejor posible para su marido y la familia Cullen. Antes de ponérselo, salió a recoger agua fresca de los barriles. Usó el agua para llenar el tazón del aparador de la habitación. James estaba despierto, pero seguía en la cama. "Date vuelta, James, quiero lavarme antes de que te levantes". Ella esperó mientras él le daba la espalda. Rápidamente se lavó la cara y la parte superior del cuerpo, se puso su enagua y se puso el vestido. "He terminado, James." No esperó una respuesta o una acción, sino que se sentó frente al pequeño espejo para cepillarse el cabello.

"Te ves bien, mamá." la pequeña voz de John rompió el silencio de la mañana. Sonrió al niño, su carita parecía mayor en la luz difusa de la habitación.

Todos hemos envejecido un año desde que dejamos Londres. Me pregunto si he cambiado tanto.

Con los chicos vestidos para el día, Sarah pensó en el desayuno. Había usado todo el dinero que guardaba bajo su gorro y en su bolso personal por el costo extra de vivir en Sydney durante seis meses. No había presupuestado tal gasto cuando anunció a su madre que tenía suficiente dinero ahorrado para ir a la Tierra de Van Diemen. "Tendré que sacarme una corona del dobladillo para el desayuno."

Mientras los chicos se lavaban y cepillaban el pelo, Sarah se sentó en el borde de la cama y descosió el dobladillo de su vestido. Lo dio vuelta y movió sus dedos para sentir las costuras levantadas que indicaban su escondite secreto, con los ojos mirando a los niños. Las puntas de sus dedos sintieron hilos rotos, su pulso se aceleró, parpadeó continuamente, sus palmas se volvieron calientes y húmedas. Forzándose a mirar, Sarah vio que los puntos se habían cortado y el dobladillo se había levantado. Se enfrentó a un espacio vacío en el que se habían escondido cuatro libras de forma segura durante más de un año.

29

UNA REUNIÓN FAMILIAR

Blay tembló la mayor parte del camino desde Nueva Norfolk a Hobart Town. No tenía mucho frío, pero la piel de gallina y el constante movimiento de sus brazos y piernas le daban la apariencia de esperar un desastre inminente. Robert Bishop lo ignoró.

Bishop le ordenó a Blay que atara la balsa de forma segura. "Estarás aquí, listo para volver a Nueva Norfolk en una hora. Es tiempo suficiente para que tu esposa se presente al Vicegobernador Coronel Davey y le informe de sus propuestas de vivienda."

James Blay asintió respetuosamente a Robert Bishop, metió las manos en sus bolsillos para intentar que no temblaran, y se dirigió a la casa de alojamiento provisional en la que sabía que estaba Sarah.

Llevaba mirando por la ventana desde las nueve de la mañana, para poder verlo. Tragó con fuerza, se enderezó el sombrero, levantó un poco la falda y corrió por las calles fangosas de Hobart Town a los brazos de su marido. James y Sarah Blay pasaron los primeros minutos abrazados, ella lloraba fuerte, él en silencio.

"¡Papá, papá!" William corrió hacia Blay.

John se apartó un poco no muy seguro de si este hombre, aparentemente más alto que cuando dejó Inglaterra, ciertamente con un matiz diferente en su piel, era realmente su padre.

Blay se arrodilló y extendió sus brazos hacia los dos hijos que habían corrido a su encuentro. John y William se sumieron en el abrazo. Sarah miró el área en busca de James Jr.

"¿Dónde está James Jr.?" preguntó Blay.

"Estaba con nosotros en la habitación," respondió Sarah. "William, ve a ver si James sigue ahí, por favor." William se escabulló, saltando en los charcos que encontró en el camino.

"No está ahí, mamá. Su bolso, su abrigo y su sombrero no están."

Blay se volvió hacia su esposa: "¿Qué está pasando? ¿Dónde está él? Tenemos una hora límite. El Sr. Bishop dijo que tenemos una hora, y que tiene que informar de tus intenciones al coronel Davey."

Sarah había estado cuidándose por su cuenta durante tres años, el último año viajando de un lado al otro del mundo. Se desplomó en los brazos de su marido y sollozó. Entre sollozos, Blay se enteró de que James Jr. había sido difícil de manejar. Sarah no le dijo a su marido lo de Río de Janeiro, eso llevaría demasiado tiempo, y no tenía ni la energía ni la voluntad.

"Límpiate los ojos, Sarah. Endereza tu sombrero y ve a ver al coronel Davey. Dile que te estás quedando con los Cullen en Nueva Norfolk. Lleva a William y John contigo, puede estar predispuesto a aceptarte más rápido con dos chicos inquietos ahí cerca. Buscaré a James Jr."

. . .

Blay empezó en la habitación donde su esposa e hijos habían pasado las últimas tres noches. William tenía razón, no había rastro de James ni de su bolso. Blay caminó lentamente a través de la puerta hacia la calle, notando huellas en el lodo. La inconfundible marca de las botas de Sarah, seguida de dos pares de botas más pequeñas, yendo en la misma dirección. Una huella de bota más grande, pero no de tamaño adulto, se abría paso a través del lodo hacia el *Bergantín HM Canguro,* atracado en el estuario de Derwent.

"¿Permiso para subir a bordo?" le dijo Blay al marinero al final de la plancha. El marinero extendió su brazo para detener el progreso de Blay y quiso saber su razón para abordar el barco.

"Tengo razones para creer que mi hijo ha subido a bordo."

"Sólo ha subido un chico a bordo," dijo el marinero, "y es el hijo del cocinero".

"¿Ha visto a este chico antes de hoy?" Preguntó Blay: "¿Está seguro de que es el hijo del cocinero? Porque mi hijo es engañoso y habría mentido de forma convincente. Ha estado en este barco antes y lo conoce bien, podría estar planeando irse de polizón."

"Ve allí, fuera de esta plancha. La voy a subir . Hablaré con el cocinero." El marinero subió la plancha y dejó a Blay esperando en el muelle.

"¡Sr. Bishop!" gritó Blay cuando vio a su compañero de viaje caminando por el muelle. Bishop giró y saludó. Blay le indicó con el brazo que Bishop debería ir hacia él. Blay comenzó a caminar en dirección a Bishop, mirando repetidamente por encima de su hombro al barco. Los dos se encontraron entre el gran barco y el pequeño.

"¿Por qué me llamas, Blay? Te he dado una hora y ya casi es la hora."

"Mi esposa está con el Coronel Davey, Sr. Bishop, con dos de los chicos. El otro chico está desaparecido. Tengo en mente que está intentando esconderse en el *Canguro*. Un marinero lo está buscando."

"Esto no es bueno, Blay. El chico es un problema y ni siquiera hemos conseguido volver a Nueva Norfolk. Si no lo encontramos cuando suene la campana del barco durante la próxima media hora, tú y yo volveremos a Nueva Norfolk y la Sra. Blay se quedará aquí buscando a su hijo. ¿Necesito recordarle su obligación con el Sr. Cullen?"

Blay sacudió la cabeza. "Sólo puedo rezar, señor, para que el marinero encuentre al chico."

Sarah, William y John encontraron a Blay esperando en el muelle.

"He informado al Coronel Davey. ¿Recogeremos nuestras cosas de la habitación? ¿Dónde está James?" Sarah preguntó

"Creo que está tratando de esconderse en el *Canguro*, seguí las huellas de las botas desde la habitación. Un marinero lo está buscando. Si no lo encuentran cuando suene la próxima campana del barco, tendrás que quedarte, y yo volveré a Nueva Norfolk".

Ninguno de ellos dijo nada más. La ansiedad impregnó el aire entre ellos.

"¿Este es tu mocoso?" llamó el marinero a Blay. Sostenía a un niño que luchaba y cuyos brazos estaban atados a su espalda.

Blay se acercó al borde del muelle. Su corazón saltó y se hundió al mismo tiempo. "Sí, señor, ese es mi chico."

El marinero empujó a James Jr. a los brazos de otro, y la plancha fue bajada. James Jr. fue arrastrado hasta el muelle, su bolsa fue lanzada tras él. Tan pronto como él y su bolsa estuvieron en el Muelle Victoria, la plancha fue levantada. "No quiero volver a ver a ese mocoso cerca de este barco."

Sarah no habló con su hijo.

La felicidad que se había convertido en ansiedad, se

convirtió en alivio, y explotó en Blay "¿Qué significa esto? ¿Qué estabas haciendo? Tu madre estaba aterrorizada."

"No me importa. Quiero volver a Inglaterra. Odio este lugar. Te odio a ti, odio a mamá. Viviré con la abuela y la cuidaré. No me quedaré en este agujero de mierda."

Blay le pegó en la parte de atrás de la cabeza a su hijo. Sarah saltó, John jadeó y William dio un paso atrás. Desde la distancia, el Sr. Bishop vio cómo se desarrollaba el drama.

"Después de todo lo que tu madre ha pasado para traerte aquí," dijo Blay.

James Jr. le gritó a su padre: "¡Dije que no me importa! No quería venir. Quiero ir a casa."

"¿Cómo te las habrías arreglado cuando te encontraran en el barco? ¿Cómo habrías pagado tu pasaje? ¿Cómo vivirías si volvieras a Inglaterra?" Blay le exigió a su hijo.

Sarah puso su mano sobre su boca. Sospechaba que James Jr. había tomado el dinero del dobladillo de su vestido, pero no había decidido ninguna acción al respecto. "Podría saber la respuesta a eso," le dijo a su marido, explicando lo del dinero desaparecido.

Blay le dijo a su hijo: "Eres un ladronzuelo podrido y un mentiroso. Y cuando lleguemos a Nueva Norfolk serás azotado por robar a tu madre y a tus hermanos."

"No puedes azotarme", siseó James Jr. "Eres un mentiroso y un ladrón que debió haber sido colgado. Estamos aquí, en este horrible lugar, por ti."

La verdad de las acusaciones de su hijo sacudió la confianza de Blay. No sabía qué hacer. Mirando a Sarah como guía, vio el rostro de una madre lleno de horror, decepción y tristeza.

Dejando las manos de James Jr. atadas a su espalda, Blay le dijo a William que recogiera la bolsa de su hermano mayor. Indicando que Sarah, John y William debían seguirlo, empujó a su hijo mayor por el muelle hacia el lugar que los llevaría a todos a Nueva Norfolk.

"Sr. Bishop, este es mi hijo mayor, James Jr. No debe ser desatado
por mucho que se queje."
Presentó a Sarah y a los otros dos chicos al Sr. Bishop, los
instaló en la balsa y empujó a James Jr. por el muelle hacia la
habitación alquilada en la que se había quedado la familia.
Robert Bishop lo siguió. Blay necesitaría ayuda para cargar
el baúl y lidiar con este mocoso.

Evitando el contacto visual con su hijo mayor, Sarah se sentó en
la balsa y disfrutó del paisaje y la vida de las aves a lo largo del
Derwent. John estaba especialmente interesado en las anguilas
y los peces que podía ver bajo la superficie del agua. Ella tuvo
que apartarlo del borde del barco unas cuantas veces.
William parecía más enamorado de los animales de la
costa. Estaba fascinado con las diferentes criaturas. "¿Qué es
eso en frente de esa, papá?
"Es su bebé, William. Son pademelones, llevan a sus bebés
en bolsas en sus estómagos. Los bebés saltan adentro y afuera
como ellos quieren."
"¿Son alguna de estas criaturas de la granja, papá?
¿Veremos más de estas? Nunca he visto nada parecido en mi
vida."
Blay le sonrió a William y a Sarah. Al menos dos de los
niños se alegraban de verlo y de estar en el río Derwent,
camino de la granja Cullen. "Sí, hay pademelones en la granja."

Anhelando el abrazo de su marido, Sarah lo vio remar el bote a
lo largo del río. Su piel era de un color diferente, tenía un brillo
que no había visto en él en Londres. Su cabello era más largo y
claro. Su cuerpo estaba más desarrollado que cuando era zapatero. Los músculos de sus brazos se movían a través de las

mangas de su camisa. Ella lo había observado antes cuando se quitó la chaqueta, sintiendo como si lo viera por primera vez. Su espalda era más ancha de lo que ella recordaba. Cruzó las piernas para suavizar el dolor que sentía entre ellas.

Blay no giró para mirar a Sarah mientras remaba, pero sabía que ella lo estaba mirando. *Ha pasado por mucho, especialmente con James Jr. Ha perdido peso, parece más baja, si es posible, y su cabello es gris. Le falta la chispa de sus ojos, tendré que devolverla de alguna manera. Esta noche, tal vez, cuando estemos solos...* Se puso la chaqueta sobre el regazo para ocultar su anticipada excitación y mantuvo los remos en movimiento.

30

NUEVOS AMIGOS

"Tienes que desatarme en algún momento", le espetó James Jr. a su padre. Blay lo ignoró mientras ayudaba a Sarah, John y William a salir del barco. Él y el Sr. Bishop descargaron el baúl y lo pusieron bajo un árbol. El Sr. Bishop ordenó a James Jr. que saliera de la balsa. El chico argumentó que sus hermanos habían sido ayudados, y que no tenían las manos atadas a la espalda. El Sr. Bishop se quitó la gorra, se limpió la frente con el dorso de la mano, volvió a poner la gorra en su posición correcta y miró al niño. "Dije, sal del maldito barco." La voz del Bishop se elevó con tal ira que John lloró.

James Jr. luchó por mantener el equilibrio, se movió en el barco cercano al pequeño muelle, se dio vuelta, maniobró su trasero para sentarse en las vigas, sacó sus piernas de la balsa, se puso de rodillas y luego de pie. Sus ojos emanaban odio y rabia mientras miraba a cada adulto por turno. Dejó la mayor parte del odio a su padre.

"Le haré saber al Sr. Cullen que estamos aquí", dijo Bishop. Mirando acusadoramente a Sarah, continuó, "Aunque probablemente haya oído los gritos de todos modos."

193

Blay y Roger Gavin, otro convicto asignado a los Cullen, llevaron el baúl a la pequeña cabaña que Sarah y los chicos usarían.

"¿Qué pasa con el muchacho con las manos atadas?" Gavin le preguntó a Blay.

"Mi hijo mayor. Ha estado dando a la Sra. Blay algo de pena. No se puede confiar en él."

Pusieron el baúl dentro, Gavin le inclinó su gorra a Sarah y continuó su trabajo.

Los chicos siguieron a sus padres a la casa de campo. Cuando estaban solos, James Jr. se enfureció, exigiendo saber por qué su padre no lo había defendido frente a Bishop. "Te quedaste ahí parado y miraste mientras me hacía luchar para salir de ese barco. No interviniste ni me ayudaste, sólo miraste."

Blay no tenía intención de explicar a su hijo mayor que como convicto no tenía derecho a interferir en las decisiones del Sr. Bishop, incluso si se trataba de su propio hijo. "Has hecho algo malo, James. No has mostrado arrepentimiento, y has mostrado descortesía e insolencia a tus mayores. Las cuerdas serán retiradas, pero serás confinado a esta casa para ayudar a tu madre a instalarse. Si desobedeces, serás azotado por insolencia y desobediencia."

"Pero no puedes azotarme por tomar el dinero, ¿verdad? Tenía razón, eres un ladrón, así que no puedes castigarme por serlo también. Tan pronto como tenga la oportunidad, me iré de este agujero de mierda."

A punto de llamar a la puerta de la casa, Elizabeth Cullen escuchó el discurso entre Blay y un chico. Bishop había dicho que el mayor era problemático y Blay había atado las manos del niño. Escuchándolo hablar con su padre, se preguntó si habían hecho lo más sensato, ofreciéndose a traer a la Sra. Blay y sus hijos a la granja. Volvió a la casa principal.

"Pensé que iba a la casa, señora." dijo Cook cuando Elizabeth volvió a la cocina.

"Sí, iré en un minuto." Se sentó a la mesa preocupada por la insolencia que escuchó del niño. *Blay se hará cargo y lo castigará, estoy segura. De lo contrario, haré que Bishop lo haga.*

Levantando su falda, Elizabeth salió de nuevo de la cocina y caminó hacia la casa de campo. Esta vez había una conversación murmurante entre el Sr. y la Sra. Blay. Ella llamó a la puerta.

Blay se inclinó ligeramente ante Elizabeth, invitándola a entrar. Presentó a Sarah, John, William y luego a James. La cara del hijo mayor aún estaba roja como un tomate y respiraba con dificultad. Tenía los brazos delante de él y estaba masajeando sus muñecas.

Elizabeth pudo ver el estrés en la cara de Blay y su esposa se veía extremadamente cansada y avergonzada. *Pero nunca la había visto antes, así que siempre podría tener ese aspecto.* El chico más joven era bastante guapo. Su cabello era largo, rubio y ondulado, y su tez todavía parecía inglesa. El chico del medio parecía de baja estatura para su edad, con un aire de indiferencia hacia él; su cabello era más corto, más apropiado para su edad, y bastante más oscuro. Ella notó que tenía los ojos de su padre. El mayor tenía una mirada como rayos y un aura de truenos. *No creo que deje a éste cerca de las chicas por un tiempo. No creo que pueda confiar en que no les haga daño.*

Elizabeth dio la bienvenida a Sarah y a los chicos a la granja Cullen y a Nueva Norfolk.

31

DE DUBLÍN A NEW NORFOLK

"Es un honor conocerla, Sra. Cullen." Sarah dobló ligeramente la rodilla.

"Y yo a usted, Sra. Blay. Su marido ha trabajado duro los meses que ha estado con nosotros. Mi marido, James está muy contento con sus esfuerzos."

"Cuando me despedí de él, fue con el temor de que viviera y muriera brutalmente, en una prisión al aire libre en los confines de la tierra."

"A algunos les pasa eso, Sra. Blay. A algunos les pasa. Los incorregibles, los agresivos, los perezosos, son a los que no les va tan bien. Pero su marido tuvo la suerte de que le asignaran a James Bryan Cullen, como a mí, hace muchos años."

Los ojos de Sarah se abrieron de par en par en la incredulidad: "¿Usted también era una convicta, Sra. Cullen?"

"Sí. Fue lo mejor que me pudo haber pasado. Si me hubiera quedado en Dublín, de ninguna manera estaría respetuosamente casada con un terrateniente, con una bonita casa, y con planes de construir una gran mansión, y con tres hijas sanas."

Sarah buscó un lugar para sentarse. Los seis niños estaban jugando en el jardín y en el corral de la casa. Las chicas Cullen se habían hecho cargo de sus chicos y estaban ocupadas mostrándoles las maravillas de este nuevo lugar. "¿Puedo sentarme?"

"Por supuesto, Sra. Blay. Por favor, descansaremos aquí bajo el gomero fantasma."

Sarah averiguó enseguida por qué se llamaba 'gomero fantasma'. *La corteza es casi blanca, debe brillar a la luz de la luna.* Había notado el árbol al llegar, pero ahora, al sentarse debajo de él se sentía abrumada por una sensación de insignificancia. "Es un árbol magnífico, Sra. Cullen. Estoy asombrada por su grandeza."

"Sí, construimos la casa cerca de él para tener la sombra del verano. Pero desde entonces hemos aprendido que este tipo de árboles, los gomeros, pierden sus ramas de vez en cuando. Se caen cuando hay mucho viento. La nueva casa se construirá más lejos del alcance de las ramas de los árboles que caen. James no quiere cortarlo, así que trabajaremos alrededor de él. Pero, imagino que pedirle que se siente, es una consecuencia de que yo haya revelado mi pasado de convicta . Parecía sorprendida por mi revelación."

Sarah miró alrededor de la propiedad antes de hablar, viendo las señales de éxito. "Sra. Cullen, pensé que mi esposo obteniendo un puesto con usted y el Sr. Cullen era un resultado increíblemente bueno de la sentencia, pero me encuentro en el asombro de las personas que fueron enviadas al otro lado del mundo hace tanto tiempo, y que han tenido tanto éxito." Se apartó de la cara un rizo rebelde de su cabello.

"Bueno, Nueva Gales del Sur era principalmente una prisión, Sra. Blay. Sin embargo, aquellos de nosotros que estábamos dispuestos a trabajar duro y terminar nuestras sentencias, nos hemos quedado para construir una vida mucho mejor de la que podríamos tener en casa. Mi vida en Dublín no fue agradable. Fui acusada de robar un reloj de oro y un par de hebillas de plata de mi empleador, James Dogherty[1] (sic). El bastardo se salió con la suya muchas veces. Yo era una sirvienta de cocina en su gran casa, y estaba a su disposición. Era trabajar allí y someterse, o al asilo de pobres. Nos puso a todos en fila en su salón y no le gustó la forma en que lo miré, así que dijo que había sido yo quien había tomado sus cosas. La vieja Franny las había tomado , pero yo cargué con la culpa. Fui encontrada culpable y sentenciada a siete años."

Sarah sintió una profunda pena por la esposa del jefe de su marido. "Debió haber sido horrible para usted. ¿Cuántos años tenía?"

"Tenía 21 años cuando me condenaron y 22 cuando llegué a Nueva Gales del Sur en 1796. No fue tan malo. Había muchas chicas irlandesas en el *Marquis Cornwallis* y si estábamos preparadas para dar un poco de nosotras mismas, ya sabe lo que quiero decir, teníamos raciones extra y la oportunidad de dormir en una cabaña."

Sin darse cuenta, recuperó el aliento ante la revelación de Elizabeth Cullen, y a Sarah le resultó difícil visualizar a esta mujer como una pobre chica irlandesa culpable de robar a su empleador y ser sentenciada a siete años de deportación . Tampoco imaginó que la Sra. Cullen, que Sarah pensó que era más o menos de su edad, se entregaría a los marineros para obtener una ventaja. "Por favor, Sra. Cullen, no se sienta obligada a contarme su historia. Es sólo asunto suyo."

"Esto es Nueva Norfolk, Sra. Blay. Todos nosotros somos de la isla de Norfolk. Todos conocemos las historias de los demás, eso es lo que nos unió y nos mantiene unidos. Nada de lo que digo es un secreto."

"Después de escuchar sobre su situación pasada, su prosperidad es aún más sorprendente, Sra. Cullen. ¿Cómo fue que la enviaron a la isla de Norfolk que mencionó?"

"Otra extraña decisión, Sra. Blay. Fui una de las catorce chicas irlandesas enviadas a la isla de Norfolk desde Sydney Cove, con una rueca. Supusieron que nosotras, siendo irlandesas, sabríamos usarla para hilar lino. No protesté. No me gustaba el aspecto de Sydney Cove. Pero nunca había usado una rueca. Mi madre apenas podía alimentarnos, y menos aún tener dinero para comprar una pieza de lujo como una rueca. Pero fingí que sabía y me enviaron a la isla de Norfolk."

"Me asignaron a James y cuidé la casa y el jardín hasta que nació el bebé. No se sorprenda tanto, Sra. Blay. El marinero que me dio una cama y raciones extra en el *Marqués de Cornwallis* me dejó un recuerdo que pensé que estaría conmigo por algún tiempo. Le puse el nombre de William, pero murió unos meses después de nacer. Esa fue la parte más difícil de todas las cosas que pasaron. Estoy segura de que lo entiende. James y yo tuvimos un hijo juntos cuando yo todavía era convicta; lo llamamos Stephen[2]. Pero como mi William, no estaba destinado a este mundo, o a la isla de Norfolk, y murió antes de su primer cumpleaños. James estaba angustiado. Tuvimos tres hijas después de eso. No creo que James se haya recuperado de la pérdida de su único hijo. Un hombre no puede pasar las concesiones de tierras a sus hijas."

Sarah extendió la mano y abrazó a Elizabeth Cullen. Casi esperaba que se alejara, pero aceptó el abrazo. "Estoy tan triste por usted y su marido, Sra. Cullen."

"Fue hace mucho tiempo, Sra. Blay. Como puede ver, tenemos tres hijas sanas. Si me hubiera quedado en Dublín, no creo que hubiera sobrevivido. El patrón me habría hecho quedar embarazada y me habría enviado al asilo donde la criatura y yo probablemente habríamos muerto. Ser acusada de robarle y ser deportada , a pesar de que he perdido dos hijos, fue lo mejor que pude haber hecho. Vivo mi vida sin lugar para arrepentimientos, Sra. Blay. Y espero que usted y su marido puedan decir lo mismo, con el tiempo."

. . .

Aunque los niños estaban en cama, Sarah no estaba segura de que estuvieran dormidos. Añoraba las caricias de su marido y le indicó con el giro de su cabeza, que debían salir. Le rodeó el cuello con los brazos y le dio la bienvenida a sus labios cálidos cuando se encontraron con los suyos. Su hombría se irguió rápidamente y ella sintió la humedad entre sus piernas que no había estado allí durante dos años.

"¿A dónde podemos ir?" ella imploró.

"Podemos ir a mi cuarto en el establo, le pediré a Tedder que nos deje un rato."

A Tedder le llevó unos segundos darse cuenta de por qué Blay quería el espacio. Salió de su catre, se puso sus botas, pantalones y chaqueta, y se apresuró a la caseta del caballo; asintiendo en dirección a Sarah.

Se sonrojó, no estaba segura de si era la vergüenza o la necesidad dolorosa que sentía.

A medida que se revelaba la desnudez de Blay, se excitaba aún más. *No recuerdo haberme sentido así antes. Quizás es porque ha pasado mucho tiempo.*

En lugar de levantarse el vestido, como en su vida anterior, se lo quitó y se acostó en el catre con sus enaguas. El cuerpo de Blay era firme, musculoso y del color de la arena dorada. La ayudó a quitarse las enaguas, besando su cara, apretando y besando sus pechos, frotándose en su estómago. Ella arqueó su espalda mientras su hombría la penetraba por primera vez en dos años. Le dolió un poco, pero estaba decidida a no dejar que se estropeara el momento. Sus piernas rodearon su espalda mientras su ritmo aumentaba, y sus brazos rodearon sus hombros - sintió cicatrices en su piel - muchas cicatrices en su piel, como rayas. *Preguntaré más tarde.* Quería gritar con placer pero se mordió el labio para que nadie la oyera. Blay gruñó y gimió con cada movimiento de su cuerpo. Un sentimiento que nunca había tenido, en sus once años de matrimonio, la superó, gimió con placer mientras su cuerpo convulsionaba un poco y el placer llegó a su clímax. Blay se desplomó sobre ella, jadeando y sudando.

Tedder esperó en el establo de los caballos. Sabía que Blay y Sarah intentaban guardar silencio, pero los sonidos de la lujuria, el amor y la alegría despertaron en él sentimientos que hace mucho tiempo habían estado sofocados. Se imaginó a Bagram Simeon, de rodillas en el carruaje, desabrochando los pantalones de Tedder, acariciando su hombría y tan pronto como se ponía firme y erguida, poniéndola en su boca y lamiendo y chupando. Vio al malvado anciano mirándolo , desde su posición en el suelo del vagón, esperando que James se sintiera satisfecho. Se sintió con asco y tembló al recordar que se esperaba que hiciera lo mismo con Simeón. No había estado con una mujer, nunca. Esperaba que cuando encontrara a alguien, su relación amorosa no se viera empañada por el recuerdo de Bagram Simeon. Quería que fuera como sonaba la de James y Sarah Blay.

32

NUEVA NORFOLK, NUEVA VIDA

Los chicos se levantaron al amanecer, acosando a Sarah por el desayuno. No había hablado con su marido o la Sra. Cullen sobre los arreglos para las comidas asumiendo que se esperaba que mantuviera a su propia familia. Miró alrededor de la casa de campo, notando los detalles que se le habían pasado ayer. Las dos habitaciones estaban bien proporcionadas, el dormitorio tenía dos camas dobles, una cómoda con una jarra y un tazón y cajones, y una alfombra cuadrada de lana tejida. *Una parte de la ropa de los chicos tendrá que permanecer en el maletero.* La cocina tenía una gran chimenea que dominaba la mayor parte de la pared contra la que estaba. Colgando de la horquilla sobre el fuego había una tetera lo suficientemente grande para mantener el agua caliente durante la mayor parte del día. Colocada cuidadosamente en el fogón había una gran olla de hierro fundido y una sartén. Una gran mesa estaba en el centro de la habitación con dos bancos a cada lado. Mucho espacio para los cinco. "Espacio para todos nosotros. Con suerte, James podrá comer con nosotros." dijo en voz alta. Había mecedoras a ambos lados de la chimenea. En un aparador había vajilla y cubiertos. "Qué casa tan encantadora."

"¿Qué hay para desayunar, mamá?" preguntó John. Miró con esperanza a Sarah, esperando una respuesta que lo entusiasmara.

"No lo sé. Tendré que preguntarle a papá dónde está la comida."

"Hay comida en los gabinetes. Hay huevos y pan y hay leche en esa jarra," le informó James Jr. "Miramos por aquí anoche cuando tú y papá fueron al establo."

Su rostro se volvió rojo brillante y lo cubrió yendo al fuego para buscar la tetera. Envió a James afuera para que llenara la tetera con agua mientras ella avivaba el fuego. Los otros dos chicos ayudaron con los huevos y el pan. "¿Dónde está papá? ¿Viene a desayunar?" preguntó John.

"No lo sé, John. Puede que ya esté trabajando."

"Pero no ha desayunado. Estará hambriento trabajando sin desayuno."

John parecía angustiado por los horarios de comida de su padre.

"Podría haber desayunado en la casa principal, John," explicó Sarah. "Especialmente si tiene que empezar a trabajar temprano."

Con John aparentemente satisfecho con la explicación. Sarah ayudó a James con la tetera. Tomaría un tiempo para hervir y ella realmente quería una taza de té. En el futuro la dejaría sobre las brasas calientes.

"¿Vamos a ir a la escuela?" William quería saber.

Sarah tenía que organizar todo . Hablaría con la Sra. Cullen sobre la escuela, la comida y los arreglos que su marido tenía con el Sr. Cullen para el trabajo. Quería saber cómo podría obtener su propia tierra para cultivar y construir una casa.

No hubo señales de Blay durante o después del desayuno. Sarah hizo que los chicos se lavaran, vistieran y tendieran las camas.

Catherine Cullen llamó a la puerta de la casa, "Mamá dijo

que viniera a la casa, Sra. Blay, para que pudiera hablar de lo que hay que hacer". Se fue sin esperar una respuesta.

"Voy a la casa principal, chicos. Desempaquen su ropa del maletero, pónganlas en montones en las camas, un montón de cada quien, y las guardaremos cuando vuelva. Saquen sus objetos especiales y guárdenlos en los cajones."

Elizabeth Cullen saludó a Sarah: "Buenos días, Sra. Blay. Confío en que usted y los niños hayan encontrado la casa adecuada."

"Gracias, Sra. Cullen. Es encantadora. No puedo agradecerle lo suficiente."

Elizabeth asintió. Le pidió a Cook que le preparara a Sarah una taza de té, mientras se acomodaban en la mesa de la cocina. El té se sirvió en tazas y platillos de porcelana que no coincidían, la tetera tenía la tapa rota, pero el pico y el mango estaban intactos. Hacía juego con uno de los platillos. Elizabeth notó que Sarah miraba la vajilla.

"No tenemos acceso a mucho aquí, Sra. Blay. Debemos arreglárnoslas. La vajilla es de las pertenencias de uno de los colonos libres que murió a principios de sus años aquí. La trajo de Inglaterra con ella, junto con toda su ropa y muebles finos. Su marido lo vendió todo cuando ella murió y volvió a Inglaterra."

Sarah estaba encantada de beber su té de una taza de porcelana, no importaba de dónde viniera o lo mal que estuviera. "Es encantador, Sra. Cullen. Es té, en una taza de porcelana, lo disfrutaré."

La cocinera notó que las dos mujeres tenían más o menos la misma edad, aunque los largos viajes de la Sra. Blay le habían dado un aspecto más maduro. Parecían llevarse bien y estaban charlando amistosamente cuando ese horrible niño, el mayor, llegó a la puerta de la cocina.

"¿Qué pasa, James?" Sarah preguntó.

"¿Qué vamos a hacer mientras estás aquí hablando?" Elizabeth y Cook miraron fijamente a Sarah esperando que respondiera a la insolencia.

"Sra. Cullen, Cook", dijo Sarah. "Por favor, discúlpenme."

Sarah salió de la cocina y llevó a James afuera, se paró junto a él, con las manos en las caderas y los pies ligeramente separados, mirando hacia abajo, con la intención de intimidar.

"No te atrevas a interrumpirme así. Esta gente ha sido lo suficientemente amable como para darnos un lugar para vivir. Mostrarás respeto," siseó. Su mano subió delante de su cara justo cuando James estaba a punto de responder. "No quiero que hables. Ve y siéntate allí bajo ese árbol y espera hasta que esté lista para discutir nuestros planes para hoy y los demás días."

James vio a su madre volver a la cocina. Continuó recordando la injusticia de ser arrastrado al otro lado del mundo en contra de su voluntad, de que su padre fuera la causa de que abandonaran su hogar, de que dejaran Inglaterra, de sus planes para dejar este lugar. Odiaba a su madre por haberlo traído aquí.

"Pido disculpas por la interrupción, Sra. Cullen", dijo Sarah, terminando su taza de té.

"¿Todo está bien, Sra. Blay?"

"Eso espero. Él es una preocupación para mí y mi marido, cambió cuando su padre fue condenado y sentenciado a ser deportado . Ahora está siempre enfadado, es cruel con sus hermanos, desobediente e insolente, esto último lo acaba de presenciar."

Elizabeth le dio una palmadita en la mano a Sarah para tranquilizarla. Pasaron la siguiente hora revisando los arreglos de la vivienda para Sarah, los chicos y Blay. Blay desayunaría y comería en la casa principal con los Cullen, Tedder y Roger Gavin. Cenaría con su esposa e hijos y se quedaría en la casa de campo con ellos cada noche. Sarah tendría que abrir una cuenta en los almacenes del gobierno para sus suministros, y liquidar la cuenta al final de cada mes. Elizabeth le aseguró a Sarah que Tedder organizaría el papeleo por ella. Sarah también tendría que ofrecer algo de ayuda en la casa de los Cullen para tener ganancias para su casa y sus hijos.

"Sugiero, Sra. Blay, que empiece una huerta, le dará a los chicos algo productivo que hacer además de proporcionarles sustento. Tal vez debería conseguir algunas gallinas y una cabra para la leche. Los chicos también pueden ayudar a cocinar. Y pueden ayudar a Roger Gavin, cuya principal tarea es mantener los jardines alrededor de la casa."

"¿Puedo preguntar dónde está la escuela, Sra. Cullen?"

"No tenemos un edificio escolar en Nueva Norfolk, Sra. Blay. Algunas mujeres educan a sus hijos en casa durante parte del día, y algunos profesores establecen clases en sus propias casas. No sé leer ni escribir, así que no puedo hacerlo con mis hijas. El Sr. Cullen dice que las niñas no necesitan una educación formal. Tiene a nuestras hijas ocupadas haciendo sus tareas alrededor de la granja, tanto en los jardines como en el interior aprendiendo a coser y a cocinar. Sofía se casará en enero del año que viene cuando cumpla 16 años. Se casará con William Rayner Jr. Su padre estuvo en el *Scarborough* en la Segunda Flota, y William Jr. nació en la isla de Norfolk como nuestras hijas. Parece sorprendida, Sra. Blay. Le dije que todos nosotros aquí en Nueva Norfolk teníamos una historia común."

"Creo que estaré sorprendida por algún tiempo sobre

cuántos de sus amigos comenzaron una nueva vida desde un duro comienzo, Sra. Cullen. Pero aunque mi marido sigue siendo un convicto, él y yo queremos que los chicos continúen su educación. James Jr. tiene once años y le falta otro año con la escuela. John aún no ha empezado, y William llevaba dos años en la escuela cuando nos fuimos de Londres. Los tendré haciendo lecciones en las mañanas después de sus primeras tareas."

Sarah preguntó si a Elizabeth le gustaría que le enseñara a las niñas también. La Sra. Cullen argumentó que Catherine y Sophia ya lo habían hecho, pero la menor Betsy podría unirse si el Sr. Cullen accedía.

La vida de Sarah comenzó a tener una semblanza de normalidad en este lugar, donde su marido era un convicto y contratado para trabajar para otro hombre. Ella y los chicos establecieron un gran huerto en la parte trasera de la casa donde el sol brillaba desde el norte y besaba los nuevos brotes mientras se asomaban desde el suelo fértil. La cabra proporcionaba leche la mayoría de los días, y las seis gallinas ponían suficientes huevos para las necesidades semanales. Hizo de la cabaña un hogar y pasó cada noche en los brazos de su marido, repitiendo la pasión y la alegría de su primer encuentro en Nueva Norfolk.

James Jr. parecía haber aceptado su suerte y había reprimido su ira, aunque en ocasiones Sarah lo veía hervir a fuego lento dentro suyo . Había intercambiado verduras y huevos por libros con algunos de los otros colonos y asignaba dos horas cada mañana y una cada tarde, para educar a sus hijos y a veces, a la Srta. Elizabeth Cullen.

33

LA NUEVA VIDA DE TEDDER

James Tedder se sentó a cenar con la familia Cullen, Blay y Roger Gavin. Miró tímidamente a Catherine Cullen, sentada enfrente. Ella lo pateó debajo de la mesa y se rió en voz alta mientras él saltaba y derramaba comida en el suelo. Comentando lo rojo brillante de su cara, Catherine lo regañó y dijo que tendría que comerse los guisantes de todas formas.

"Lo sé, Srta. Catherine, gracias."

"Déjalo en paz, Catherine." regañó Elizabeth Cullen. "Tiene hambre y quiere comer."

"Tedder," dijo el Sr. Cullen al otro lado de la mesa, "las bodegas están tranquilas hoy, cerrarás la puerta después de la cena y ayudarás con la construcción de la casa esta tarde. Tenemos que levantar algunas maderas pesadas."

Blay caminó hasta la casa que alquilaba a los Cullen para cenar con su esposa e hijos.

"¿Has tenido la oportunidad de notar lo enamorado que está Tedder de la Srta. Catherine?" le preguntó a Sarah.

"Sí, me di cuenta el primer día. Él está muy entusiasmado

con ella. Es una mujer joven y directa, muy parecida a su madre. Tedder debe estar pensando en el matrimonio, ¿no crees? Especialmente con Sophia que ahora vive con su nuevo marido."

Terminada la cena en la casa principal, Tedder hizo las despedidas habituales y caminó hacia el establo donde él y Roger Gavin tenían sus habitaciones. "James, James", llegó un susurro desde la línea de árboles que separaba la casa de los corrales de ganado. Su corazón se aceleró para coincidir con sus pasos. Tedder se dirigió hacia el susurro.

Catherine lo abrazó y lo tentó para que la besara. Él había estado esperando este momento durante meses y ahora estaba vacilante y cauteloso. "¿Y si alguien nos encuentra?"

Dejando de lado sus preocupaciones, ella dijo: "Le dije a mi madre que iba a ver a Sophia. Sophia mentirá por mí si se lo piden. Ella está embarazada y no puede ser molestada con mis juegos como ella los llama. Estaremos bien."

"¿Has hecho esto antes?"

"No, tendrás que enseñármelo."

"No puedo mostrártelo, tampoco lo he hecho antes."

Catherine se rió. "Bueno, entonces tendremos que mostrarnos el uno al otro, ¿no?"

"¿Qué pasará si te quedas embarazada? Tu padre hará que me azoten."

Puso su dedo en sus labios para que dejara de hablar y levantó su rostro hacia él. Él le acarició el cuello y la besó con una pasión que nunca antes había sentido. Ella despertó en él sentimientos que se demostraron en la repentina erección de su hombría. Levantando sus faldas, ella lo jaló entre sus piernas. Ella se rió de nuevo. Él se preguntó si ella no estaba segura de continuar. Se acostaron en el suelo húmedo entre los árboles, con la barrera de riego ocultándolos de la casa principal. Él puso su mano en su falda y la acarició, sin saber qué hacer a continuación. Ella tomó su dedo y lo guió dentro de ella. Él gimió, ella echó la cabeza hacia atrás y gimió también. Ella estaba mojada y caliente; él movió su dedo arriba y abajo, sin querer herirla, pero sin querer detenerse. Usando una mano, ella le desabrochó los pantalones, sacó su hombría y la apretó entre sus dedos. Lo arrastró hacia ella, levantando sus faldas alrededor de sus pechos y revelando lo que ocultaba bajo las capas de tela. Tedder se colocó encima de Catherine, y ella guió su hombría hacia ella. Él se balanceó de arriba a abajo, y ella movió su cuerpo con él. Ella gritó muy silenciosamente y le dijo a Tedder que le había quitado su virginidad.

"Sé gentil ahora," dijo. "Me duele un poco, pero Sophia me dijo que era de esperar."

Tedder estaba acostado de espaldas junto a Catherine jadeando, con toda la energía gastada. Ella le sonrió. "Tendremos que hacer esto de nuevo." bromeó.

"Sí, lo haremos, Catherine, pero me temo que debo pedirle a tu padre tu mano en matrimonio. No quiero que me azoten."

Ayudando a Catherine a levantarse, la ayudó a alisar su cabello y sus faldas. Ella lo besó suavemente en los labios y volvió a la casa principal. Viéndola irse , se dio cuenta de que no había pensado en Simeón. Él sonrió.

Tedder durmió bien, revivió el alegre tiempo que había pasado con Catherine una y otra vez. Su hombría reaccionaba cada vez que lo recordaba.

"Tedder," dijo el Sr. Cullen durante el desayuno. 'Cerrarás las bodegas durante la cena hoy. Necesito que nos ayudes a Blay, Gavin y a mí con las maderas pesadas de nuevo, para la nueva casa."

Tedder esperó la oportunidad de hablar con el Sr. Cullen cuando Blay y Roger Gavin ya no escuchaban. "Sr. Cullen, me gustaría hablar con usted, señor, después de la cena de esta noche, si me permite."

Cullen apartó el sombrero de sus ojos y miró intensamente a Tedder. No dijo nada.

"Gracias, señor," dijo Tedder con esperanza. "No lo retendré mucho tiempo."

Durante la cena, Catherine le sonrió a Tedder y frotó su pie contra su pierna bajo la mesa, en lugar de patearlo.

"Sr. Cullen, sé que todavía tiene quince años, pero le pido permiso para casarme con Catherine cuando cumpla los dieciséis."

"Sí, los hemos estado observando a los dos. Pero, eres un convicto, Tedder. No sólo pedirán mi consentimiento, sino que el Vicegobernador, Thomas Davey, tendrá que dar permiso también. ¿Cuánto tiempo hasta que se complete su sentencia?"

Tedder se puso nervioso y jugó con los botones de su chaqueta. "Fui sentenciado en octubre de 1810, señor, pero nos dijeron que nuestra sentencia comenzó cuando llegamos a Nueva Gales del Sur, no cuando el juez golpeó su mazo en el banco."

"Así que llegaste en 1812, y ahora es 1815. Me imagino que te quedan cuatro años para terminar. Tendré que hablar con Elizabeth. Ella es más responsable que yo de las chicas. Buenas noches, Tedder."

Tedder le dio las buenas noches al Sr. Cullen y se volvió hacia los establos. No quiso ver a Catherine esta noche. Le susurró cuando trajo agua por la tarde, que se sentía adolorida y que descansaría. Le preocupaba que la hubiera lastimado, pero ella le aseguró que Sophia dijo que era bastante normal.

"La veré mañana y le diré que le he preguntado a su padre sobre nuestro matrimonio."

Podía sentir la tensión en la cocina cuando llegó a desayunar. "No te sientes Tedder," ordenó el Sr. Cullen. 'Cerrarás las tiendas en la cena de hoy, como ayer, y ayudarás con la construcción de la nueva casa. Enviaré un mensaje a Nueva Norfolk diciendo que las tiendas están abiertas desde el desayuno hasta la cena, mientras el clima siga siendo bueno. Cuando llegue el invierno, la construcción será más lenta, y volverás a las tiendas. Ven a la sala un momento, por favor, Tedder."

Alisando su cabello, y tirando de sus pantalones para que se estiraran correctamente, Tedder miró con preocupación a Blay y siguió al Sr. Cullen a la sala. Catherine y la Sra. Cullen estaban sentadas en el sillón. Él gesticuló con la cabeza, saludando a cada mujer por turno.

Sin ofrecerle un asiento, el Sr. Cullen dijo: "Catherine dice que está interesada en casarse contigo, Tedder. Sin embargo, la Sra. Cullen y yo insistimos en que esperes hasta que tenga dieciséis años. Podrás casarte con ella en agosto del próximo año. Eso es si consigues el permiso del Vicegobernador. Eso es todo, ve y abre las tiendas."

Tedder tarareó toda la mañana. Saludó a sus clientes con una gran sonrisa y se esforzó por satisfacer todas las peticiones.

34

EL NUEVO APRENDIZ

1815

"Tiene doce años, Sarah. Es hora de que se vaya a trabajar. En Inglaterra, ya habría estado trabajando al menos dos años."

Sarah quería gritar en la cara de su marido que ya no estaban en Inglaterra y que las cosas que se aplicaban allí, no se aplicaban aquí. Pero sabía que su marido tenía razón, especialmente sobre James Jr. En los dos años que habían vivido en Nueva Norfolk no se había acoplado bien. No había causado ningún problema desde el robo del dinero, pero era poco amable con las chicas Cullen y cruel con sus hermanos, especialmente con John. El Sr. William McCormack estaba dispuesto a encargarse de él, así que debía ir a Hobart Town.

James Jr. empacó sus cosas en la misma bolsa que había traído de Inglaterra dos años antes. Escondido bajo el vulnerable exterior del niño había un chico enojado que deseaba alejarse de sus padres y de la granja en la que vivían. No era un granjero y no quería serlo nunca. Sus planes de viajar a casa a Inglaterra se vieron frustrados cuando llegó la noticia del fallecimiento de su abuela. No quedaba nadie allí para él. Tendría que esperar ahora hasta que hubiera ahorrado suficiente dinero, tuviera un oficio y pudiera hacer su propio camino. Entonces se iría a casa.

Sarah Blay abrazó a su hijo mayor. "Sigue las instrucciones del Sr. McCormack y pronto tendrás un oficio como papá. Iremos a verte y podrás visitar a tus hermanos y a nosotros."

James Jr. no estaba interesado en ver a ninguno de ellos muy a menudo, pero sabía que tenía que jugar el papel. Abrazó a su madre y se despidió de sus hermanos. Agradeció a los Cullen por el alojamiento, inclinó su sombrero ante Catherine especialmente, y se subió al pequeño bote que él y su padre llevarían a Hobart Town.

"¿Cuándo volveremos a ver a James?" preguntó John.

"Pasará algún tiempo, tiene que instalarse y empezar a aprender su oficio antes de que tenga tiempo de venir a vernos." Sarah estaba orgullosa de su hijo mayor en ese momento, pero el orgullo estaba teñido de cierto alivio de que se libraría de su comportamiento difícil.

Blay entregó su hijo mayor a su nuevo patrón, el Sr. William McCormack en Hobart Town. Le sorprendió la naturaleza despreocupada del empleador, y aunque le agradó que James Jr. fuera aprendiz de zapatero, Blay sintió el dolor de la decepción de que no fuera él quien enseñara el oficio a su hijo.

"Gracias, Sr. McCormack, por encargarse de mi chico. Tiene

la fortuna de conseguir un aprendizaje en la tierra de Van Diemen."

"Sí, Sr. Blay, no hay muchas oportunidades aún, pero éstas aumentarán a medida que lleguen los colonos libres. Creo que usted también fue zapatero en Londres."

"Sí, señor, mucho antes de cometer los errores de juicio que me enviaron a este lugar," explicó Blay.

"Su hijo será cuidado aquí, Sr. Blay. Si sigue las instrucciones y cuida sus modales, nos llevaremos bien. Despídete de tu padre, joven James, debe volver a Nueva Norfolk."

James Jr. se acercó a su padre con la mano extendida indicando que un apretón de manos era preferible a cualquier muestra de emoción.

Blay estrechó la mano de su hijo y le dio una palmadita en la cabeza. Se limpió los ojos muchas veces en el camino hacia el río.

35

PADEMELONES

PADEMELON DE TASMANIA, THYLOGALE BILLARDIERI

El pademelón es un animal fornido con una cola y piernas relativamente cortas para ayudar a su movimiento a través de la densa vegetación. Su color va del marrón oscuro al marrón grisáceo en la parte superior y tiene el vientre marrón rojizo. Los machos, que son considerablemente más grandes que las hembras, tienen un pecho y antebrazos musculosos, y alcanzan hasta 12 kg de peso y de 1 a 1,2 m de longitud total, incluyendo la cola. Las hembras tienen un promedio de 3,9 kg de peso. El inusual nombre común, pademelón, es de derivación aborigen. A veces también se le conoce como el walabí rufo.

Los pademelones son solitarios y nocturnos, pasando las horas de luz del día en la espesa vegetación. La selva tropical y el bosque húmedo es el hábitat preferido, aunque también utilizan barrancos húmedos en el bosque seco y abierto de eucalipto. Este hábitat, junto a las zonas despejadas donde se pueden alimentar, es especialmente favorecido. Después del atardecer, los animales se desplazan a esas zonas abiertas para alimentarse, pero rara vez se alejan más de 100 metros de la seguridad del bosque.

La especie es abundante y está extendida por todo el estado de Tasmania. Se ve comúnmente alrededor de muchos de los parques nacionales del estado.

www.parks.tas.gov.au

James Blay lloró de vez en cuando en el camino desde Hobart Town a Nueva Norfolk. No tenía en cuenta la opinión de la gente sobre él en este día, cuatro años de frustración finalmente encontraban una liberación. El último año no había sido tan malo, con Sarah y los chicos con él, pero a la hora de la verdad, seguía siendo un convicto. Y por eso, sus hijos no aprenderían su oficio de él. *Un extraño le está enseñando a mi hijo mi oficio.*

Sarah lo vio venir y corrió hacia la orilla del agua, jadeando, con la cara llena de marcas de lágrimas secas. "William ha desaparecido."

"¿Qué?"

"Betsy Cullen lo vio hace tiempo persiguiendo algunos pademelones. Nadie lo ha visto desde entonces."

"¿Cuánto tiempo hace de eso?" preguntó Blay.

"Justo después de la cena. Pronto oscurecerá, James, y está haciendo frío por la noche."

Blay se quitó el sombrero y se echó el cabello hacia atrás. Poniendo el sombrero donde correspondía, miró con preocupación a Sarah. "¿Quién lo está buscando?"

"El Sr. Cullen envió a Roger y Tedder en la dirección que Betsy señaló, y Robert Bishop ha tomado un camino diferente. Pronto oscurecerá, James."

"Lo sé, ya lo dijiste. Muéstrame por qué camino se fueron Roger Gavin y Tedder."

. . .

La cocina de los Cullen tenía a Sarah, Cook, Elizabeth Cullen, Catherine, Betsy y John en su reconfortante abrazo. John estaba lloriqueando. Sarah le regañó: "Deja de llorar, John. Eso no ayuda."

Tomando la mano de John, Cook lo llevó al fuego, "Puedes ayudarme a preparar la cena, John." El niño se limpió los ojos, se sentó en una mecedora y comenzó a quitar guisantes de las vainas.

Sarah vigiló la puerta de la cocina mientras los hombres volvían de su búsqueda. William no estaba con ellos.

"Tendrá frío esta noche," le dijo a Blay. "¿No puedes seguir buscando?"

"¿Cómo espera que hagamos eso, Sra. Blay?" el Sr. Cullen preguntó. "No podremos ver. No me arriesgaré a que nadie más desaparezca. Continuaremos al amanecer. Es un chico listo, debería encontrar un refugio bajo los árboles y en la maleza."

"Tal vez un pademelón lo mantenga caliente," dijo John.

Sarah se sentó toda la noche junto al fuego, preocupándose por sus hijos. Esta era la primera noche en la que James Jr. estaba lejos de ella - sin contar la vez que había desaparecido en Río de Janeiro - y William nunca había estado solo.

Blay se fue a la cama, había tenido un día emotivo entregando a su hijo mayor al zapatero en Hobart Town, y luego buscando al chico del medio. A pesar de la ansiedad que sentía por la desaparición de William, durmió unas horas.

Anunciando su llegada, Robert Bishop llamó a la puerta de la cabaña al amanecer. Sarah se había quedado dormida en algún momento, con el cuello adolorido por dejar su cabeza colgando en el pecho. Su boca estaba seca, y estaba segura de que se veía tan desaliñada como se sentía.

Bishop abrió la puerta y metió la cabeza en la habitación cálida. "Vengo a buscar a Blay, señora. Empezaremos en unos minutos, está cerca el amanecer."

Al oír a Bishop, Blay se levantó de la cama, se salpicó la cara con agua y se puso las botas y la chaqueta. "Estoy listo, Sr. Bishop. Sigamos nuestro camino." Besó a Sarah en la cabeza y cerró la puerta tras él.

No había nada que hacer, Sarah tendría que esperar a tener noticias. Se mantuvo ocupada durante el día con la huerta, John, y otras tareas alrededor de la casa. La Sra. Cullen le trajo unas galletas y té a media mañana y llevó a John a la casa con la promesa de que podría ayudar a Cook.

El grupo de búsqueda regresó al atardecer; William no estaba con ellos. Sarah cayó de rodillas cuando vio al grupo caminando por el patio de la casa, con las cabezas inclinadas.

"Lo encontraremos mañana, señora", aseguró Robert Bishop. "Hay más gente de por aquí que vendrá a ayudar en la búsqueda."

La Sra. Cullen hizo que Cook preparara la cena para los Blays, y Catherine y Betsy la entregaron en la casa de campo. Sarah dejó que su marido les agradeciera, ella estaba entumecida por la angustia.

"Esta es la segunda noche. Ha hecho tanto frío," le susurró Sarah a su marido mientras él la sostenía en la cama. "Si no encontramos a William, James Jr. se perderá para siempre. No me perdonará por haberlos traído aquí."

"No encontrar a William no hará diferencia, Sarah," respondió Blay. "James Jr. no nos perdonará a ninguno de los dos, no importa lo que le pase a él o a nosotros."

Blay sostuvo a su esposa hasta que reconoció los sonidos

del sueño. Se levantó y se sentó en la mecedora junto a la chimenea, removiendo el fuego cada pocos minutos, moviéndolo con el atizador hasta que tomó fuerza con agresivas llamas naranjas.

Lavado y organizado antes de que Robert Bishop llamara a su puerta, Blay dejó la casa de campo, para buscar de nuevo a su hijo mediano.

Catherine Cullen transmitió el mensaje a Sarah de que ella y John debían venir a la casa principal. La cocinera tenía el desayuno preparado, pero Sarah no tenía apetito. Vio a John devorar los huevos y el pan.

"Se ha hablado de algunos nativos en la zona, Sarah," comenzó la Sra. Cullen. "No quiero alarmarla, pero no sabemos con qué estamos tratando. No han causado problemas en nuestra granja, pero otros han matado ganado con las lanzas y otras armas. Si tu William ha vagado por su terreno, puede que se haya encontrado con un final prematuro. El Sr. Cullen pensó que debería estar preparada."

Sarah no había considerado que William podría estar herido o muerto a manos de los nativos. Dobló los brazos sobre la mesa y apoyó la cabeza. No quería que la Sra. Cullen viera cómo el color se le iba de la cara.

La mañana se convirtió en otra tarde, los temores de Sarah alimentaron su imaginación, estaba segura de que William estaba probablemente perdido en un acantilado en algún lugar o asesinado por los nativos. Puso su mano sobre su boca y salió corriendo, pero no sofocó el vómito.

"Mamá, ¿estás bien?" William estaba de pie cerca de la puerta de la cocina, como si tuviera miedo de entrar en la casa. Al ver la difícil situación de su madre, se acercó a ella y le ofreció sus brazos como consuelo. Sarah se aferró a su hijo mientras llamaba a la Sra. Cullen.

"¡Oh, Dios! ¿De dónde vienes, joven William? ¿Sabes que toda Nueva Norfolk te está buscando? Entra, pareces sucio y cansado," dijo Elizabeth Cullen.

Cook preparó algo de comida y bebida mientras William contaba su historia. Todavía la estaba contando cuando los hombres regresaron de su búsqueda. La cocina de la casa temporal de los Cullen estaba llena, y Cook se apresuró, asegurándose de que todos tuvieran comida y bebida. John estaba a su lado siguiendo órdenes y cuidando de los visitantes

Al ver a su hijo mediano a salvo, James Blay le prometió a Dios que iría a la iglesia todos los domingos. Como parte de su contrato con los Cullen, se le exigió que asistiera a la iglesia, pero se las arregló para evitarla con frecuencia.

"Vi muchos pademelones, más de los que había visto nunca, estaban todos juntos, con las *crías* en sus bolsillas," comenzó William. "Sólo habíamos visto uno o dos, pero estaban comiendo todos juntos. Sólo quería ver a una *cría* saltar en la bolsa. Caminé hacia ellos. Cuando me vieron saltaron, así que los seguí. Me perdí. No sabía el camino de vuelta y estaba oscureciendo. Empecé a llorar. Me senté bajo un gran árbol y traté de mantenerme caliente."

"Un hombre negro y dos chicos se acercaron y me picaron con un gran palo, saltaron hacia atrás cuando grité que me dolía. Estaba muy asustado. Quiero decir, sabía que vivían en el monte, pero no habíamos visto ninguno, ¿verdad? Uno de los chicos extendió su mano, tenía bayas. No sabía si quería que las tomara , pero tomé una. Todos se rieron de mí. El chico se metió todas las bayas en la boca a la vez. Se fue al monte y volvió con algunas más que me ofreció. Esta vez tomé todas las que pude y me las llevé a la boca; eran muy dulces. Le dije gracias. Me asintieron con la cabeza. Un chico usó sus manos para decirme que los siguiera. No sabía si debía ir con ellos, pero hacía frío, y sólo tenía mi chaqueta y el árbol, así que fui con ellos."

"Me llevaron a su campamento. Las madres y las abuelas estaban cocinando, y los padres y los abuelos estaban cantando, todos se detuvieron cuando me vieron. Algunos de ellos no parecían felices de que yo estuviera allí. El padre y los chicos que me encontraron consiguieron que su madre me diera algo de comida, no sé qué era, pero sabía bien. Me pusieron en su cabaña, la habían hecho de ramas y hojas, y era cálida y acogedora. Me fui a dormir."

"Sabía que te preocuparías por mí, mamá, así que les pedí que me mostraran el camino a casa. Por supuesto, no me entendieron, y yo no los entendí. Tomé un palo y dibujé la granja de los Cullen en la arena. El padre que me encontró asintió con la cabeza. Señaló al sol y agitó su brazo a través del cielo. Me dejaron en su campamento con las madres, las abuelas y los niños pequeños y desaparecieron en el monte. Estuvieron fuera todo el día, trajeron enormes lagartos y serpientes que habían matado. Las madres y las abuelas comenzaron a preparar la comida. Pero mamá, había un hombre en una de las chozas, que tosía y se quejaba, parecía muy enfermo. Aplastaron unas hojas de un arbusto y las pusieron en un recipiente con agua y lo calentaron sobre el fuego, le hicieron respirar el humo de las hojas."

"A la mañana siguiente, el enfermo sonaba mucho mejor, no tosía tanto y estaba caminando. El padre y los hijos que me encontraron me trajeron de vuelta. Ahora han regresado a su campamento."

Sarah abrazó a su hijo y lo llevó a casa a su propia cama.

36

ASUNTOS FAMILIARES

1816

Elizabeth Cullen miró a su marido desde la mesa de la cocina. Esta mañana lucía como los 76 años que tenía y aunque parecía estar en forma y sano, se preguntaba si no le estaba ocultando algo. La mayoría de la gente se sorprendió al saber que James era 32 años mayor que ella, su apariencia ocultaba su edad. Sarah Blay había comentado que James tenía la espalda recta, los músculos bien definidos y lo fuerte que parecía. Pero Elizabeth notó que no parecía tan fuerte, perdía el aliento al levantar bolsas de maíz y trigo y se iba a la cama mucho antes de lo que solía.

"La nueva casa está saliendo bien, James. ¿Cuánto tiempo crees que pasará hasta que esté terminada?"

"Está tomando más tiempo del que quería, pero la prioridad es la granja, para que podamos comer."

"¿Estás seguro de que no estás haciendo demasiado? Después de todo, eres el Superintendente de las bodegas también."

"Las bodegas no son una preocupación, Tedder es bastante

competente y confiable. Todo lo que debo hacer es firmar su papeleo. Pero si Blay obtiene su ticket de permiso y una concesión de tierra tendré que solicitar otro trabajador convicto, de lo contrario, tu casa no estará terminada antes de que yo muera."

Elizabeth decidió dejar la conversación por ahora. No quería que James supiera que estaba preocupada por su salud. Su diferencia de edad le había molestado desde que cumplió 70 años, aunque había dicho ese día que no habría vivido tanto tiempo si se hubiera quedado en Londres, ni habría estado tan sano y feliz. Se alegró de que ella y las niñas y esta granja lo hicieran feliz. Sabía que no se arrepentía de haber estado con ella o de la vida que había dejado atrás en Inglaterra, pero tenía derecho a preocuparse.

"¿En qué estás pensando?" James preguntó.

"Nos imaginaba viviendo en la mansión que estás construyendo. Lo asombroso es que he pasado de ser una inútil sirvienta de cocina en la casa de un hombre rico en Dublín, a ser la dueña de mi propia casa en la Tierra de Van Diemen."

James Cullen se levantó de la mesa de la cocina, se inclinó y besó la frente de Elizabeth.

"Esto es lo que he querido para ti desde el primer día en la isla de Norfolk cuando te enviaron a mí - embarazada, vientre hinchado, piel pálida, pelo enmarañado, piojos, llagas en los brazos - y una hermosa sonrisa. Te amé desde ese momento."

Catherine entró en la cocina con una cubeta de leche de cabra cuando su padre se fue. Elizabeth se limpió las mejillas. "¿Estás bien, mamá? ¿Qué es lo que te ha molestado?"

"Nada me ha molestado, Catherine. Lejos de ello, estoy bastante feliz. Aunque estoy un poco triste por perder otra hija en unos pocos meses."

"No me perderás, mamá. Pero, mamá, me preguntaba dónde viviremos Teddy y yo cuando nos casemos. Porque aunque Teddy es un convicto, tiene que quedarse con papá. ¿Le pedirás a los Blays que dejen la casa de campo?"

"¿Quién es 'Teddy'?"

"Oh, así es como le llamo a mi James, mamá. Todos se llaman James, pero a papá es al único que le dicen así. No voy a llamar a mi James 'James' porque ese es el nombre de papá, y no voy a llamarlo Tedder. Le dije que lo llamaré 'Teddy'," le sonrió a su madre.

Elizabeth sonrió al razonamiento de su hija. Había pensado en los arreglos de vivienda para su hija mediana. James Tedder era un convicto y aunque tenía el permiso del Teniente Gobernador para casarse con Catherine, estaría obligado a permanecer asignado a su marido. "Papá y yo hablaremos de ello y veremos qué se puede hacer."

37

ORDENES

Sarah Blay leyó la carta que Robert Bishop había traído de Hobart Town. "Es de la Sra. McCormack," le dijo a su marido, "dice que William McCormack ha muerto, por lo que James Jr. ya no tiene empleo como aprendiz de zapatero."

"¿Qué vamos a hacer con el chico entonces?" preguntó Blay, sin esperar una respuesta. Sarah no dio ninguna.

"Hay más, James. Parece que el Sr. McCormack ha dejado una concesión de tierras a James Jr." Leyó la carta del abogado:

"Sepan todos los hombres por lo expuesto que J.G.H. Cummings Esquire de Hobarttown en la Tierra deVan Diemen siendo el profesionl asignado desde el fallecimiento del llamado William McCormack poseedor de toda esa asignación de terreno concedida por así dentro de Contrato o arrendamiento y que por y en consideración de veintisiete libras, seis chelines esterlinos ha negociado la venta y cesión y lo hizo por esos arreglos de negociación, vender la transferencia de cesión y poner a James Blay Junior de Hobarttown todos mis derechos de título e interés en y para la asignación de tierra para tener y mantener la misma para el resto de

*los saldos y el resto del plazo y para el progreso o hacer que
se pague el alquiler habitual de cinco chelines y seis
peniques.*

Firmado Geo H Cummings...
Febrero de 1816"[1]

Blay tomó la carta de Sarah y la leyó. "¿El chico tiene una
concesión de tierra? ¿Cómo es posible?"

"James Jr. puede ser elegante, dulce y educado cuando
quiere usar a la gente," Sarah se imaginó a su hijo mayor descu-
briendo el lado amable del personaje del Sr. McCormack y
jugando con él. "Puede ser agradable cuando ve alguna
ganancia para sí mismo," dijo ella.

"Debió ser muy agradable para los McCormack para que le
dejaran una concesión de tierras. Tendremos que traerlo aquí
para ver qué es lo se va a hacer."

James Jr. entró en la casa con un aire de superioridad que irritó
a Sarah y causó que John y William se alejaran de él. No corres-
pondió al abrazo de su madre, ni saludó a sus hermanos o a su
padre. Sentado, sacó el documento de arrendamiento relativo a
la tierra, de su bolsa y lo extendió sobre la mesa.

"La tierra está en Hobart Town. Aunque el Sr. McCormack
me la dejó, no puedo tomar posesión de ella por mi cuenta,
necesito que tú, madre, vengas a Hobart Town y firmes unos
documentos legales que determinen que la tierra es mía, y la
administrarás hasta que sea mayor de edad. Así que te mudarás
a Hobart y construirás una casa en mi tierra y la cultivaremos.
No sé qué te pasará, padre. Puede que tengas que quedarte en
la granja Cullen porque, después de todo, eres un convicto."

Blay apretó sus puños. Quería golpear al niño, pero no tuvo
que pensar en golpear a su hijo por más de un segundo o dos,

Sarah se acercó a James Jr., con los dientes apretados y la cara roja.

"No le hablarás a tu padre de esa manera. Te daré una bofetada como lo hice de camino a Portsmouth. No has crecido lo suficiente para que eso sea imposible, sólo tienes trece años."

"Trece con una concesión de tierra. Eso es algo que no tienes. Voy a trabajar esa tierra y ganar dinero y volveré a Inglaterra para alejarme de este lugar y de todos ustedes." Salió furioso de la casa de campo.

"¿Por qué no le dijiste que tienes tierras, Sarah?" preguntó Blay.

"Él es un extraño para mí. No quiero compartir nuestras buenas noticias con él. De todos modos, somos felices en Nueva Norfolk y su tierra está en Hobart Town." Sarah se estremeció por la actitud de su hijo y a juzgar por las miradas de sus rostros, también lo hicieron William y John.

"¿Tenemos que irnos de aquí, mamá?"

"Dejaremos la granja Cullen, William, pero no Nueva Norfolk. Tenemos algo de tierra para establecer nuestra propia granja. Tengo una concesión de tierra, suficiente para que podamos cultivar nuestros propios alimentos. Podremos llevarnos nuestros animales y tomaremos algunas plantas y vegetales para cultivarlos en nuestro propio jardín. Papá pondrá una gran tienda para que vivamos ahí mientras él, John y tú nos construyen una nueva casa. El gobierno le dará a papá su propia concesión de tierra cuando sea un hombre libre."

"¿Qué pasará con James Jr.?" preguntó William.

"Tiene su vida en Hobart Town, William, y encontrará trabajo hasta que tenga edad suficiente para tomar posesión de su propia tierra."

Sarah y su esposo se tomaron de la mano y caminaron juntos a la casa de los Cullen. Sarah tenía los documentos que había recibido del Vicegobernador en los que se describía el contrato de arrendamiento de la tierra y se le asignaba a su marido convicto para que lo mantuviera con comida, ropa y refugio. La familia Cullen acababa de terminar de cenar y se estaba instalando para sus actividades nocturnas. La cabeza de Betsy estaba inclinada sobre un libro que había comprado . Cada vez que un barco llegaba a Hobart Town traía cosas civilizadas de Londres, incluyendo libros, vajilla, ropa, mercería y periódicos - cuyas noticias ya no eran *noticia* - para cuando llegaban. Sarah animaba a Betsy a leer tan a menudo como podía. Catherine y Tedder estaban sentados en la galería delantera, tomados de la mano y mirándose el uno al otro.

Blay y su esposa se acercaron a la puerta de la cocina. "Buenas noches, Sr. Cullen, Elizabeth. Mi marido y yo tenemos algunas cosas que compartir si pueden sentarse con nosotros un rato."

"Por supuesto, Sarah, entra, iremos a la sala. James, enciende las velas, por favor," le dijo Elizabeth Cullen a su marido.

Blay nunca había estado en la sala de la casa de los Cullen, no había pasado más que a la cocina. Estaba de pie cerca de la puerta, esperando a ser invitado a sentarse por su jefe o la Sra. Cullen. Esto le hizo recordar la forma en que trató a su aprendiz en Spitalfields. El chico esperaba a ser invitado a sentarse a cenar y parecía fuera de lugar en medio de la vida familiar de Blay. Lamentaba no haber sido más amable con el muchacho.

Elizabeth Cullen le mostró a Sarah un asiento y se sentó en su silla favorita junto a la chimenea vacía. James Cullen se sentó en la silla opuesta a la de su esposa. Blay se quedó en la puerta.

"Entra, Blay, y siéntate junto a tu esposa," dijo Elizabeth.

"Gracias, Sra. Cullen."

"Me alegro de que estén los dos aquí," dijo Elizabeth. "James y yo teníamos algo que queríamos discutir con ustedes. Pero primero deberán decirnos qué es lo que tienen en mente."

Sarah les contó a los Cullen sobre la herencia de James Jr., y su decisión de dejarlo encontrar otro aprendizaje o trabajo en Hobart Town hasta que tuviera la edad de asumir la tierra legada.

"Somos felices en Nueva Norfolk y no tenemos deseos de vivir en Hobart Town," explicó Sarah. "Saben que el Vicegobernador me ha aprobado el alquiler de la tierra, sin embargo, puede que no les alegre saber que mi marido ha sido reasignado a mí."

Blay intervino: "Pero, Sr. Cullen, seguiré trabajando en su nueva casa hasta que le asignen otro convicto. Sarah, William y John vivirán en su nueva tierra en una tienda de campaña y organizarán los huertos y corrales. Trabajaré en una casa para mi familia en mi propio tiempo hasta que consiga ayuda. Blay respiró hondo, había estado temiendo este momento durante unos días."

"Gracias, Blay, lo agradezco," reconoció el Sr. Cullen. "Esto ha llegado en un momento oportuno, Sarah. Elizabeth y yo estábamos preocupados por los arreglos de alojamiento para Catherine y Tedder cuando se casen en agosto. En esta reunión, íbamos a avisarles que dejaran la casa a tiempo para la boda de Catherine, pero ya no es necesario. Hay cientos de convictos que llegan cada pocos meses, estoy seguro de que el Vicegobernador encontrará a alguien adecuado para nosotros en poco tiempo."

38

LA MEDICINA DEL ÁRBUSTO

"Papá dice que la casa grande no estará terminada a tiempo para la celebración de nuestra boda, Teddy."

"Eso no me concierne, Catherine," consoló Tedder, "nos casaremos en la misma iglesia en la que tus padres se casaron y volveremos a esta granja para la celebración. No importa si la nueva casa grande está terminada. Tu padre, Blay, Roger Gavin, Robert Bishop y yo no podemos trabajar más rápido. Se terminará a su momento. Sé que tu padre quiere que se termine, y a veces me pregunto si le preocupa morir antes de que se termine. Pero manejar la granja y las bodegas consume tiempo."

Acarició la cara y el cuello de Catherine con sus labios, mientras su mano desaparecía por sus faldas. Se habían vuelto adeptos a encontrar lugares apartados para sus citas, pero Tedder tenía la sensación de que la Sra. Cullen sabía de sus encuentros. Siendo un convicto, tenía pocos derechos, y si la Sra. Cullen se encargaba de que los siguieran, podía ser azotado y enviado a encadenar.

"¿No te preocupa lo que pasaría si nos pillan en esta actividad, Catherine?"

Catherine se rió: "Oh, Teddy, no seas tonto, no nos atraparán. Y de todos modos, si nos pasa, le rogaré a papá que sea amable contigo. Soy su hija favorita, después de todo."

Su sonrisa y su alegre disposición lo mantenían atraído a ella. Parecía más sabia que sus quince años, y cuando estaba tumbada debajo de él en un cálido lecho de paja, o hierba verde fresca, o su hamaca de lona, la veía como una mujer.

Cuando ambos se cansaron, Tedder ayudó a Catherine a levantarse y a enderezar sus faldas. "Date vuelta, te quitaré la paja de la parte de atrás de tu vestido y tu cabello."

"Oh, Teddy, ¿no será encantador cuando estemos en la cabaña y podamos hacer esto todas las mañanas y noches sin preocuparnos si nos pillan?"

"Sí, querida, estoy contando los días. Te quiero."

"¿Alguna vez te arrepientes de haber dejado Londres, Teddy? ¿Te arrepientes de los eventos que te llevaron a convertirte en un convicto aquí en la Tierra de Van Diemen?"

Tedder le dijo a Catherine: "No hay lugar para el arrepentimiento en esta vida feliz."

Su boca encontró la suya y sostuvo el beso hasta que su respiración se aceleró. Alisando su cabello, ella agarró rápidamente su hombría, y corrió riendo, fuera de los establos, de vuelta a la casa principal. "Será mejor que te vayas a trabajar, Teddy, antes de que papá venga a buscarte," le dijo por encima de su hombro.

Catherine se fue de puntillas por el exterior de la casa, para evitar ser vista. Sus padres se despertarían en poco tiempo, pero Cook ya estaría ocupada en la cocina, y su hermana Betsy a veces se levantaba temprano para leer los libros que la Sra. Blay le prestaba. *Tan molesto.*

"¿Dónde has estado?" Betsy acosó a Catherine cuando abrió la puerta de su habitación.

"He estado en la letrina, si te parece bien."

"No te creo, has estado con Tedder. Papá hará que lo azoten si te atrapa."

Catherine respiró larga y profundamente y exhaló lentamente. No era una buena idea enemistarse con su hermana, era la favorita de su madre, y su madre ejercía mucho poder en la casa. "Fui a la letrina, Betsy, y ahora me estoy lavando para el desayuno."

Las chicas se dirigieron a la cocina, el olor a tocino frito recorría la casa; Cook ya lo estaba sirviendo junto con el pan casero y los huevos fritos cuando entraron. "¿Dónde están mamá y papá?" Catherine le preguntó a Cook. Sus padres siempre se levantaban antes que los demás en la casa, y su padre normalmente terminaba de comer y se iba a trabajar cuando llegaban las chicas.

"Tu padre no se siente bien esta mañana, Catherine. Tu madre está con él. Toma, puedes llevarle este té y pan para él antes de sentarte."

Catherine sostuvo la bandeja con las dos manos y golpeó la puerta de sus padres con el pie. "Entra," respondió su madre.

"No puedo mamá, estoy sosteniendo una bandeja."

Elizabeth Cullen le abrió la puerta a su hija mediana. Catherine se sorprendió al ver a su padre en su cama. "¿Qué pasa, papá?"

"Papá no se siente bien, , Catherine, se quedará en la cama por un tiempo. Cuando Robert Bishop llegue a la cocina para el desayuno, por favor ven y házmelo saber. Gracias por el té."

Despedida, Catherine le mandó un beso a su padre y salió de la habitación, aferrándose a las lágrimas hasta que estuvo fuera de la vista de él .

"Sr. Bishop, Mamá dijo que fuera a la habitación de papá inmediatamente, por favor." Catherine le dio a Robert Bishop su instrucción tan pronto como entró en la cocina, y luego se encorvó en la silla junto a su hermana. "Ya no tengo hambre, Cook, gracias."

"¿Qué pasa?" Betsy exigió. "Catherine, ¿qué le pasa a papá?"
"No lo sé. Llevé el té y mamá me dijo que buscara al Sr.
Bishop. Papá estaba en la cama y se veía de un color extraño.
Me sonrió pero no levantó la cabeza." Ambas chicas lloraron.

"¿Por qué lloran?" exigió Cook. "No saben lo que está
pasando, así que no gasten su energía en lágrimas, podrían
necesitar esa energía para ayudar a su madre más tarde."

"Oh, Teddy, Papá está enfermo y en la cama," Catherine
soltó su llanto cuando Tedder y Roger Gavin llegaron para su
desayuno. Tedder se sentó pesadamente en una silla mientras
Robert Bishop regresaba a la cocina, habló con Cook e ignoró a
todos los demás en la habitación.

"Tengo que ir a Hobart Town a buscar al médico, asegú-
rense de que el Sr. Cullen tenga mucho té dulce para beber,
aunque eso signifique que nadie más coma azúcar. Y la Sra.
Cullen necesitará que se le recuerde que coma y beba," se
dirigió a las chicas. "Ayuden a Cook y a su madre. Volveré con
el médico lo antes posible. Tedder, ven conmigo, dos pares de
manos para remar son mejores que uno."

Sus hijas le insistieron hasta que Elizabeth Cullen cedió y salió
del dormitorio para comer y beber algo y para lavarse la cara.
"Cook, sabía que estaba escondiendo algo. Sabía que no estaba
del todo bien, pero a su edad, no quería pensar en ello."

"Estará bien, Sra. Cullen, es el hombre más fuerte que he
visto, no importa su edad. Sea lo que sea, lo superará," aseguró
Cook.

Elizabeth sonrió ante la seguridad de la mujer. "Rezo para
que tengas razón, Cook. Chicas, ¿por qué están sentadas aquí
en la cocina? Hagan su trabajo, hay animales que atender y
jardines que cuidar." Catherine y Betsy saltaron a las órdenes
de su madre y se apresuraron a salir para hacer sus tareas.

. . .

Una vez terminado el trabajo, Catherine y Betsy volvieron a la cocina. "Vaya a buscar a su madre, por favor, señorita Catherine," dijo Cook, "hay visitas en la sala."

"¿Visitas? ¿Cómo podemos entretener a los visitantes hoy?" Catherine exigió saber.

"No están aquí para entretener, Srta. Catherine, están aquí para apoyar a sus padres. Las familias que estuvieron en la isla de Norfolk con usted y ahora están aquí en Nueva Norfolk, han enviado a alguien para ver cómo pueden apoyar."

"¿Cómo se enteraron de que Papá estaba enfermo? Se pondrá furioso."

"Sólo hace falta que el Sr. Bishop se lo haya dicho a una persona de camino al barco," explicó Cook. "Ya sabes lo unidos que somos todos. Hemos pasado por mucho juntos, se construye un vínculo que no puedes conseguir de otra manera. Ahora, por favor, llama a tu madre."

Elizabeth Cullen puso su mano en la frente de su marido, estaba ardiendo al tacto, él seguía sudando, pero se quejaba de tener frío. Y la tos que había escuchado en los últimos días estaba empeorando. Pidió que le pusieran un bulto de calor en su lado derecho para aliviar el dolor allí. Dejó a James al cuidado de Catherine y se lavó la cara, se arregló el cabello y se puso un vestido adecuado para recibir a los visitantes.

Todos los caballeros visitantes estaban de pie cuando ella entró. Cada uno tenía su gorra en la mano y una expresión de preocupación.

"Buenos días, caballeros. Muchas gracias por su visita."

El grupo incluía amigos cercanos de la isla de Norfolk, personas que habían enfrentado los mismos desafíos, decepciones y éxitos que los Cullens: James Triffitt padre, Denis McCarty y Abraham Hands. Su yerno William Rayner Jr. y James Blay también estaban allí.

"Estamos agradecidos de que todos hayan venido a vernos,

pero James estará bien; estamos esperando que Robert Bishop y Tedder traigan de vuelta al médico," dijo Elizabeth al grupo.

"Hemos venido a hacerle saber, Elizabeth," comenzó James Triffitt, "que cada uno de nosotros ofrecerá un convicto para ayudar en la granja y en la construcción de su nueva casa hasta que James esté lo suficientemente saludable para continuar."

Agradecida por su generosidad, Elizabeth se sentó en una de las sillas desparejadas que había comprado cuando esa mujer, ¿cómo se llamaba? volvió a Inglaterra. Mirando a James por la mañana temprano, no sólo se había preocupado por él, sino por cómo se organizaría y se haría el trabajo en la granja.

"Gracias. Todos ustedes son maravillosos al hacer esta oferta. Veremos qué dice el médico sobre la salud de James, y haré que Tedder o el Sr. Bishop los mantengan informados. Por favor, quédense un poco más, Cook les traerá algunos bocadillos."

Elizabeth se levantó, inclinó ligeramente la cabeza al grupo preocupado y fue a la cocina. "Cook, sé que estás ocupada, pero haz que Betsy y Catherine te ayuden... por favor, prepara unos bocadillos para nuestros visitantes."

James tosía dolorosamente y tenía dificultad para respirar. Elizabeth le puso más almohadas bajo la cabeza para tratar de ayudarlo. Él seguía quejándose de que tenía frío, así que puso más leña en el fuego y consiguió una manta de una de las camas de las chicas. Se sentó en la silla junto a la cama, y le tomó la mano, rezando en silencio, algo que no había hecho durante mucho tiempo.

Catherine llamó una vez a la puerta de la habitación de sus padres pero no esperó una respuesta. "Mamá, el Sr. Bishop y Teddy han vuelto con el médico."

. . .

"Creo que tiene pleuresía, Sra. Cullen. Tiene los síntomas: tos seca, fiebre y escalofríos y un dolor en un lado del pecho. Lo trataré con sanguijuelas para extraer el exceso de sangre y equilibrar sus humores. ¿Tiene abejas nativas, aquí Sra. Cullen?"

"Sí, doctor, tenemos urticaria, las chicas la cuidan."

"Necesitaremos miel fresca para aliviar su garganta de la tos y para aliviar la infección en su pulmón. También tendrán que conseguir sanguijuelas recogidas en el río."

Elizabeth observó al doctor realizando sus tratamientos, ella tendría que continuarlo cuando él regresara a Hobart Town por la mañana. La miel ayudó a la garganta de James Cullen, el cocinero la puso en su té en lugar de azúcar. El día siguiente indicaría si las sanguijuelas estaban haciendo su trabajo.

La tos de James Cullen se oía en toda la casa, tosió la mayor parte de la noche, y Elizabeth se quedó con él, ofreciéndole té de miel y trapos frescos cuando tenía calor, y mantas cuando tenía frío.

El médico se fue a la primera luz del día, Robert Bishop lo llevó de vuelta a Hobart Town en el río Derwent. Tedder se quedó para continuar con su trabajo en las bodegas y en la nueva casa Cullen. Elizabeth y las chicas se quedaron al lado de Cullen, las sanguijuelas habían sido removidas, y su pecho estaba cubierto de pequeños magulladuras donde las criaturas habían penetrado su piel y chupado su sangre. El cirujano le aseguró a Elizabeth que James se recuperaría si seguía sus instrucciones con las sanguijuelas y la miel.

Cook llamó silenciosamente a la puerta del dormitorio y esperó a que la invitaran a entrar. "Sra. Cullen, Sarah Blay y su hijo, William están aquí. La Sra. Blay pidió verlos."

"No estoy recibiendo visitas sociales, Cook. Dile que vuelva en otro momento. James está empeorando a medida que avanza la mañana."

"Sra. Cullen, dice que el chico tiene algo importante que decir sobre la salud del Sr. Cullen."

Elizabeth saludó a Sarah y William que estaban esperando en la sala.

Sarah Blay no esperó a que Elizabeth terminara las formalidades.

"Sra. Cullen, William tiene información sobre los nativos que lo cuidaron cuando desapareció. Se ha estado escabullendo y reuniendo con uno de los chicos nativos, se han convertido en buenos amigos, al parecer. William dijo que podía preguntarle a su amigo sobre los remedios que usan en sus enfermos."

Elizabeth Cullen levantó la mano para detener a Sarah, pero fue ignorada.

"William dijo que cuando estaba en el campamento, un hombre tosía y gemía constantemente, y los nativos aplastaban hojas con agua y calentaban el brebaje y hacían que el hombre lo respirara. William dice que se levantó al día siguiente y que su tos se había calmado significativamente. Creo que vale la pena averiguar qué es lo que usan, Sra. Cullen, porque no me parece que los remedios del cirujano estén haciendo mucha diferencia."

Alcanzando los brazos de su silla favorita, Elizabeth se sentó y puso su cabeza en sus manos, podía oír a su marido tosiendo y luchando por respirar. "Bien Sarah, William, no puede hacer ningún daño si sólo son hojas. Por favor, hagan lo que se pueda." Se levantó de la silla y salió de la habitación.

Dos días después de su primera visita sobre la salud de James Cullen, Sarah Blay y William volvieron a la granja Cullen. La tos de James Cullen se podía oír fuera de la casa, le sonaba a

Sarah como si tratara de evitar los estertores de la muerte, cada vez que tosía era seguido por el angustioso sonido de él tratando de respirar.

"Espero y rezo para que esto funcione, William. No creo que el pobre hombre tenga mucho tiempo."

Bajo la instrucción de William Blay, Cook aplastó las hojas del arbusto que el chico nativo le había dado.[1] Añadió suficiente agua para cubrir las hojas y la puso a hervir en el fuego. "Dios mío, qué olor tan fuerte William, ¿estás seguro de que esto es lo que hicieron?"

"Sí, Cook. Y cuando le mostré los síntomas del Sr. Cullen a mi amigo, sabía exactamente de qué arbusto recoger las hojas, y me mostró cómo hacer el vapor. El Sr. Cullen tiene que aspirarlo, deberías llevar el tazón a su habitación, y ponerlo en el fuego allí. Necesita mucho vapor, necesita llenar la habitación para que él lo respire. Cuando deje de oler, tenemos que hacer más."

Elizabeth se quedó con su marido mientras la habitación se llenaba con el olor de las hojas. No fue desagradable, y ella sintió el efecto de limpieza en su propia respiración. Puso su cabeza en la almohada junto a su marido, y su mano en el pecho de él para asegurarse de que seguía tomando aire, y por tanto, vivo. Después de unos veinte minutos Elizabeth notó la facilidad con que James tosía, él seguía tosiendo, pero no con la misma intensidad. Se apresuró a la puerta, la abrió y llamó a Cook para hacer otro lote de hojas lo más rápido posible, y para mantener el suministro constante.

Cook y Elizabeth se turnaron para dormirse durante la noche. Cook había aplastado todas las hojas que el nativo le había dado a William y las había dividido en lotes para añadir agua cuando fuera necesario.

Al amanecer, James Bryan Cullen había dejado de toser

incesantemente y dormía relativamente tranquilo, con una tos intermitente mucho menos dramática.

Elizabeth Cullen ayudó a su marido a refrescarse, hizo que Cook trajera un tazón y una jarra con agua caliente, lo sentó con almohadas para apoyar su espalda y cabeza, le lavó la cara, los brazos y el pecho, y le pasó un paño húmedo por el cabello.

"Lo siento, Elizabeth, eres demasiado joven para cuidar a un anciano. Lo siento." Dijo James con la voz raspada , un legado de la incesante tos.

"Nos cuidamos mutuamente, James. Me acogiste cuando era una tonta, embarazada, sirvienta de cocina de Dublín. La segunda mejor cosa que me pasó fue ser deportada , el mejor día de mi vida fue cuando me asignaron a ti en la isla de Norfolk. Tú me salvaste, así que yo te cuidaré cuando sea necesario. Además, eres muy robusto para un hombre de tu edad, y te recuperarás muy bien. Ahora bebe un poco más de té con miel."

Aunque exhausto, James se sentía mejor, la tos se había calmado, su garganta estaba aliviada, el dolor en su costado no era tan fuerte como lo había sido hace unos días, y la fiebre y los escalofríos habían desaparecido. Sin recordar mucho de los dos días anteriores, James le preguntó a Elizabeth qué hizo el médico para ayudarle a recuperarse.

"El médico no hizo nada útil, James. Llegó de Hobart Town, dijo que pensaba que tenías pleuresía, ordenó sanguijuelas para equilibrar tus "humores" y miel para tu garganta. Comió bien, durmió bien en nuestra casa y ordenó a Robert Bishop que lo llevara a Hobart Town cuando terminara de desayunar a la mañana siguiente. Fue William Blay quien te salvó, James. ¿Recuerdas cuando desapareció y pasó tiempo con los nativos?"

No esperó a que le respondiera. "Se hizo amigo de uno de

los chicos y se escabulló para reunirse con su amigo nativo. Fue una suerte para nosotros que lo hiciera. William le dijo a Sarah que recordaba a un joven nativo que estaba enfermo cuando estaba allí, y que cocinaban hojas al vapor toda la noche y por la mañana el hombre parecía mucho mejor. Así que William se reunió con su amigo y consiguió un suministro de hojas - vaporizamos lotes toda la noche - y el día. Nos hemos quedado sin hojas, así que William está tratando de conseguir más, el chico nativo le dijo que tendrías que respirar el vapor durante unos días. Estoy feliz de que no sea un olor ofensivo."

"He oído historias sobre medicinas nativas, Elizabeth, pero las descarté, pensando ¿cómo podrían los salvajes saber más sobre la curación moderna que nosotros? Parece que lo saben," dijo James pensativo. "Parece que sí".

"Buenos días, Sr. Cullen, estamos muy contentos de que haya salido de su cama de enfermo y se vea mejor," le dijo Tedder a James Cullen mientras Elizabeth lo ayudaba a desayunar en la cocina.

"Gracias, Tedder. Confío en que las bodegas han seguido funcionando, y la nueva casa aún se está construyendo?"

Tedder sonrió y asintió: "Sí señor, todo está funcionando como debería, y Catherine y yo estamos contando los días hasta que nos casemos."

"¿Y cuándo se supone que eso va a pasar, Tedder?"

Tedder dejó de sonreír y tragó saliva con fuerza.

"Estoy bromeando, Tedder," dijo Cullen. "Catherine me recuerda cada mañana cuántos días quedan. Me complace que no esté embarazada antes del evento. He tenido éxito en la obtención de otra concesión de tierra, Tedder. La trabajarás para mí después de la boda."

Tedder nunca estaba seguro de cómo tratar a su jefe. *Voy a ser su yerno, pero aún así un convicto, eso será una combinación interesante a veces.*

"Papá, ¿por qué te burlas tanto de mi Teddy?" Catherine castigó a su padre al poner sus brazos alrededor de su cuello y besarlo en la frente. "Debemos hacer algo por William Blay, papá, y por el chico nativo cuyas hojas te salvaron."

39

EL DÍA DE LA BODA

19 de agosto de 1816

"Quédate quieta, Catherine, deja de moverte o te pincharé con un alfiler, a propósito.

"Oh. Mamá, soy tan feliz. Teddy es un hombre tan gentil. Sé que es diez años mayor, pero eso no parece importar cuando estamos..." Se abstuvo de decir que se acostaban *juntos* pero la sonrisa irónica de su madre indicó que lo sabía.

"Sí, es un buen hombre, Catherine, y los diez años importan poco. Papá es treinta y dos años mayor que yo y eso no ha hecho ninguna diferencia. La maravillosa vida que tuve en la isla de Norfolk y la maravillosa vida que tengo aquí en la Tierra de Van Diemen es todo para él. No creo que un hombre más joven hubiera tenido la capacidad de conseguir todo lo que tiene tu padre."

Catherine se quedó quieta mientras su madre hacía algunos ajustes en el vestido de novia; el vestido que su madre usó siete años antes, cuando ella y Papá finalmente, después de ser molestados durante años por el Reverendo Robert Knopwood, se casaron por él. Sophia había usado el vestido cuando se casó con William Rayner Jr. en enero del año pasado. "Al menos Teddy y yo no nos casaremos en medio de un horrible verano como lo hizo Sophia. El vestido será más cómodo," le dijo Catherine a su madre.

Tedder se quedó la noche antes de la boda en casa de los Blay. Habían construido una pequeña casa con cuatro habitaciones en el terreno arrendado a Sarah, y Blay la estaba cultivando con éxito. Su hijo mediano, William, fue de gran ayuda y Tedder pensó que era extraño que el hijo de un zapatero londinense tuviera un talento innato para la agricultura.

Gracias a la amistad de William con el chico nativo, la granja Blay no fue blanco de los nativos cuando otros perdieron ovejas y cabras. Sarah no tenía ayuda en la cocina como Elizabeth Cullen, pero Tedder estaba impresionado con la eficiencia con la que manejaba la casa, el huerto, y lo estupendas que eran sus comidas. "Es una cocinera maravillosa, Sarah."

"Gracias, Tedder. Debo admitir que tener mi propia cocina es algo que nunca soñé que sucedería. En Spitalfields, alquilamos una casa de dos habitaciones que era muy fría en invierno, y en verano," dijo riéndose. "Nunca pensé que tendría mi propia casa de cuatro habitaciones en diez acres. Tenemos espacio para que todos nos sentemos a la mesa a comer, Tedder, y yo tengo privacidad. Sé que no es tan grande como la que el Sr. Cullen está construyendo para su esposa, o incluso tan grande como la que viven ahora, pero estoy muy feliz de tenerla."

"¿Se arrepiente de lo que le pasó a Blay y de que hayan venido aquí?"

"No. No me arrepiento de nada, Tedder. Tengo tristeza. Tristeza por dejar a mi madre, y su muerte en soledad, tristeza por

James Jr. que odia estar aquí, pero no me arrepiento. ¿Tienes algunos, Tedder? ¿Arrepentimientos?"

"Como usted , Sarah, tengo una gran tristeza, pero no me arrepiento."

"¿Por qué estás triste, Tedder?"

"Por dejar a mis padres, mis hermanos, Henry y William, y mi hermana, Esther. Les escribí para decirles que soy feliz y que aunque soy un convicto he encontrado el amor y tengo un trabajo remunerado. A mi padre se le rompió el corazón cuando me arrestaron, eso lo avergonzó, es un respetado hombre de negocios y pertenece al Gremio. Creía que mi vida estaba resuelta en Londres, pero era un niño ingenuo que creía que un viejo malvado me daría 500 libras si lo dejaba usarme como juguete. Creo que mi padre estaba más afligido por lo estúpido que fui que por lo que el viejo me hizo. Catherine y yo hemos hablado de un viaje a Inglaterra cuando obtenga mi Certificado de Libertad y hemos ahorrado lo suficiente, pero el Sr. Cullen ha sugerido que abra un molino de harina en Hobart Town cuando termine mi sentencia. Tenemos mucho que considerar."

El Sr. Cullen le compró ropa nueva a Tedder: tenía una nueva chaqueta, pantalones, camisa y gorra, y no eran de convictos, eran ropa de verdad. Tedder se miró en el espejo que Sarah Blay había colocado en el aparador de la cocina. Estaba feliz con la persona que miraba reflejada . Su cabello estaba cortado en una buena medida, gracias de nuevo a Sarah Blay. Su rostro, bien afeitado, tenía un tono marrón claro que nunca había existido en Londres, y sus ojos habían recuperado la vida. Hoy se casaba con Catherine, una joven, apasionada, traviesa, pero amorosa chica que iba a ser suya por el resto de su vida. "A mamá le agradaría," le dijo a Sarah.

. . .

Tedder volvió a la granja Cullen con Blay, Sarah, John y William. El brillante sol de agosto reforzó la alegría que intentaba contener por el bien de su dignidad. Aunque el viento mantenía el frío cortante del invierno, el cielo azul sin nubes prometía un día libre de lluvia y vientos helados. El invierno en Nueva Norfolk podía ser a veces tan duro como los inviernos de Londres, aunque la nieve raramente se depositaba en el suelo el tiempo suficiente para causar problemas de accesibilidad.

El Sr. Cullen saludó al grupo cuando se acercaron al lugar de trabajo que era una mansión de dos pisos a medio construir.

"Te ves elegante, Tedder. Me alegra ver que la ropa te quede bien. Vestido como estás, es más fácil verte como el hijo de un respetado miembro de la Confederación de Londres." Volviendo a Sarah y Blay, añadió: "Es un placer verte, Sarah, confío en que hayas estado bien, y tú también, Blay, te ves en forma."

Tedder le ofreció su mano al Sr. Cullen, quien la estrechó de corazón. "Mi hija no podría haber escogido mejor que el hombre que ha elegido para casarse," dijo.

"Gracias, señor. La trataré bien y la cuidaré".

"El Reverendo Knopwood está aquí, llegó ayer y se quedó a dormir. Somos afortunados de tener un día así a nuestra disposición, podemos tener la ceremonia en el jardín." El Sr. Cullen caminó hacia la casa a la llamada de su esposa.

"Buenos días, Tedder, Sra. Blay, Sr. Blay, muchachos." El Reverendo Knopwood saludó al novio y sus amigos mientras esperaban a Catherine.

Cuando Catherine Cullen caminó hacia él, James Tedder tragó con fuerza. Usó el dorso de su mano para limpiarse los ojos esperando que nadie viera las lágrimas de alegría y las malinterpretaran por tristeza. Ella le sonrió ampliamente, llenándolo de confianza y esperanza, él le devolvió la sonrisa, esperando que reflejara fielmente la felicidad que este día le producía .

Aunque el vestido de Catherine no era nuevo, Tedder pensó que ninguna otra mujer podría llevarlo tan bien como ella. El escote frontal mostraba su piel marfil y lo suficiente de sus hermosos pechos como para tentarlo un poco. Su ya pequeña cintura se acentuaba cuando el vestido resaltaba sus caderas. El color rosa y dorado de la tela complementaba su cabellera rubia inglesa/irlandesa, y el pequeño ramillete de flores rosas nativas que sostenía le daba un aire de inocencia. Tedder sonrió mientras pensaba en la inocencia que habían compartido.

Ayudarla a desabrochar los botones del fondo del vestido hizo que la hombría de Tedder reaccionara. Catherine puso su mano detrás de ella buscando la rigidez que sabía que estaría allí. Él gimió, su vestido cayó al suelo. Se volvió hacia él, su sonrisa invitando a sus labios a tocar los de ella.

"Podemos hacer esto tan a menudo como queramos," dijo suavemente, "y quiero hacerlo ahora, Teddy." Se quitó las enaguas sobre su cabeza y se puso de pie, su cuerpo temblando mientras él le tocaba suavemente la cara, el cuello y los pechos. Habían hecho el amor muchas veces, pero siempre ocultándose a la vista, en secreto, apresuradamente, él nunca la había visto completamente desnuda. Ella se rió mientras desabrochaba los botones de sus calzones "Es difícil, James, con tu hombría tan grande y rígida."

Dejó caer sus pantalones al suelo y se salió de ellos, ella le dijo que levantara los brazos y le quitó la camisa. Se paró a mirarlo, y el sonido de su risa llenó su pequeña habitación. Él estaba avergonzado e intentó cubrirse con las manos. "No, Teddy, no hagas eso. Me estoy riendo porque todavía tienes las botas puestas."

La primera experiencia como marido y mujer en su propia cama, en su propia habitación, terminó rápidamente. La segunda y subsiguientes veces en el curso de su noche de bodas fueron consideradas, suaves y lentas.

"Me quedaré en la cama un poco más, Teddy. Ve a la casa por tu desayuno y te veré en la cena." Tedder se vistió con su ropa de trabajo, besó a su esposa y cerró la puerta de la cabaña al salir, sonriendo ampliamente y silbando una melodía que inventó mientras caminaba por el trillado camino hacia la casa principal.

"Buenos días, Tedder," saludó Elizabeth Cullen cuando apareció en la cocina. "El Sr. Cullen quiere verte en la sala antes de que te sientes a comer." La orden no era inusual, pero Tedder se preguntó qué quería su patrón y nuevo suegro con él el día después de su matrimonio con Catherine.

"Entra y siéntate, Tedder. ¿Por qué te ves tan preocupado? ¿Esperas un castigo de alguna clase?"

"No, señor, es mi primer encuentro con usted después de mi matrimonio con Catherine, no estoy seguro de si como convicto o yerno desea verme."

"Siéntate, relájate. La Sra. Cullen y yo no te vemos como un convicto al que hay que dar órdenes y poseer, sin embargo, tu eres eso hasta que ganes un ticket de permiso o expire tu sentencia. Mientras yo viva y respire, se te asignará aquí, y te trataremos como el marido de nuestra hija mediana." Le sonrió a Tedder, algo que no hacía a menudo.

"Quiero que te encargues de la gestión de la construcción de la nueva casa. Es en confianza que te digo que el ritmo de construcción es demasiado lento, y temo que moriré antes de que esté terminada. Le prometí a Elizabeth una buena casa y mantendré esa promesa con tu ayuda."

Tedder se puso de pie, ofreció su mano al Sr. Cullen, y la estrechó vigorosamente, "Será un honor para mí supervisar la

continuación de la construcción de su nuevo hogar, Sr. Cullen."
Volviendo a la cocina, asintió a la Sra. Cullen, se sentó y esperó
con ansias el abundante desayuno que Cook pondría frente
a él.

40

LIBERTAD

1817

"¿Qué significa eso, James, un Ticket de permiso?" Sarah Blay interrogó a su marido cuando leyó la carta que había recibido del Vicegobernador Sorell.

"Significa, Sarah, que puedo viajar dentro la Tierra de Van Diemen, que puedo trabajar aparte de esta granja. Incluso puedo empezar a hacer zapatos de nuevo. Significa que mientras me comporte, ya no seré un convicto. El ticket es válido hasta que consiga el perdón, o hasta que mi sentencia expire. Estoy esforzándome para conseguir el perdón," dijo acercándola a él y rodeándola con sus brazos. "¿Te arrepientes de haberme seguido hasta aquí, Sarah?

"Tedder y yo discutimos esto el día de su boda. No, no tengo ningún arrepentimiento, James. ¿Y tú?"

"Al principio, tuve muchos: cuando me arrojaron a la cárcel de Newgate, la terrible época de la prisión en el buque, el viaje hasta aquí en el *Incansable*, ser azotado. Pero esta vida, esta vida contigo, y John y William, esta vida que le tenemos que agradecer a James Bryan Cullen. No me arrepiento de nada de eso ahora."

"Tu padre debe saber que se me ha concedido un Perdón Absoluto, Catherine. Seguramente, el Teniente Gobernador Sorell le habrá informado, después de todo, estoy asignado a él."

James y Catherine Tedder acababan de terminar de cenar y estaban sentados en la mesa de la cocina de su pequeña casa. Él le había leído la carta a Catherine.

"Significará que tendré mi propia concesión de tierra, podremos tener un hogar propio, podremos construir una vida maravillosa para el bebé que tienes en tu vientre . Pero no puedo decepcionar a tu padre, ha sido tan bueno conmigo, y con nosotros. Seguiré dirigiendo la construcción de su nueva casa; pronto estará terminada, sólo necesita unos meses para que esté lista para vivir."

"Felicitaciones, Tedder. Tu sentencia se ha acabado, y el resto de tu vida comienza," el Sr. Cullen dio una palmadita a Tedder en la espalda, estrechó su mano y caminó a su lado hacia el sitio de construcción de la nueva casa.

"Gracias, señor. Seguiré dirigiendo la construcción de la casa, y cuando tenga mi concesión de tierra, trabajaré en ella por las tardes, y en su casa por las mañanas. Si eso es aceptable para usted."

"No importa si es aceptable para mí, Tedder. Eres libre de tomar tus propias decisiones. Ser un hombre libre de nuevo cambiará la forma en que interactúas con todos en la Tierra de Van Diemen. Vi en el periódico que Blay tiene un ticket de permiso de nuevo. Esperemos que esta vez se las arregle para conservarlo. Estoy seguro de que no le dijo a Sarah que tuvo el primer ticket, ella le habría dicho a mi Elizabeth la noticia".

"¿Que pasó la última vez, Sr. Cullen? No quise preguntar."

"Fue insolente con James Jordan. Por suerte, no fue azotado. Jordan quería saber por qué el ganado de Sarah Blay nunca había sido robado o ahuyentado por los nativos y Blay le dijo que se ocupara de sus propios asuntos. Todos sabemos que es por la amistad del joven William con un chico nativo. No sé por qué Blay no dijo eso. De todos modos, Jordan lo reportó al Teniente Gobernador, y perdió el ticket. Puede que cuide mejor de éste." añadió Cullen riéndose.

41

LA MANSIÓN GEORGIANA

Esta es la casa declarada Patrimonio en abril de 2018.
Doscientos años después de su construcción.

1818

"Papá está tan feliz, Teddy. Gracias, la casa que quería construir para mamá desde sus primeros días en la isla de Norfolk, está terminada."

El pecho de James Tedder se alzó un poco mientras su

esposa lo cubría de elogios. Había trabajado más duro como hombre libre que como convicto. Sentado en su silla junto al fuego en la cocina, recordó sus logros desde el perdón: concesiones de tierras, contratos para vender carne a las bodegas del gobierno, la finalización de la casa Cullen y el nacimiento de una hermosa niña, Margaret.

"Ahora que la gran casa de tu padre está terminada, Catherine, creo que es hora de probar suerte en Hobart Town. Quiero considerar la posibilidad de montar un molino de trigo."

Catherine y su marido estaban en la cocina de la pequeña casa de campo que había sido su hogar durante dos años. Sofía y su marido William Rayner Jr. y sus dos hijas ya vivían en Hobart, ella y Teddy se irían , y su hermana menor, Betsy se casaría en unos años.

"Es difícil irse, Teddy, he vivido aquí durante nueve años. Nunca he estado lejos de papá y mamá. Es triste que la nueva casa de papá esté terminada cuando ya todos nos vamos."

"No vamos a volver a Inglaterra, Catherine, los verás a menudo. Tu padre tendrá motivos para ir a Hobart a hacer negocios con el gobierno y tu madre lo acompañará. Denis McCarty ha terminado el camino entre Nueva Norfolk y Hobart Town, por lo que con bueyes o caballos, no tardará tanto como el viaje por el río. Vamos, subamos el resto de las bolsas al carro, mientras aún es de día," bromeó.

"Adiós mamá, papá, los extrañaré." Catherine no pudo contener las lágrimas cuando abrazó a su madre y lloró abiertamente cuando vio a su padre limpiarse los ojos. "Le diré a Teddy que escriba en cuanto nos instalemos, ha alquilado una casa para nosotros en Murray Street, para que puedan ir a visitarnos."

"Cuida a esta pequeña niña, Catherine," dijo Elizabeth Cullen mientras besaba a la bebé en la cabeza. Los hijos tuyos y de Sophia son el comienzo de una nueva dinastía en este lado del mundo."

"Tiene razón, Sra. Cullen," dijo Tedder. "No había pensado en que la línea de mis padres continuara a través de mi hija, pero las conexiones familiares están floreciendo, lejos de donde comenzaron en Inglaterra."

Tedder le ofreció su mano al Sr. Cullen, "Gracias," le dijo a su suegro.

Cullen tomó su mano cálidamente y se inclinó para hablarle.

"Cuida de mi hija y mi nieta, Tedder, y gracias por toda tu ayuda desde que llegaste aquí, especialmente con la nueva casa. Te echaré de menos."

"Mi tiempo como convicto en la Tierra de Van Diemen no fue nada como esperaba. Les agradezco las nuevas habilidades que aprendí, por tratarme con amabilidad y respeto, y por tener fe en mí."

Tedder abrazó a la Sra. Cullen, besó a Betsy en la mejilla y ayudó a Catherine a subir al carruaje. Catherine lloró hasta que el municipio de Nueva Norfolk estuvo fuera de la vista.

HOBART TOWN

1818

"¿Te gusta la casa, Catherine?"

"Sí, Teddy, es encantadora, y más espacio del que teníamos antes, incluso tenemos una sala como la de mamá y papá."

Catherine sostuvo a la bebé Margaret cerca, para poder esconder su cara en la ropa del bebé. Teddy estaba feliz, y no quería que sus lágrimas le molestaran.

Tedder salió de la casa al amanecer; el viento de principios de invierno tenía una frescura que no era del todo fría, pero no dejaba duda de que ya no se esperaban cálidas mañanas de otoño. Las calles estaban lodosas por la lluvia de la noche anterior, pero no era imposible caminar sobre ellas, aunque estaba contento de haber usado sus viejas botas de convicto y no las nuevas que le había comprado a James Blay Jr. Se detuvo brevemente para ver el sol naciente jugar con la superficie del Derwent y proyectar sombras sobre el barco que estaba anclado en el Puerto Victoria. El *Lady Castlereagh* era uno de los muchos barcos que llegaban a la ciudad de Hobart llevando convictos, y mientras Tedder observaba el barco a la luz del sol de la mañana, los marineros se organizaban para desembarcar la carga, que incluía humanos. Se estremeció ante el recuerdo de dejar al *Incansable* con Blay, el terror que casi lo paralizó y le hizo imposible mantenerse erguido.

"*Bueno* , mira aquí," dijo una voz desde atrás. "Si es el convicto Tedder."

Volviéndose a su némesis, Tedder vio que Chimuelo tenía aún menos dientes, había perdido casi todo su cabello, y parecía estar usando la misma ropa que tenía puesta cuando ató a Tedder a un poste con la intención de ahogarlo en el Derwent cinco años antes.

"Vestido muy bien, ¿eh, Tedder? ¿Vas a un funeral? No fuiste al que organizamos *pa'* ti hace unos años, ¿verdad? Estamos decepcionados sobre eso."

La sonrisa gomosa de Chimuelo fue copiada por los otros de su cohorte. "Podríamos tratar de organizar uno para ti mientras estamos en este agujero del infierno abandonado por Dios otra vez."

"¿Es eso una amenaza? ¿Estás amenazando a mi persona con violencia?" Tedder caminó hacia Chimuelo de una manera intimidante, manteniendo su espalda recta y mirando a los ojos del otro hombre.

"Puedo hacer que te azoten por insolencia. El Teniente Gobernador Coronel William Sorell no tomará bien a un guardia de un barco convicto que amenaza la seguridad de un colono que suministra carne y harina a las bodegas del gobierno." Tedder dio un paso atrás para saborear la respuesta de Chimuelo.

"¿Cómo puedes ser un colono, no has completado los siete años? No te creo."

"Bueno, hombre, no es de mi incumbencia si me crees o no. Soy un colono, no un convicto, y me mostrarás respeto. Si vuelves a oscurecer mi camino con tu presencia mientras estés en Hobart Town esta vez o en cualquier otra en el futuro, haré que te acusen de acoso. Ahora, apártate de mi camino, tengo trabajo que hacer."

Chimuelo y sus compinches se apartaron del camino de Tedder, con la boca abierta, todos mostrando los restos de dientes podridos. Tomando medidas decididas mientras era vigilado por los guardias, Tedder respiró profundamente mientras se dirigía a los edificios del gobierno. Sus manos temblorosas desmintieron la confianza que rezumaba cuando se encontró cara a cara con el hombre que casi lo había matado.

Chimuelo se agitó mientras Tedder se alejaba, volviéndose a los hombres de su grupo prometió venganza.

"Ese convicto advenedizo no me hará quedar en *ridículo*. Tendré la última palabra y veré su funeral antes de que yo muera."

NUEVO HOGAR

1818

Elizabeth Cullen y su hija, Betsy, se sentaron en la nueva cocina a la mesa y sillas traídas de su primera casa, mientras Cook se ocupaba de los preparativos para la cena.

"¿Volverá el Sr. Cullen para la cena?"

"No estoy segura, Cook." respondió Elizabeth, "reserva algo de comida para él de todas formas".

Habían estado viviendo en la nueva casa que James había construido para ellos durante algunos meses, era de tres habitaciones de ancho y dos de profundidad, simétricamente, como las mansiones georgianas de Inglaterra. Cada habitación tenía una chimenea, y en la planta baja había un espléndido salón, una cocina con una chimenea para cocinar diseñada de tal manera para que las ollas colgaran fácilmente, un comedor donde los invitados podían ser recibidos lejos de la cocina, y una habitación separada para bañarse. Tres dormitorios y una biblioteca en el piso de arriba completaban la casa palaciega. Elizabeth pasó días en Hobart Town buscando en periódicos y catálogos de Londres para encontrar artículos para amueblar su casa con el estándar que ella y James querían. En el salón tenían dos sillones de madera dorada colocados a cada lado de la chimenea, un sofá de caoba con cojines de seda rosa, una mesa de juegos de caoba y pinturas y lámparas compradas en propiedades de difuntos en Nueva Norfolk y Hobart Town. El comedor tenía una mesa de caoba con hojas enrolladas en cada pata y ocho sillas a juego con cojines de seda rosa. Elizabeth se preguntaba a veces si los ingresos de las cosechas y el ganado de los 104 acres que su marido tenía en las concesiones de tierras iban a la par de los gastos.

James tenía un contrato con el Gobierno para suministrar carne, pero Elizabeth no estaba al tanto de la cantidad que esto aportaba. James no le ocultaba estas cosas, pero ella no podía leer lo que había en los libros de contabilidad. Ella sabía lo que se estaba cultivando en la granja: James tenía seis acres plantados con trigo, cebada y frijoles, y cuatro con papas. Noventa y tres acres eran de pasto y en ellos había 41 vacas y 430 ovejas. Ella planeaba hablar con él durante la cena sobre la fortuna de la granja y la situación financiera.

"Buenas noches, Sr. Triffitt," Elizabeth saludó al invitado de James. "Por favor, únase a nosotros en el salón."

"Thomas y yo tenemos algunos asuntos que discutir, Elizabeth, ¿podrías pedirle a Cook que nos traiga un poco de té?"

A Elizabeth no le gustaba que su marido la despachara, y Thomas Triffitt, un hombre de la primera generación, nacido en la isla de Norfolk como sus hijas, también notó esto. Sin embargo, no iba a discutir el asunto, eran miembros respetados de la comunidad, una pequeña comunidad que disfrutaba de los chismes. Ella sería cortés, así Thomas no tendría municiones que pudieran convertirse fácilmente en charlas burlonas cuando volviera a la casa de su padre.

"Por supuesto, James. Me ocuparé de algunos arreglos en la cocina mientras tú hablas de tus asuntos con Thomas."

"Siento haberte despachado de esa manera, Elizabeth, pero el tema de mi reunión con Triffitt era demasiado complicado y no quería ninguna distracción." James le explicó a su esposa cuando se retiraron al dormitorio.

Elizabeth sonrió tímidamente a su marido, pero la solemne expresión de él le hizo fruncir el ceño.

"¿Qué pasa, James? Debes decírmelo."

"He transferido nuestros primeros sesenta y cinco acres y nuestra primera casa a Thomas Triffitt, para arrendar, en consideración de 400 libras. Continuaremos cultivándola, pero es su propiedad, y le pagaré una parte de los ingresos de la tierra. Tomará posesión de ella en diez años."

"Sabía que las cosas no eran como debían ser, y gastamos todo ese dinero en esta casa y tú me animaste a comprar los muebles, las cortinas y los cojines. Habría sido feliz en la primera casa que teníamos."

"Pero quería que tuvieras las cosas de las que hablamos, las que nunca hubiéramos podido tener en Dublín o Londres."

James trató de tomar a Elizabeth en sus brazos, ella se dio vuelta y apagó la vela de su mesita de noche.

44

INAUGURACIÓN DE LA CASA

Invitada a la mansión Cullen para el té de la tarde, Sarah Blay llegó con un vestido azul de moda que había pedido en un anuncio del periódico de Hobart Town. La larga falda cónica caía desde justo debajo de su pecho, el escote redondo halagaba sus hombros, que era donde el vestido se abullonaba hasta encontrarse con el borde de las mangas largas. La bastilla estaba decorada con volantes. Llevaba un chal estampado y se peinaba a la moda londinense, con un apartado en el centro y rizos enrollados en las sienes.

"¿Qué piensas, James?" le preguntó a su marido cuando entró al dormitorio.

"No puedo pensar. No sé qué decir."

Estuvo de pie durante unos minutos mirando a su esposa. "Nunca te he visto tan hermosa. Eres hermosa, pero con ese vestido, pareces una reina."

"¿Estoy demasiado arreglada para el té de la tarde? ¿Pensarán que estoy siendo audaz al llevar algo tan elegante?"

"Eres audaz, Sarah. Sin ese lado tuyo, no estaríamos disfrutando del éxito de vivir en la Tierra de Van Diemen. Al diablo con lo que piensan."

Blay tomó la mano de Sarah en la suya, puso la otra en su espalda, se inclinó ante ella y besó la mano de su valiente y hermosa esposa.

Tirando del chal alrededor de sus hombros, revisando su cabello en el espejo una vez más, y poniéndose cuidadosamente sus nuevas zapatillas, Sarah pasó de puntillas por la casa hasta el carruaje que su hijo William había ordenado para ella. Su marido la ayudó a subir y pagó al conductor para que llevara a su esposa en el corto viaje a la Granja Cullen.

Mientras uno de los sirvientes que Elizabeth Cullen había contratado para el día ayudaba a Sarah a bajar del carruaje, miró a ver qué llevaban las otras invitadas. Se sintió aliviada al ver que estaban todas bien vestidas y con un aspecto extraordinario. *No estoy demasiado arreglada.*

Las damas fueron llevadas al salón de la mansión Cullen; la habitación acomodaba fácilmente a las diez mujeres que Elizabeth había invitado. El té de la tarde estaba colocado en la mesa del comedor, y los sirvientes caminaban por el grupo ofreciendo sidras, cerveza y té helado. Sarah nunca había asistido a un evento así en ninguna de sus vidas: la de Inglaterra, o la de la Tierra de Van Diemen. Estaba emocionada, era una oportunidad encantadora para que hablaran sin los hombres. Sarah conocía a la mayoría de las mujeres y Elizabeth Cullen, la perfecta anfitriona, le presentó a las que no conocía. Se sentó con Catherine Tedder que estaba embarazada de su segundo bebé, la primera, Margaret, estaba con Betsy y Cook. Sophia Rayner, la hermana mayor de Catherine estaba embarazada de su tercer hijo, sus dos niñas también estaban con su joven tía.

"¿Cómo te ha ido, Catherine, estás bien?"

"Gracias, Sarah, estoy bien. Margaret me mantiene ocupada y he tenido que reubicarnos en otra casa desde que Teddy vendió la casa donde vivíamos en Hobart. Quiere el dinero para comprar un terreno y construir un molino de harina."

Catherine se meneó en su asiento y se enderezó la falda.

Aunque el vestido de Catherine no era tan elegante como el suyo, Sarah notó que el cabello de Catherine estaba rizado de la misma manera que el de ella, y la falda tenía plumas de colores cosidas en la bastilla.

"¿No te parece extraño, Catherine, que la mayoría de nosotras dejamos Inglaterra, y no tenemos interés en volver, pero copiamos las modas de allí porque queremos parecernos a las damas de Londres?"

Catherine Tedder le sonrió a Sarah, aparentemente sin entender bien la pregunta.

Sarah continuó: "Fue muy generoso por parte de tu madre invitarnos hoy; pasamos tanto tiempo trabajando que no solemos tener la oportunidad de vestirnos y socializar. Te ves encantadora, Catherine, especialmente tu cabello."

Catherine se rió.

"¿Cómo están tú y Blay y los chicos en tu parcela, Sarah?"

"James trabaja muy duro con la agricultura, parece deleitarse con ella y no tiene interés en volver a su oficio. Nuestro hijo mayor, James Jr., sigue en Hobart y trabaja en la parcela que le dejó su maestro. Juro que el Sr. William McCormack debió haber sido testigo de un lado del joven James que nosotros no vimos, para dejarle su concesión de tierras en su testamento. William trabaja junto a su padre todo el día, y John hace su parte después de terminar sus lecciones matutinas. Mi marido recibió un Perdón Condicional hace dos años. ¿Tú sabías eso?"

"Sí, Teddy me lo dijo. Eso es maravilloso, y un alivio para ti, estoy segura."

"Cuando fue acusado y sentenciado y lo metieron en ese apestoso y podrido buque prisionero en el Támesis esperando ser deportado a lo que imaginamos era el agujero del infierno, el extremo del culo del mundo para el resto de su vida, esta realidad, este futuro, no era ni siquiera un sueño."

"Mamá y Papá nunca nos dijeron cómo eran los buques, ni

los barcos de deportación . Mamá siempre dijo que cómo habían llegado aquí no era importante, lo importante era que nos tenían a nosotras, el uno al otro, y una buena vida. Pero yo me preocupo por el sustento porque he oído que papá tiene algunas deudas que conciliar. Teddy ha puesto el ganado de papá en su parcela para cargar con el costo de la paja y la carnicería."

Sarah también había oído los rumores de las dificultades financieras de los Cullen. "Estoy segura de que tu padre solucionará las cosas, Catherine, se las ha arreglado muy bien hasta ahora."

Elizabeth Cullen llamó la atención de sus invitadas y las llevó al comedor para el té de la tarde. Las nuevas esposas de los granjeros convictos de la isla de Norfolk se la pasaron en grande chismorreando, riendo y comiéndose las ganancias de James Cullen del mes anterior.

45

LA ASOCIACIÓN

1820

"Catherine, me gustaría que conocieras al Sr. Edward Yates. Edward y yo vamos a ser socios en el molino de harina."

James Tedder bullía de entusiasmo cuando presentó a su esposa a su nuevo socio.

"Encantado de conocerlo , Sr. Yates. Espero que usted y mi marido tengan un negocio exitoso juntos. Ha estado planeando esto durante muchos años. Disculpe, señor, mi marido le preparará un trago, el bebé requiere mi atención."

"Encantado de conocerla, Sra. Tedder. Su esposo y yo nos beneficiaremos mutuamente, nuestras familias y la comunidad si nuestro negocio tiene éxito. Felicitaciones por el nacimiento de su nueva hija Sarah, ¿no es así?"

"Sí, Sr. Yates, gracias."

Catherine dejó la sala y se dirigió al dormitorio donde su hija recién nacida gritaba para ser alimentada. Margaret, que aún no cumplía los dos años, estaba sentada en la cama de sus padres jugando con bloques de madera de diferentes formas y tamaños que James Blay Jr. había hecho para ella. Los trajo cuando entregó las nuevas botas de Teddy. Parecía un joven encantador, sin mostrar los comportamientos de los que sus padres se quejaban. Catherine abrió la ventana para dejar entrar la brisa de la tarde del Derwent en la habitación, el calor era sofocante, y el verano acababa de empezar. La bebé intentó agarrarse al pecho de Catherine, pero el sudor que se deslizaba por su pecho dificultaba que la pequeña Sarah pudiera mamar. Puso a la bebé gritona de nuevo en la cuna y se limpió con un paño húmedo; la bebé entonces se amamantó bien mientras Catherine trataba de mantenerlas frescas a ambas.

Tedder despidió a su huésped y entró al dormitorio justo cuando la bebé decidió que ya había tenido suficiente.

"¿Te agradó el Sr. Yates, Catherine? Me parece que sabe de qué habla con la molienda de harina. Era molinero en Shropshire."

"¿Cuánto duró su sentencia y cuál fue su crimen, Teddy?"

"No conozco su crimen, pero fue sentenciado a cadena perpetua, al igual que James Blay. Si hubiera asesinado a alguien, habría sido ejecutado, por lo que asumimos que fue un robo o hurto. Recibió un perdón condicional en 1818."

"Mientras creas que puedes confiar en él, Teddy."

James Tedder no recordaba haber estado tan emocionado ningún otro día de su vida. El día que se casó con Catherine sintió alegría y felicidad, esta era una felicidad diferente. El nacimiento de sus hijas le trajo esperanza, felicidad y amor, esto era diferente, era pura emoción.

Él y Edward Yates habían trabajado fervientemente para terminar el acondicionamiento del edificio que habían arreglado para usar como molino de harina. Las puertas se abrieron para el negocio el lunes 4 de septiembre de 1820.

"Este es el día, Edward, brindemos por una exitosa empresa de negocios."

Tedder y Yates tintinearon vasos llenos de ron y se felicitaron mutuamente por la rapidez con que sus planes se habían realizado. Su acuerdo de asociación indicaba que la responsabilidad principal de Yates era la contabilidad, y Tedder se encargaría de gestionar la recepción del trigo y su transformación en harina.

Al final del primer día completo de comercio, Tedder caminó la corta distancia a su casa de campo en la calle Murray. Tenía cáscaras de trigo en su cabello, pegadas a sus pantalones y en las mangas de su chaqueta. Margaret, de dos años y medio, gritó cuando su padre entró en la cocina y corrió detrás de las faldas de su madre.

"Pareces un espantapájaros, Teddy," Catherine se rió mientras sacaba a Margaret por detrás de ella. "¿Tu primer día fue productivo?"

Tedder envolvió sus brazos alrededor de la cintura de Catherine, la empujó hacia él y la besó más apasionadamente de lo que lo había hecho durante algún tiempo.

"Fue un día muy productivo, Catherine. Edward y yo no nos detuvimos, estamos trabajando tan duro como la rueda de molienda ."

"Eso es maravilloso, me alegro por ti. Ahora sal y quítate las cáscaras de la ropa, y luego entra a cenar." Ella le sonrió mientras se dirigía al jardín. "Estoy muy orgullosa de ti, Teddy."

El Sr. James Tedder Esq.
Calle Murray,
Hobart Town, Tierra de Van Diemen, Nueva Gales del Sur.
Septiembre de 1820.

El Sr. Henry Tedder Esq.
Calle Newgate
Londres, Inglaterra.

Queridos Padre y Madre

Hay muchas noticias que contarles desde mi última carta.
Catherine y yo hemos sido bendecidos con el feliz nacimiento
de otra hija, Sarah, a la que llamé como Mamá. Tiene ahora
nueve meses, y su hermana Margaret tiene dos años y medio.
Cuando sean lo suficientemente mayores para viajar, las
llevaré a ellas y a Catherine a Londres para que los conozcan
. Somos prósperos aquí en Hobart Town, y aunque mi
condena y la subsiguiente sentencia, de las cuales las peores
parten del buque prisionero Retribución, fueron sombrías, no
me arrepiento del giro que dio mi vida.

Sin duda me habría casado en Londres y quizás tendría una
familia, pero a menos que se me presentara la oportunidad de
ser maestro hojalatero y tener mi propio negocio, habría
trabajado muchas horas para otra persona. Soy un terrate-
niente en un lugar que tiene agua prístina, cielos claros que
brillan sin cesar, aire fresco y días calurosos de verano que se
transforman en cálidas tardes cuando Catherine y yo nos
sentamos fuera y nos maravillamos con los millones de estre-
llas que hay en el cielo . Y se maravillarían de los extraños
animales y pájaros, e incluso las plantas, que no pierden sus
hojas en invierno, se mantienen verdes todo el año.

He construido un molino de harina y tengo un socio comer-
cial, Edward Yates. Él también fue enviado a la Tierra de Van
Diemen como convicto. Empezamos a moler harina hace dos
semanas y nos hemos mantenido ocupados.

Hemos tenido nuestras pruebas y tribulaciones, Catherine y yo, y tuve dificultades en los primeros días de mi deportación , pero todo está bien ahora, y somos felices.

Por favor, escriban tan pronto como puedan, me encantaría tener noticias de la familia.

Respetuosamente, su hijo
James.

46
====

LA BODA DE BETSY

Sin estar segura de cuánto tiempo se quedaría con sus padres, Catherine empacó suficiente ropa para que a Margaret de tres años y a Sarah de dos meses les durara algunas semanas, Tedder empacó solo para unos días. El nuevo molino estaba abierto, el acondicionamiento terminado, y Edward Yates le había enseñado a Tedder el oficio. Molían el trigo en harina para los panaderos y colonos todos los días, excepto los domingos. Edward Yates le había asegurado a James que podría arreglárselas por unos días por su cuenta.

Arrearon los dos caballos, empacaron el carruaje y salieron alrededor de las 5 de la mañana del sábado para tratar de evitar el calor del día. Margaret se sentó entre sus padres, y Sarah se sentó en el regazo de Catherine. El viaje desde la ciudad de Hobart a Nueva Norfolk solía durar unas tres horas. Tedder sabía que tendrían que parar muchas veces por las niñas.

"Será agradable ver a todos para la feliz ocasión del matrimonio de Betsy con John Lilley Pearce, el lunes, ¿no te parece, Catherine?"

"Sí, estoy deseando ver a Mamá y Papá y pasar tiempo con mis hermanas. John parece ser un buen hombre."

. . .

Habían avanzado con buen tiempo, Tedder se asombró de lo bien que habían viajado las niñas; habían visto a sus abuelos a menudo, pero era cuando visitaban Hobart. Las niñas no habían viajado a Nueva Norfolk antes.

Betsy salió corriendo de la casa para saludar a su hermana y a sus sobrinas, ellas fueron asfixiadas con besos y abrazos. Cuando los niños comenzaron a retorcerse para alejarse de las garras de Betsy, ella se fijó en Tedder y le hizo una educada reverencia. "Llegan justo a tiempo para el almuerzo . Cook ha hecho un festín, dice que está practicando para la fiesta de la boda. Sophia llega mañana, y ni siquiera está embarazada otra vez."

"Elizabeth," Catherine regañó a su hermana, "eso no es amable."

"Bueno, siempre está teniendo un bebé. Pero parece que va a descansar un par de años; podrá viajar cómodamente. No vas a tener otro bebé, ¿verdad, Catherine?"

"No, no lo tendré. Ahora lleva a las pequeñas a la casa, están muy hambrientas y sedientas y Mamá y Papá querrán verlas."

Dirigiéndose a Tedder, que sonreía con las observaciones de Betsy sobre el embarazo de Sophia, dijo: "¿Era tan ingenua, excitable y tonta cuando me casé contigo? Tenía la misma edad que Betsy tiene ahora."

"Sí, querida, eras tan impulsiva e ingenua como tu joven hermana lo es ahora, pero eso era parte de la atracción porque acompañaba a la inocencia."

"No seas tonto, Teddy. Tú y yo sabemos que no era inocente."

"No es lo que quise decir, pero los recuerdos de nuestra pérdida de inocencia son maravillosos."

Lo besó en los labios: "¿Conseguiré que tu hombría demuestre lo feliz que está de verme?"

Tedder se alejó, riéndose. Tomó la mano de Catherine y entraron en la gran casa de sus padres.

29 de enero de 1821

Betsy llevaba el mismo vestido que las otras mujeres Cullen en sus respectivos días de boda. James Bryan Cullen lloró más abiertamente en la boda de esta hija, tanto porque era la última hija que se abría camino en el mundo, como por la preocupación por su posición financiera.

El Reverendo Robert Knopwood, el capellán colonial que había sido amigo de los Cullen desde que llegaron de la isla de Norfolk en 1808, notó la angustia de James.

"Betsy se veía encantadora, James. Al igual que tus otras hijas y tu esposa en el día de su boda," le dijo el reverendo Knopwood a su amigo.

"Sí, Robert, soy afortunado, he sido bendecido."

"Pero siento infelicidad en esta feliz ocasión, James."

"¿Te hablo como amigo o como capellán, Robert?"

"¿No soy ambas cosas? No habrá ninguna diferencia en lo que tengas que decirme."

"Vamos a dar un paseo por el jardín, Robert."

James lo guió hacía afuera mientras sus invitados comían y bebían las ganancias de otro mes. Ofreció al reverendo un asiento bajo el gomero y alzó su cabeza para contemplar el claro cielo nocturno de enero.

"Es increíble cómo las estrellas de este lado del mundo son tan diferentes. Ha pasado tanto tiempo desde que dejé Londres que he olvidado cómo era el cielo nocturno allá. Estoy seguro de que nunca fue tan claro y lleno de estrellas como este."

"Elizabeth sabe que debo dinero a Thomas Triffitt, pero no sabe que estoy en deuda con George F. Read, ni que el nuevo marido de Betsy ha pagado algunas de mis deudas y que el marido de Catherine, Tedder, se ha hecho cargo de algunos de mis animales y cultivos." James Cullen respiró profundamente y miró a su amigo para consolarse.

"Lamento escuchar estos problemas, James. Deberías ir a Hobart Town y visitar a tu abogado, para ver qué medidas se pueden tomar para aliviarte de esta carga. Prepárate para saber que tal vez tengas que vender esta hermosa casa que has anhelado durante tanto tiempo," aconsejó Robert Knopwood.

47

LA LUCHA TERMINA

5 de abril de 1821

Elizabeth Cullen estaba cuidando a su hija menor que había vuelto a casa a descansar. La joven de diecisiete años, embarazada de su primer hijo, estaba enferma y pasaba la mayoría de los días en cama. Elizabeth rezó por un niño - el único hijo de James y ella había muerto en la infancia - y las otras dos hijas, Sofía y Catherine hasta ahora sólo habían tenido niñas. En sus años avanzados, James disfrutaría de la compañía de un niño pequeño. Miró a su marido, sentado en su silla favorita junto al fuego leyendo una obra de teatro. No sabía cuál era la obra, o por qué siquiera le gustaba leer, pero estaba contenta de haber decidido que la sirvienta encendiera la chimenea, ya que las tardes de mediados de otoño eran cada vez más frías. Él estaba cerca de los ochenta años, y ella siempre se preocupaba por su comodidad, aunque él parecía bastante robusto. Trabajaba en la granja todos los días, leía junto al fuego en las noches frías, o fuera bajo las estrellas en las cálidas y templadas tardes.

James puso la obra que había tratado de leer en la mesa de juegos que Elizabeth había comprado de una colona difunta en

Hobart Town. Usando los brazos de la silla de madera dorada que ella había pedido de Londres para ponerse en pie, James anunció que se iba a acostar y descansar hasta la cena. Elizabeth observó cómo subía las escaleras, casi laboriosamente, casi como si tardara lo máximo posible en llegar a su destino. Pensó que su comportamiento era extraño, pero descartó sus preocupaciones como una reacción exagerada a su edad, después de todo seguía trabajando en la granja.

Al oír el sonido de una pistola, madre e hija corrieron a las escaleras. Betsy, olvidando lo enferma que se sentía, se levantó las faldas y dio los pasos de dos en dos.

Su amado Papá yacía en la cama jadeando; la visión de su cuerpo mutilado, el agujero donde la bala había entrado en su pecho, la sangre que brotaba de la herida y rezumaba por los bordes de la cama hasta el suelo, era más de lo que podía sufrir una niña mimada y protegida; se desmayó, justo cuando su madre corrió a la habitación para ver a su marido exhalar su último aliento.

"El sábado pasado se llevó a cabo una investigación en Nueva Norfolk, ante A.W.H. Humphrey, Esq. Forense, sobre el cuerpo del Sr. J.B. Cullen, un colono residente en ese distrito, a consecuencia de un rumor de que se había disparado a sí mismo el jueves anterior. Después de una investigación imparcial, apareció como prueba, que alrededor de las 4 de la tarde del día declarado, el difunto, con su esposa y su hija menor, estaban todos muy cómodos en casa, el primero sentado en el salón leyendo una obra de teatro; él, sin embargo, se levantó de su asiento, y se fue solo al dormitorio, cuando poco después la familia oyó la descarga de una pistola; la hija se apresuró inmediatamente a la habitación, donde vio a su desafortunado padre acostado en la cama exhalando su último aliento. La habitación estaba llena de humo, y la sangre corría profusamente por la cama. Ante este

horrible espectáculo, la joven se desmayó y cayó al suelo inconsciente; y, al examinar la familia el desafortunado objeto de su ansiedad, encontraron que el fallecido había recibido la fatal herida cerca de su corazón. No parecía, por la evidencia de ninguno de los testigos, que el difunto tuviera una mente melancólica; pero sí que estaba perfectamente estable en el momento en que tuvo lugar el infeliz asunto. Por lo tanto, se consideró que la pistola, que estaba amartillada y cargada, y que había sido colocada en algún lugar de la cama, se había disparado accidentalmente mientras el difunto la manipulaba, ya que se encontraba al pie de la cama; y a tal efecto el Jurado emitió su veredicto. El difunto, que provenía de la isla de Norfolk al ser evacuado de ese lugar, deja una esposa y tres hijas, y que era muy respetado en todo su vecindario; había llegado a la edad de casi 80 años".[1]

Granja Cullen - 8 de abril de 1821

El salón no era lo suficientemente grande para recibir a todos los que habían venido a dar sus condolencias después del funeral. Las personas, como la familia extendida, que había pasado por los mismos obstáculos para forjarse una vida en la isla de Norfolk y la Tierra de Van Diemen: James Triffitt y su familia, Richard y Kitty Morgan, Abraham Hands, James Jordan, William Rayner Sr.

Elizabeth estaba desplomada en su silla frente a la chimenea, mirando el asiento vacío de enfrente, donde James se sentaba por las tardes a leer. Había estado allí desde que Sophia y Catherine la ayudaron a salir de la cama por la mañana y la arreglaron para el día. No había comido desde que James apretó el gatillo y se hizo un agujero en el pecho. Cook pasó la mayor parte del tiempo luchando para que Elizabeth tomara té.

El Reverendo Knopwood se preocupó por ella; había perdido a un buen amigo y trataba de dejar de lado su dolor para llevar a cabo el servicio. "Me complace que la muerte de James haya sido considerada un accidente por el forense," le dijo a Tedder que estaba de pie a un lado. "No podía soportar la idea de que no fuera enterrado en tierra consagrada o de que Elizabeth se enfrentara a los chismes de la comunidad. Si tan solo hubiera escuchado más atentamente y ofrecido un mejor consejo cuando James compartió sus dificultades financieras conmigo."

Poniendo su mano en el hombro del reverendo, Tedder dijo: "¿Cómo íbamos a saber lo desesperada que se había vuelto la situación?"

Sophia y Catherine conversaron con los invitados de Elizabeth Cullen, tratando de no mostrar ninguna emoción que hiciera que su madre se hundiera aún más en la melancolía. Charlaron, sonrieron, fingieron escuchar historias sobre las hazañas de su padre en Sydney Cove y en la isla de Norfolk y repartieron refrescos.

"Pensé que no se irían nunca, Teddy. Tratar de no llorar me ha agotado," Catherine le dijo a su marido mientras estaban de pie y veían partir a los últimos dolientes de James Bryan Cullen.

Tedder puso su brazo alrededor de su esposa, la acercó y le besó la frente. "Cook te ayudará a ti y a Sophia a llevar a tu madre a la cama, entonces todos debemos discutir lo que va a pasar después."

Las tres chicas Cullen y sus maridos e hijos se agruparon en el salón que su padre siempre había anhelado, y sin embargo había disfrutado durante tan poco tiempo. Catherine se maravilló de cómo el clan había prosperado y crecido en este ambiente a veces duro: Sofía y William Rayner Jr. tuvieron tres niñas pequeñas, Mary, Eliza y Sophia Christiana, ella y Teddy tuvieron a Margaret y Sarah, y Betsy estaba en su primer embarazo, con su marido John Lilley Pearce. Su padre había anhelado un nieto, y Catherine tenía la sensación de que el primero sería el bebé de Betsy, el niño que su padre nunca vería.

James Tedder puso en orden al grupo. "Nos enfrentamos a una situación que debe ser abordada. ¿Cómo vamos a ayudar y apoyar a Elizabeth durante su tiempo de luto?" escudriñó los rostros ante él.

"Nosotros tres yernos tenemos negocios y granjas que dirigir, Sophia tiene tres hijos pequeños, Catherine dos, y Betsy está muy enferma y cerca de dar a luz a su primer hijo. Para asegurar que no haya demasiada agitación en la vida de la Sra. Cullen, Sarah Blay se ha ofrecido a venir y quedarse en la granja para ayudar a Cook a cuidar de Elizabeth durante unas semanas. Cuando esté lo suficientemente mejor, puede quedarse con Catherine y conmigo en Hobart Town, si ella está dispuesta a ello."

"No dejó un testamento, Sra. Cullen," explicó el abogado de James Cullen, "tendremos que solicitar Cartas de Administración para gestionar sus asuntos."

"Tendré que dejarle eso a usted, señor. No estoy familiarizada con las Cartas de Administración," dijo Elizabeth Cullen. "Me pregunto si las repercusiones de la muerte de mi marido terminarán alguna vez."

Tedder había asistido a la oficina del abogado con su suegra, siempre agradecido de que sus padres hubieran considerado oportuno enviarlo a la escuela. La muerte de James Cullen había dejado a Elizabeth confundida y aturdida, y el no poder leer aumentaba su dependencia de los demás.

"Hablaré con el abogado por usted, si lo desea, Elizabeth. Haremos que las cosas se resuelvan."

"Gracias, Teddy", dijo Elizabeth, usando el apodo que Catherine le había dado.

Tedder asintió con la cabeza al abogado, y luego aseguró a Elizabeth, "Vamos a llevarla a nuestra casa de campo para que reciba algo de comer, volveré esta tarde para hacer los arreglos."

Tedder ayudó a Elizabeth a levantarse de su silla, parecía haber envejecido física y mentalmente desde la muerte de su marido.

"¿Qué hay que hacer, señor Cartwright?" Tedder más tarde le preguntó al abogado.

"Un anuncio en el periódico indicando que solicitamos Cartas de Administración es todo lo que podemos hacer en esta etapa, Sr. Tedder. Cualquier reclamo sobre los bienes será recibido y por lo tanto una indicación de las responsabilidades financieras será revelada. Aparte del Sr. George F. Read Esq. a quien el Sr. Cullen le debía £105.72, ¿sabe de algo más?"

"Sé que el marido de Betsy, John Lilley Pearce, pagó algunas de las deudas del Sr. Cullen. Tengo tierras adyacentes y me hice cargo de algunas de sus ovejas para la gestión, pero no voy a registrar una deuda contra su patrimonio."

"Las concesiones de tierra serán devueltas al gobierno para su reasignación, porque sólo pueden dejarse a herederos masculinos, como usted sabe, Sr. Tedder", añadió el abogado. "La tierra que el Sr. Cullen poseía puede ser heredada por su esposa e hijas, a menos que sea vendida para pagar deudas."

Tedder dejó la oficina del Sr. Cartwright desanimado por el futuro sombrío que le esperaba a su suegra.

. . .

"Mamá no está muy bien, Teddy. Tiene miedo de perder la casa para pagar las deudas de papá," Catherine le dijo mientras atendía a su hija menor, Sarah. Transmitió sus preocupaciones a Tedder tan rápidamente, que a él le resultó difícil seguir la pista de lo que ella decía.

"Puede que tenga que vender, Catherine. El Sr. Cartwright no es optimista de que haya otra manera. Ella residirá con nosotros o con Betsy y John, o con Sophia y William. Me entristece que tu padre haya llegado al colapso financiero que se le atribuye, pero el Sr. Cartwright cree que el gasto de construir la gran casa para tu madre redujo su capacidad de equilibrar sus ingresos con sus gastos".

48

LA RUPTURA

Abril de 1821

"No está funcionando como habíamos planeado, Edward. Pasas demasiado tiempo lejos del molino y me dejas hacer la mayor parte del trabajo. La contabilidad está atrasada, tenemos dinero no recibido y facturas no pagadas. Un negocio lento no va a ser bueno, eso lo aprendí de mi padre y mi maestro hojalatero. Nuestra sociedad debe ser reconsiderada."

James Tedder había estado reflexionando sobre la situación en el molino durante algunos días: si rompía los lazos con Edward Yates, estaría haciendo todo el trabajo en lugar de la mayor parte, pero sería eficiente. Estaba decepcionado de que su sociedad hubiera durado sólo siete meses, pero los lazos estarían mejor cortados ahora que más tarde. Le resultaba difícil preocuparse por Edward Yates mientras trabajaba con el abogado de James Cullen para finalizar su patrimonio.

Edward Yates sacó sus manos de los bolsillos y cruzó sus brazos sobre su pecho "Estoy de acuerdo contigo, Tedder. Es mucho más trabajo del que esperaba, y mi corazón no está en ello. Visitaremos al abogado para disolver la sociedad."

· · ·

Catherine no fue muy cortés cuando Tedder le dijo de la ruptura de la sociedad durante la cena: "Teddy, esto va a ser más trabajo para ti, y las niñas y yo te veremos menos. Tal vez deberías hablar con James Blay Jr. sobre cómo maneja su negocio, parece tener mucho tiempo libre."

"Es un pícaro, Catherine, engaña a los clientes y proveedores, y pronto no tendrá ningún negocio. Me ofende que quieras que sea como él." Tedder se levantó de la mesa y se fue directo a la cama, decepcionado de que Catherine no lo apoyara más.

Tedder prosperó siendo el único dueño del molino de harina. Los temores que Catherine albergaba sobre el tiempo que le consumía el trabajo, no se hicieron realidad. Se le asignaron convictos de confianza para trabajar en el molino, y manejó el negocio admirablemente. Ella estaba orgullosa de él de nuevo; había construido y dirigido un próspero negocio mientras se ocupaba de que los asuntos de su madre estuvieran en orden.

"Creo que podremos viajar a Inglaterra el año que viene, Catherine. Las chicas serán lo suficientemente mayores, y tendremos el dinero ahorrado para la segunda clase, no para tercera, así que el viaje no debería ser demasiado difícil." Tedder le contó sus planes después de un día particularmente bueno en el molino. "Tu madre debería estar recuperada de su melancolía para entonces."

Catherine respiró profunda y lentamente, sin querer alarmar a su marido. "Eso sería encantador, Teddy," susurró, tratando de disimular el miedo que agitaba su voz. No tenía interés en Inglaterra. No le interesaba llevar a sus hijos al otro lado del mundo como Sarah Blay había hecho con sus hijos. No le interesaba dejar a su madre.

Henry Tedder Esq.
Calle Newgate
Londres, Inglaterra
Mayo de 1821

El Sr. James Tedder Esq.
Calle Murray
Hobart Town
Tierra de Van Diemen, Nueva Gales del Sur

Querido James

Muchas gracias por escribirnos de nuevo, disfrutamos escuchando sobre tu vida en la Tierra de Van Diemen. Tu madre te agradece que le hayas puesto su nombre a tu segunda hija y espera con ansias el día en que pueda conocer a tu esposa Catherine, y a tus hijas. Como sabes, tu hermana Esther se casó con John Millicent en julio de 1812 y ahora tienen una hija, Caroline, que nació el 6 de marzo de 1819.

Tu hermano William y su esposa, Phoebe, tienen una hija, Martha, nacida el año pasado. Su hijo, James, llamado así por ti, tiene ahora cinco años. Todavía sigo en la barbería, y tu madre está bien.

A tu mamá y a mí nos resulta extraño que digas que las estaciones son al revés. Venir a veranear aquí en Inglaterra, sabiendo que te diriges al invierno en la Tierra de Van Diemen es un pensamiento extraño.

Esperamos que Catherine y las niñas estén bien, y contamos los días en los que podremos volver a verte y conocer a tu familia.

Con amor, siempre
Mamá y Papá

49

AVANZANDO...

Elizabeth Cullen estaba agradecida de que el legado de su marido seguiría vivo con el hijo de Betsy y su marido John Lilley Pearce - su pequeño hijo - nacido seis meses después de la muerte de su abuelo, se llamaba James.

Sus yernos, John Lilley Pearce, James Tedder y William Rayner Jr., habían contribuido financieramente a que la casa siguiera funcionando, pero ella sabía que pronto llegaría el momento de venderla.

"Vamos a sentarnos afuera en el cálido sol de invierno," el Dr. Robert Officer animó a Elizabeth. Ante la insistencia de sus hijas, Elizabeth había aceptado la oferta de ayuda del Dr. Officer; él sería un huésped en la casa mientras trabajaba en Nueva Norfolk, y a cambio de alojamiento, se aseguraría de que la salud de Elizabeth fuera vigilada. Lo siguió afuera y se sentó en su mecedora en el porche. Mirando a través de los jardines, hacia el Derwent, se imaginó a James regresando de un día de trabajo en la granja, anticipando ansiosamente lo que Cook tendría listo para la cena. Le encantaba volver a casa por la noche para comer con ella y hablar con las niñas sobre las actividades del día. Las lágrimas llenaban sus ojos, y ella las secó antes de que se materializaran en sus mejillas.

50

MIEDO Y ODIO

Agosto de 1822

Chimuelo llegó a Hobart el 23 de julio de 1822 en el barco de convictos *Príncipe de Orange*. Su gusto por el puesto de supervisor de convictos crecía con cada viaje. Ser responsable de desembarcar la carga humana de la Colonia le daba a Chimuelo la oportunidad de vagar por la ciudad de Hobart y maravillarse del crecimiento y los cambios en la ciudad desde que había llegado diez años antes, en 1812.

"Empieza a parecerse un poco a un lugar real, en lugar de una mancha en el alma inglesa," le comentó a un amigo. "Me pregunto si Tedder sigue aquí," se dijo a sí mismo en voz baja. "Debo averiguarlo."

Caminando por la calle Liverpool del molino, hacia su casa, con la cabeza baja contra el viento cortante que soplaba del Derwent y sus manos en los bolsillos de gran tamaño de su nuevo abrigo de invierno, Tedder no se dio cuenta del hombre calvo y pesado que se escondía en el callejón entre dos edificios comerciales al otro lado de la calle. Tampoco se dio cuenta de que el hombre lo seguía a su casa en la calle Murray. Ver a su esposa e hijos esperándolo con la cena lista le trajo alegría. *Estoy bendecido. Esta es una vida buena y próspera.*

Chimuelo se sentó con sus socios en un pequeño establecimiento de la calle Collins, bebiendo ron y planeando su asalto a James Tedder.

"Tendremos que vigilarlo durante algunas semanas para ver su rutina y asegurarnos de que lo tenemos a solas."

Los asentimientos de sus amigos indicaron que estaban de acuerdo.

"Su molino de harina está en la calle Liverpool, y su casa en la calle Murray, camina hasta el molino solo. Tiene convictos trabajando *pa'* él, imagínense, un convicto dirigiendo un negocio con otros convictos haciendo el trabajo. No me parece bien."

Catherine estaba al tanto de un cambio de actitud en su marido. Venir a casa a cenar después de trabajar en su amado molino siempre había sido una alegría para Teddy, pero últimamente tenía una mirada temerosa y era cauteloso al entrar en la casa, miraba a su alrededor con temor antes de entrar.

"¿Qué pasa, Teddy? Últimamente eres tan precavido que es como si un fantasma te siguiera a todas partes."

"Creo que sí, Catherine. Juro que estoy siendo seguido por un guardia del *Incansable* que, la última vez que me vio en Hobart Town, juró matarme. Intentó hacerlo antes de que me asignaran a tu padre para trabajar en las bodegas de Nueva Norfolk."

"Teddy, ¿por qué no has mencionado esto antes?"

Tedder se acercó a su silla junto a la chimenea y permitió que el calor lo envolviera al sentarse.

"Me recuperé de casi ahogarme en 1813, y le exigí respeto

cuando lo vi por última vez en Hobart Town hace unos años. No estaba contento. No esperaba que volviera."

"Teddy, debes ser muy cuidadoso, ve al alguacil y expresa tus preocupaciones."

"Me temo que estoy imaginando cosas, Catherine. ¿Por qué una persona seguiría navegando en barcos de convictos a los mismos lugares?"

"Tal vez disfruta del poder que tiene sobre aquellos que están bajo su autoridad," reflexionó Catherine en voz baja.

Tedder se fijaba más en sus alrededores cuando iba al molino cada día; durante los momentos sin clientes, salía del molino para mirar por la calle Liverpool para detectar cualquier cosa inusual. Vigilaba a la gente mientras caminaba a casa cada noche, prestando especial atención a los espacios entre los edificios comerciales y las casas donde una persona podía escabullirse y no ser notada.

"Me imaginé que me estaban vigilando o que quienquiera que fuera ha pasado a molestar a alguien más," le dijo Tedder a Catherine después de que hubiera acostado a las niñas.

"He tenido cuidado de prestar más atención a mi entorno en las últimas semanas y no he visto nada que me preocupe."

"Gracias a Dios, Teddy. Me molestó verte tan nervioso. Ahora podemos continuar con nuestras vidas. Recuerdas que las niñas y yo nos quedaremos con mamá en su casa durante dos semanas a partir de este viernes, ¿no es así, Teddy?"

Tedder no se había acordado, estaba tan absorto en su propio miedo e imaginaciones que había olvidado las pequeñas cosas de sus vidas.

"Sí, por supuesto, lo recuerdo . Las extrañaré mucho a las tres, pero tu mamá necesita compañía y las chicas siempre la animan."

Viernes 27 de septiembre de 1822

Abriendo el molino como de costumbre el viernes por la mañana, Tedder dejó a su más confiable y asignado convicto a cargo, para poder volver a casa y ayudar a Catherine a organizar a las chicas en el barco para el viaje por el Derwent a Nueva Norfolk.

"Teddy, tenemos que darnos prisa, tu tardanza nos hará no estar a tiempo en el barco," regañó Catherine mientras iba por el camino hacia la puerta principal de su casa de campo.

Enganchó el pony al pequeño carruaje y cargó las maletas en la parte de atrás. Ayudando a Catherine a subir al banco del frente, levantó a Margaret que se sentaba al lado de su madre, y luego a Sarah que quería meterse entre Catherine y Margaret. Subiendo al banco, miró a las chicas de su vida y sonrió. *Estoy tan enamorado de ella y adoro a mis hermosas hijas.*

Tedder se paró en la orilla del Derwent hasta que el pequeño bote que llevaba a su esposa e hijos estuvo fuera de la vista. Caminó lentamente de vuelta al molino, pensando en lo solitaria que sería la casa sin los chillidos de las niñas felices y la charla de una mujer ocupada.

"Está solo ahora, su puta y sus mocosas se fueron en un barco esta mañana. No sé cuánto tiempo estarán fuera, pero mirando las bolsas, serán más de una o dos noches. Tenemos que sorprenderlo mañana cuando abra la puerta, antes de que los convictos lleguen al trabajo"

Chimuelo elaboró los detalles de su plan con los otros miembros de su banda. "Tenemos que sorprenderlo y callarlo de inmediato, para que no suelte un grito y que alguien lo escuche y venga a husmear."

Sábado 28 de septiembre de 1822

A Tedder no le gustaba tanto la primavera en la Tierra de Van Diemen como la primavera de Londres. A menudo había mucho viento aquí, y los días fluctuaban entre cálidos y soleados a fríos y lluviosos. Sin embargo, este sábado por la mañana era hermoso, había una frescura en el aire que traía la promesa de un día cálido. La aparición del sol en el horizonte al barrer los restos de la noche, le recordaba a los actores que aparecían en el escenario de un teatro cuando las cortinas se retiraban. Aunque ya echaba de menos a su pequeña familia, era difícil sentirse triste en una mañana de primavera como ésta.

Mientras James Tedder ponía la llave en la cerradura y abría su molino de harina, para prepararse para un sábado ocupado de comercio, dos grandes manos en medio de su espalda lo empujaron a través de la puerta, tirándolo al suelo. Una mano le tiró de la cabeza por el cabello, mientras que la otra mano le pasó por la boca. Las manos de otras dos personas lo inmovilizaron.

"No lo golpeen demasiado, muchachos, queremos que su ropa esté limpia, no queremos que parezca que lo han golpeado."

Chimuelo sonrió en la cara de Tedder. "Te dije que vería tu funeral eventualmente, convicto."

La mano sobre la boca de James Tedder fue reemplazada por una mordaza para asegurar el silencio. Se preocupó brevemente por la limpieza del trapo en su boca, y luego se dio cuenta de que era el menor de sus problemas.

Tedder luchó contra los dos hombres que lo arrastraron hasta las bolsas de harina recién molida. Las bolsas estaban apiladas listas para ser transferidas a la tienda del gobierno.

"No te ensucies la ropa, convicto", ordenó Chimuelo, "no queremos que nadie piense que ha habido una mala jugada."

Aterrorizado e incapaz de escapar de las garras de los matones que lo tenían retenido, la realización de lo que Chimuelo había planeado para él golpeó a James Tedder como una pezuña de caballo al pecho. Hurgó mentalmente en su cerebro confuso para ver imágenes de su esposa e hijos. Pateó y luchó contra las bestias que lo sujetaban .

Chimuelo lo empujó, boca abajo, dentro de un saco de trigo molido, mantuvo su cabeza en el saco mientras los otros dos sujetaban su cuerpo golpeado. James Tedder dio su último aliento en el molino de harina que había construido y hecho exitoso, en un pueblo al otro lado del mundo, donde había sido exiliado diez años antes.

"Muertes - esta mañana en su molino de la calle Liverpool, el Sr. James Tedder, durante muchos años un respetable e industrioso habitante de Hobart Town, en el que había erigido varias casas, y un molino de maíz (sic)."[1]

Elizabeth Cullen no pudo consolar a Catherine, su dolor era palpable, toda la casa lo sintió y se afligió con ella. Los niños, Margaret y Sarah, fueron cuidados por Sophia, mientras que los preparativos del funeral se hicieron para Teddy.

Por segunda vez en 18 meses, los visitantes se apiñaron en el salón de la casa de los Cullen para presentar sus respetos a una viuda afligida. Era difícil entender cómo un joven aparentemente sano podía morir tan repentinamente. Cotilleaban entre ellos sobre lo afortunado que era que James Tedder hubiera dejado un patrimonio sustancial para su esposa e hijos. Todos estaban de acuerdo en que sería una pérdida para la Colonia; era un respetado hombre de negocios, un yerno atento a Elizabeth Cullen, y muy querido por su esposa e hijos.

· · ·

Abriendo la puerta de su casa y entrando, los sentidos de Catherine captaron la presencia de su marido. Podía oler los trozos de cáscara de trigo que se pegaban a su abrigo, el sudor de su cuerpo cuando se subía a la cama junto a ella, y podía saborear sus labios cuando la besaba después de que ella había preparado su comida favorita para la cena. Podía oírle reír con las niñas cuando les hacía cosquillas hasta que ya no podían más. Podía sentir sus manos ásperas acariciando su cuerpo desnudo y podía verlo , de pie ante ella, sonriendo, diciéndole cuánto la amaba. Las rodillas de Catherine cedieron, se agachó en el suelo, sollozando, sin intentar detener las lágrimas que fluyeron en un torrente.

James Blay Jr. llamó silenciosamente a la puerta de la casa de campo en la calle Murray; había hecho zapatos nuevos para las chicas, y un par de sandalias de verano para Catherine.

"Buenos días, Catherine," James Jr. se quitó el sombrero e inclinó ligeramente la cabeza cuando ella abrió la puerta "Traje unos zapatos para las chicas."

Catherine invitó a su amigo a la sala. Habían pasado seis semanas desde la muerte de Teddy, y ella estaba teniendo dificultades para seguir adelante.

"Gracias, James, es muy amable de tu parte. Por favor, siéntate."

"También tengo otra razón para visitarte, Catherine," dijo mientras tomaba el asiento ofrecido, "Me pregunto si te gustaría que te ayudara a escribir una carta a los padres de tu marido, informándoles de su muerte"

Respiró hondo antes de responder: "Sí, James. Gracias".

CRECIENDO EN UNA COLONIA DE CONVICTOS

Sarah Blay echaba de menos a su hijo mayor pero admitió para sí misma que el hecho de que él estuviera lejos, viviendo en Hobart Town, aliviaba mucha tensión. Parecía que le iba bien, tenía concesiones de tierras que administraba, y al terminar su aprendizaje de zapatero, vendía zapatos a las bodegas del gobierno y a la gente de Hobart Town.

William, ahora de 17 años, se había establecido bien en la agricultura y había asumido la mayor parte de la responsabilidad de la gestión de sus tierras. Era interesante ver cómo su marido se había convertido en un consumado inversor inmobiliario; compraba o construía casas en Hobart Town y las vendía. Su vida era cómoda, y si no fuera por la tristeza de su amiga Elizabeth Cullen por perder a James en tan trágicas circunstancias, y la muerte de su maravilloso amigo James Tedder, Sarah sería muy feliz. Sentada en la mesa de la cocina, con su hijo menor, John, ahora de catorce años, le preguntó si echaba de menos Londres.

"No, mamá, ni siquiera recuerdo realmente Londres. Recuerdo a la abuela pero no el vivir en Londres."

Sarah se sorprendió de cómo el acento de sus hijos había

cambiado. Había desaparecido el distintivo acento londinense *cockney* que hablaban cuando eran pequeños, aunque a James Jr. se le notaba más que a William y John. Fue reemplazado por un cóctel de inglés, irlandés y un gangueo nacido en la colonia que si se hablaba rápidamente era difícil de entender. Se alegró de haber seguido con su escolaridad y de que fueran capaces de leer y escribir; sabía que les daba una ventaja, especialmente cuando vio lo difícil que había sido para Elizabeth Cullen tratar los asuntos de su marido.

"¿En qué piensas, Sarah?" le preguntó su marido al volver de su viaje para vender mercancías a las bodegas del gobierno.

"Me maravilla la vida que hemos construido aquí para nuestros hijos y para nosotros. Me maravilla lo prósperos que nos hemos vuelto. Eso nunca hubiera sido posible en Londres."

"Lo sé," aceptó mientras se inclinaba y le besaba la mejilla. "Lo mejor que hice fue que me atraparan por tratar de vender unas botas." Sonrió.

LA SEGUNDA Y PRIMERA BODA

Febrero de 1823

El sentimiento de alegría abrumadora estaba ausente en la segunda boda de Catherine. Sólo habían pasado cinco meses desde que su amado Teddy había muerto misteriosamente en el molino de harina, pero había dos niñas pequeñas en las que pensar, y una madre que necesitaba apoyo. James Blay Jr. había sido servicial y amable desde que ella y Teddy se habían mudado a Hobart Town, y había escrito muy amablemente una carta a los padres de Teddy en nombre de Catherine, para explicarles por qué su querido hijo no volvería a Londres a verlos. Era muy cariñoso con Margaret y Sarah y mostró una madurez mucho más allá de sus 20 años. Sus hijas pequeñas sólo tenían cuatro y tres años cuando su padre murió; Catherine sabía que no lo recordarían y probablemente llamarían a James Blay Jr. 'Papá'. No las detendría, pero quería asegurarse de que las niñas conocieran a su "verdadero" papá cuando crecieran. Ella había solicitado Cartas de Administración de la Propiedad de Teddy, que era bastante sustancial, y aceptó la propuesta de matrimonio de James Blay Jr. sabiendo que tenía sus ojos puestos en las propiedades de Teddy y otras riquezas.

Confió en James Jr. para que la guiara a través de la miríada de papeles sobre los asuntos de Teddy y maldijo silenciosamente a sus padres por descuidar su educación. Una tristeza la invadió como la niebla invernal que se desprendía del Derwent. A Teddy nunca le había agradado o confiado en James Blay Jr., aunque había sido muy amigo del padre del muchacho. Forzó una sonrisa mientras su madre la ayudaba a arreglarse.

Elizabeth Cullen ayudó a su hija mediana a ponerse el vestido que había elegido para su boda con James Blay Jr. Catherine parecía mayor que sus 23 años tanto en apariencia como en madurez. El dolor que Elizabeth tenía hirviendo en su corazón desde la muerte de su marido James un año antes, estalló en agonía cuando Teddy murió. La envolvía cada vez que miraba a Catherine y a las pequeñas Margaret y Sarah. Casarse de nuevo era el camino de Catherine hacia la seguridad financiera, no podía dirigir un molino de harina, y administrar los 30 acres que Teddy tenía en la tierra de Nueva Norfolk. Elizabeth sabía que James Blay Jr. quería construir su propia riqueza sobre la base del éxito de James Tedder, pero ella y su hija habían elegido ignorar su voracidad, esperando que la decisión de casarse no fuera una de la que Catherine se arrepintiera.

La casí suegra de Catherine Tedder, Sarah Blay, acompañó a Elizabeth Cullen en el cuidado del cabello y el vestido de Catherine.

Sarah había recogido algunas rosas del jardín de la Casa de Gobierno y atado un trozo de cinta rosa alrededor de los tallos para cubrir las espinas. Le entregó el ramillete a Catherine y se acercó para besarle la mejilla. "Sé que la situación en la que te encuentras es difícil, Catherine, pero me pregunto si es tan difícil como para que consideres casarte con mi hijo mayor."

Aunque la relación entre los padres de James Jr. y él, había estado llena de dificultades desde que llegaron en 1814, Catherine pensó que había visto signos de mejora. "Parece tener un afecto genuino por mí, Sarah, y le gustan mucho las chicas. Incluso cuando Teddy estaba vivo, James Jr. nos visitaba con regalos para ellas."

Sarah Blay sonrió tiernamente a Catherine, puso el ramillete entre sus manos y se agarró a las suyas alrededor de las flores también. "Sí, a su manera creo que te quiere mucho. Pero es un muchacho ambicioso al que no le gusta el trabajo duro, y el patrimonio de Teddy se suma a su cartera. Si no te hace tan feliz como promete, mi marido y yo iremos a ayudarte."

Sarah besó a Catherine en la mejilla, asintió afectuosamente a Elizabeth, y se fue para unirse a los otros invitados en la Iglesia de San David para el matrimonio de su hijo mayor y la hija mediana de James Bryan Cullen.

James Blay Jr. nunca había estado enamorado, y Catherine se dio cuenta de eso por la naturaleza del sexo entre ellos, que sus únicas experiencias sexuales habían sido en el burdel. Era rudo y desconsiderado y la usaba para aliviar sus necesidades, no para compartir la intimidad. Ella esperaba que se volviera más amable con el tiempo, quizás cuando se diera cuenta de que no tenía que tener prisa, que no estaba en una fila y que Catherine estaría allí para él. Se acostó en la cama junto a su nuevo marido, la cama que había compartido con su amado Teddy y cruzó las piernas para aliviar el dolor de su áspera y repetitiva penetración. Su mente vagaba por la noche de bodas que ella y Teddy habían compartido en la Granja Cullen, lo avergonzado que estaba cuando ella se reía de su desnudez porque todavía tenía las botas puestas. Recordó lo preocupado que estaba por si le hacía daño, sin poder controlar su hombría que surgía a cada hora. Pero Teddy le hacía el amor, ella y Teddy no, sólo tuvieron sexo.

Se limpió los ojos. James Blay Jr. no era Teddy.

La historia continúa en el
Libro Dos de la Dinastía Cullen / Bartlett
Amor, Mentiras y Legados

Y
Libro tres
El tiempo lo dice todo.

Visita: *https://janeenannoconnell.com/*
para obtener información actualizada.

Y mi página de Facebook
https://business.facebook.com/JaneenAnnOConnell/

Gracias.

Querido lector,

Esperamos que hayas disfrutado leyendo *Sin Lugar Para El Arrepentimiento*. Tómese un momento para dejar una reseña, incluso si es breve. Tu opinión es importante para nosotros.

Atentamente,

Janeen Ann O'Connell y el equipo de Next Chapter

NOTAS

Capítulo 1

1. Boletín de Saunders [Inglaterra] 7 de noviembre de 1810 (Archivos de periódicos británicos)
2. Hampshire Chronicle (INGLATERRA) 5 de noviembre de 1810
3. Old Bailey on Line 'Resumen de las sesiones de la paz, Middlesex, octubre de 1810'.

2. El zapatero

1. Old Bailey Proceedings: Relatos de los juicios penales del 9 de enero de 1811. www.oldbaileyonline.org
2. Gremio de zapateros
3. Old Bailey Proceedings: Cuentas de los juicios penales del 10 de enero de 1811. Veinte chelines = una libra

3. La esposa del zapatero

1. Disentería

5. El otro lado del mundo

1. https://en.wikipedia.org/wiki/Lachlan_Macquarie

12. Nueva Norfolk

1. Historical Records of Australia Series 1, Volumen 1 1788 - 1796., p. 274
   El Gobernador Phillip a Lord Grenville Sydney, Nueva Gales del Sur 5 de noviembre de 1791

19. El de la Primera Flota

1. Disentería
2. "La Primera Flota" por Rob Mundle página 198

22. La Isla de Norfolk

1. *Un cuarto de acre*
2. *Los fundadores de Australia: un diccionario biográfico de la Primera Flota por Mollie Gillen*

23. Deportado de nuevo

1. *Los fundadores de Australia: un diccionario biográfico de la Primera Flota por Mollie Gillen. Publicado en Sydney. Biblioteca de Historia de Australia, 1989*

25. Expansión

1. *En 1813, el Mayor Geils designó a CULLEN como Superintendente de Acciones del Gobierno de Derwent.* De: *Exiliado tres veces* por Irene Schaffer y Thelma McKay

26. Retrasos sin fin

1. Domingo 21 de agosto de 1814

31. De Dublín a New Norfolk

1. De: Un conjunto desesperado de villanos: Los convictos del Marqués de Cornwallis. Irlanda a la Bahía de Botany 1796. Por Barbara Hall.
2. *De: Un conjunto desesperado de villanos: Los convictos del Marqués de Cornwallis. Irlanda a la Bahía de Botany 1796. Por Barbara Hall.*

37. Ordenes

1. *Autoridad Estatal de Registros de Nueva Gales del Sur. Documentos del Secretario Colonial. Paquetes especiales de 1794 a 1825.*

38. La medicina del árbusto

1. *http://www.bri.net.au/medicine.html (árbol de té)*

47. La lucha termina

1. *La Gaceta de la Ciudad de Hobart y el Anunciante de Tierras de Van Diemen. Sábado 14 de abril de 1821. (Trove.nla.gov.au)*

50. Miedo y odio

1. *Gaceta de la ciudad de Hobart y el anunciante de la tierra de Van Diemen, sábado 28 de septiembre de 1822. (trove.nla.gov.au)*

Sin Lugar Para El Arrepentimiento
ISBN: 978-4-82410-104-4

Publicado por
Next Chapter
1-60-20 Minami-Otsuka
170-0005 Toshima-Ku, Tokyo
+818035793528

24 Agosto 2021

Lightning Source UK Ltd.
Milton Keynes UK
UKHW011849140921
390594UK00001B/114